古 傳 幻 談

# 고전환담

古傳幻談

윤채근 소설

문학동네

# 머리말

사실과 진실은 다르다. 사실은 실제 있었던 일들이 논리적으로 결합해 구성된다.

그런데 구성된 사실이 모두 진실일까?
언젠가 분명히 벌어졌던 일이 공간적으로 멀리 퍼져나가면서, 시간의 바람에 풍화되면서, 입에서 입으로 전해지면서 얼마나 많은 변형과 왜곡이 생겼을지 가늠조차 할 수 없다.

진실은 사실에 입각하되, 사실과 사실 사이에 벌어진 빈틈을 상상력으로 채워가며 사후적으로 만들어진다. 따라서 진실은 영원하지 않다. 새로운 사실의 발견이나 관점의 변화 또는 시대 흐름에 따라 끝없이 조정되고 수정된다.

나는 판타지나 미스터리 등 다양한 소설 기법을 동원해 우리 역사 속 인물이나 사건을 극화해왔으며 이를 통해 독자들이 무미건조한 사실의 축적만으로는 느끼기 어려운 정서적 충격과 공감을 맛볼 수 있기를 희망해왔다. 사실과 환상을 교묘하게 얽어 설계된 팩션 세계를 체험하면서 익숙한 것을 새롭게 보고 자기만의 역사적 진실을 찾아 지적 여행을 떠날 수 있기를 소망해왔다.

　이 책은 총 세 개의 부로 이루어졌다. 1부에서는 역사적으로 중요한 사건 현장을 무대로 삼아 창조된 유사 현실이 펼쳐진다. 2부에서는 판타지 스릴러 형식을 통해 공식 역사 속에서 충분히 소화되지 못한 사건들의 빈칸을 허구로 채워넣었다. 3부에서는 시대를 대표한 여성들에 관한 서사를 재해석해 그들에 대한 기존 관점을 뒤집고자 했다. 또 각 소설 끝에는 창작의 토대로 삼은 역사적 사실과 관련 문헌을 소략히 언급하여 독자의 이해를 돕고, 저마다 상상의 지평을 넓혀갈 수 있도록 구성했다.

　환상이 사실과 공명한다면, 그건 환상이 진실의 징후이기 때문이리라.

2023년 겨울
윤채근

1부

◉

# 전쟁과 혁명

누군가를 나만큼 미워할 수 있는 자가 있을까? 나만큼 누군가를 미워하며 동시에 좋아할 수 있을까? 증오에 치를 떨다가도 말할 수 없는 흠모의 기분에 빠져 차 마시는 기쁨조차 잊을 수 있을까? 일흔두 살이 된 나 와키자카 야스하루脇坂安治는 덧없는 업보의 바다에서 만났던 적장 이순신을 회고할 때마다 늘 그런 상태가 되고야 만다.

도요토미 관백 전하의 명을 받아 조선으로 출정하던 임진년, 나는 혈기 하나로 뭉쳐진 삼십대 핏덩이였다. 핏덩이는 조선인의 피를 묻혀가며 덩치를 키워갔고 이내 결코 이길 수 없는 적을 만나 터져버리고야 말았다. 교토의 한적한 마을에 은둔하며 불교에 귀의한 이 몸이 죽음을 앞두고 새삼 이 얘기를 꺼내는 데는 나름의 이유가 있다. 세상엔 아무리 발버둥쳐도 넘어설 수 없는 적이 있다는 걸 와키자카 가문의 후손들이 깨달아 차라리 현명한 절망을 택하기를 바라기 때문이다.

수군 장수였던 나는 전쟁이 개시되자마자 조선의 경상도 해안이 삽시간에 점령됐다는 소식을 접하고 적잖이 실망했다. 조선 수군은 허수아비로 판가름 났다. 치열하진 않더라도 제대로 된 전투를 치러 보고 싶던 나는 내심 경멸의 감정에 휩싸였다. 사월 중순 아군이 조선 반도에 상륙해 오월 초 한양성에 도착할 때까지 조선군은 변변한 저항 한번 하지 못했다. 의주로 피신한 왕을 구출하기 위해 조선 남부 전역에서 근왕병이 조직되고 있다는 아군 전령의 말을 접했을 때는 유월이었다. 당시 난 한양성에 주둔해 있었다.

조선 근왕병 숫자가 애초 삼만에서 점점 불어나 십만에 육박한다는 첩보가 입수되어 우리는 척후병을 파견해 적의 동태를 살피게 했다. 용인에 집결해 있던 조선 근왕병이 대오조차 갖추지 못한 오합지졸임이 확인됐고 이들을 청소하는 귀찮은 임무가 내게 떨어졌다. 나 와키자카는 나른한 여름날 소풍 가듯 휘하 정예병 천 명을 인솔해 느긋하게 적진 주변에 이르렀다. 일당백인 우리가 뭘 더 기다렸겠는가? 산 위에서 농성하고 있던 아군 육백 명에게 협공 명령을 내린 나는 망설임 없이 근왕병 본진으로 진격하여 지휘부 장교부터 차례로 베어나갔다. 혼비백산한 저들은 무기를 버린 채 뿔뿔이 흩어졌고 인근 풍덕리를 흐르던 정평천亭坪川은 조선군 핏물로 붉게 물들었다.

지금 생각하면 용인에서의 대승이 내겐 독이었다. 이순신이라는 전라좌수영 수사水師가 남해안 보급로를 교란하고 있다는 소식을 처음 들었을 때, 또 그를 제거할 임무가 내게 지워졌을 때 나 와키자카는 한 치 앞도 모른 채 기뻐 날뛰었다. 제법 오래 버텨줄 적장을 만났으니 그보다 즐거운 일이 없었다.

칠월 초 운명의 그날, 조선군 판옥선 다섯 척이 우리 선단 쪽을 향해 다가오다 갑자기 후퇴하기 시작했다. 조선의 거제도 북단에서 출정 기회를 엿보던 나는 승리에 목말라 있었다. 경쟁자인 구키 요시타카九鬼嘉隆에게 뒤질세라 선단에 출격 명령을 내리고 전속력으로 적선들을 추적했다. 유인작전일 수 있다는 걸 모르지 않았지만 그러한들 뭐가 대수였겠는가? 갈고리로 적선들을 끌어당겨 갑판에서 근접전을 벌이기만 하면 승리는 우리 것이었다. 아군을 유인하려는 판옥선들이 오히려 저들의 본진으로 우리를 인도해줄 고마운 길잡이라고 나는 굳게 믿었다.

어디선가 첫 북소리가 울리고 좌우의 섬들 사이로 적선들이 출현했을 때 나는 직감적으로 뭔가 잘못됐음을 깨달았다. 조선군 전함들은 부채꼴로 학익진을 펼친 채 미동 없이 제자리를 지킬 뿐 우리 쪽으로 접근해오지 않았다. 전함들이 뒤섞인 혼잡한 접전을 예상했던 나 와키자카는 왼편과 오른편 중 어느 쪽도 선택하지 못한 채 후미에 따라붙은 구키의 선단에 퇴각 신호를 보냈다. 어리석은 구키는 그 신호를 나의 장난쯤으로 여겨 무턱대고 직선으로 밀고 들어왔고 한산도를 마주한 상태로 급히 정지해 있던 나의 선단과 끝내 충돌하고 말았다. 아군 선단들은 조선군과 붙어보기도 전에 서로 뒤엉켜 전열이 무너졌다.

한산도 앞 바다는 차갑고 거칠었다. 물에 뛰어들기 직전 갑옷을 벗은 덕에 몸이 간신히 수면 위로 떠올랐고 나 와키자카는 전력을 다해 가까운 섬으로 헤엄쳤다. 적선들의 함포 사격으로 산산조각난 아군 전선들은 서로 부딪치며 회전하고 있었는데 그 와중에도 적의 화살이 비 오듯 쏟아졌다. 아군의 일부 전선이 학익진을 뚫었으나 대기하고 있던 적의 귀갑선龜甲船에 으깨져버렸다. 참혹한 완패였다.

섬에 올라 몸을 누이고서야 멀리 적장의 모습을 살필 수 있었다. 이순신. 그는 아군을 전멸시키고 나서 자신의 선단을 재정렬하는 의식을 치렀다. 삼엄하고도 침착한 검열이 끝나자 그가 만족한 듯 장군기를 흔들었다. 바람소리만 가득하던 바다에 짧은 함성이 울려퍼졌다. 그는 주변 섬들로 피신해 있던 우리 수군들을 잠시 응시했다. 마음만 먹으면 모조리 주살할 수 있었지만 이순신은 그러지 않았다. 그는 주도면밀한 방어진을 유지하며 당포 방향으로 조용히 물러갔다.

부하들과 함께 무작정 구조를 기다리며 해초로 연명하던 나는 밤마다 달을 보고 통곡했다. 보름 뒤 구키 선단에 구조된 내겐 '미역 장군'이라는 치욕적인 별명이 붙었고 한산도의 차가운 달빛은 저주가되어 나 와키자카의 남은 생애를 지배했다. 죽음을 목전에 둔 지금도그 순간의 분한 마음만은 진정시키기 어렵다. 이순신. 그 이름은 내삶을 지탱하게 하는 부적이었다. 나는 이순신이 죽었음에도 그 이름을 붙잡고 오랜 세월을 버텨왔다. 사나이 와키자카를 증명하려던 그

간의 헛된 노력이야말로 진정한 패배의 흔적이 아니었을까?

오늘도 나는 서재 은밀한 곳에 숨겨둔 상자 속에서 초상화 한 점을 꺼내놓고 마치 비밀스러운 제사를 지내는 자처럼 예를 갖춘다. 임진년 전쟁 칠 년 동안 그토록 암살하고 싶어했던 자, 하지만 와키자카라는 졸장부에게 살해당하기엔 너무나 아까웠던 자. 그림 속 이순신은 때론 슬퍼 보이기도, 때론 지쳐 보이기도 한다. 전쟁의 신은 본디 외로운 법.

임진년 전쟁 첫해 내가 맛본 한산도에서의 패배는 아군 보급로를 끊게 해 육지 본진의 발목을 잡았고, 이순신이 살아 있는 한 결코 조선을 이길 수 없다는 사실은 너무도 자명해졌다. 더이상 해전 선봉에 설 수 없게 된 나는 그를 암살할 기회를 필사적으로 노렸다. 처음엔 조선어에 능통한 승려들을 적진에 투입해 독살을 시도해봤지만 아예 접근이 불가능했다. 그의 정확한 얼굴을 파악해뒀다 교전 중에 집중 공격하는 게 최선이었다. 그런데 첩자들이 가져오는 초상들이 이상하게 제각각이었다. 나는 전쟁이 마무리될 무렵에서야 그 이유를 깨닫게 되었다. 암살 시도를 예견한 이순신은 부하들을 그린 그림들을 자신의 초상이라 속여 우리 첩자들에게 전달했고, 그 그림들은 또다른 이본들을 낳아 종국엔 어떤 그림이 진짜 이순신 초상인지 모를 지경에 빠졌던 것이다.

더 놀라운 건 이순신의 군진엔 실제 또다른 이순신이 존재했다는 사실이다. 이순신의 부장이었던 그 이순신李純信은 명나라 소속 종군

화사가 그린 초상화에 자기 얼굴을 남겼다. 이 가짜도 이순신은 이순신인지라 그의 초상이 내 수중에 들어왔을 때 난 발을 구르며 기뻐했다. 동맹군 화사 앞에 설마 가짜를 내세웠을 리 없지 않은가. 하지만 그림을 보면 볼수록 그건 이순신이 아니었다.

필살의 의지로 이순신을 추적해온 나는 그의 모든 걸 알고 있었다. 출생과 성장, 혼인과 등과 과정 전부를 세밀히 파악하고 있었고, 그의 식성과 걸음걸이의 특징 심지어 필적까지 수집하고 있었다. 그림 속 이순신은 결코 내가 아는 그일 리 없었다. 내가 아는 이순신은 훨씬 불투명한 심연을 지닌 복잡한 사내여야 했다. 그 무렵 내 머릿속에 자리잡은 전신戰神 이순신의 모습은 증오와 선망, 질투와 숭배의 감정으로 뒤섞여 현실감을 잃어가고 있었다.

정쟁에 휘말려 파직된 이순신이 백의종군했을 때 비로소 그의 진짜 초상을 입수할 수 있었다. 그건 이순신을 그림자처럼 호위하던 승병 하나가 주군의 운명이 다할 것으로 여겨 비장하게 그린 최후의 초상이었다. 조선 사찰에서 수행하던 중 전쟁이 발발하자 아군 첩자로 활동하던 일본 승려를 통해 그 초상을 건네받던 순간, 나는 그게 그토록 찾아 헤매던 진짜 이순신 초상임을 곧바로 알아챘다. 한참을 멍하니 그림을 바라보고만 있었다. 어떤 점은 상상과 달랐고 어떤 점은 내 예상과 너무나 부합해 놀랍기만 했다.

나는 초상의 임모본臨模本 여러 개를 그리도록 해 조선군 수영水營 근처에 잠입해 있던 자객들에게 전하게 했다. 수졸로 강등된 이순신은 그 무렵 호위 없이 활동하고 있었고 내 편지 한 통이면 그의 목숨은 끝장이었다. 나는 망설였다. 그림을 보고 또 보았다. 이미 병졸로 전락해버린 호걸을 사살할 필요가 있을지 의문이었다. 얼마 뒤 벌어진 명량에서의 끔찍한 패전을 미리 알았더라면 나는 한 치의 망설임 없이 그를 암살했으리라. 하지만 여전히 의문이 남는다. 과연 내게 그의 생명을 앗을 자격이 있었을까? 하늘이 낸 장수를 인간 와키자카의 힘만으로 제거할 수 있었을까?

이젠 이 세상에 존재하지 않는 이순신은 그림 속에서 여전히 영활하고 우울한 눈빛으로 세상을 쏘아본다. 세필로 먹을 덧입혀가며 단시간에 그려진 초상 속 이순신은 내게 무언가 묻는 듯도 하다. 왜 그때 암살하지 않아 더 많은 살생을 하도록 놔뒀느냐고. 아, 단 한 번만이라도 그를 만날 수 있다면 내 영지의 반을 내놓아도 좋다. 그와 차 한 잔을 나누며 이 살생의 업보를 나눠 지고 싶다. 돌이켜보면 나는 결코 그를 죽일 수 없는 운명이었는지도 모르겠다.

신병神兵은 하늘만 죽일 수 있다고 믿던 나는 자객들을 철수시키고 정중한 서찰을 이순신에게 보냈다. 호기로운 위협으로 마음을 제압하고 달콤한 아첨으로 사기를 꺾어가며 전쟁터에서 은퇴할 것을 종용했다. 답신은 여러 손을 거치느라 보름 후에나 도착했다. 겉봉을 뜯자마자 내용보다 글씨 모양이 먼저 눈에 들어왔다. 완전히 압도된 나는 숨을 멈췄다. 글자 한 획 한 획은 기괴하게 꿈틀대며 나 와키자카를 공격해왔고 마지막의 '순신舜臣'이란 서명은 날카로운 움직임으로 내 영혼을 베었다. 일순 공중으로 분해되어 소실된 나의 영혼은 어떻게 해도 이길 수 없는 존재가 이 세계에 실재한다는 사실을 참담히 받아들여야 했다.

이순신은 시 한 수로 답신을 대신했다. 나는 지금도 그것을 완벽히 외울 줄 안다.

| | |
|---|---|
| 만리 강산은 붓끝에서 이뤄지고 | 萬里江山筆下成 |
| 텅 빈 숲 적적하니 새조차 울지 않네 | 空林寂寂鳥無聲 |
| 복사꽃 의구하여 해마다 피는데 | 桃花依舊年年在 |
| 구름은 흐르지 않고 풀만 절로 푸르다 | 雲不行兮草自靑 |

시를 곰곰이 읽고 또 읽자니 그건 살기로 가득한 협박이었고 온유한 표현 속에 감춘 번쩍이는 비수였다. 붓은 칼을 대신한 비유요, 만리 강산은 조선의 영토일 테니 결국 칼로 나라를 구하겠다는 뜻이 아닌가. 새 울음조차 사라진 텅 빈 숲은 초토화된 우리 일본군 진영을, 해마다 피어날 복사꽃은 영원무궁할 조선의 역사가 아닌가. 그렇다면 구름은 뭔가? 흘러가야 할 구름은 왜 멈춰 있는가? 비가 내린다는 뜻이다. 비가 내리고 풀은 절로 푸르다는 건 일본군이 전멸된 뒤의 으스스한 광경을 연상시킨다. 비가 붉은 피를 씻어내리면 그 자리의 풀들만 아무 일 없었다는 듯 푸를 것이라는 무시무시한 경고.

이순신의 섬뜩한 서명은 그가 붓을 칼처럼 구사했다는 분명한 증거였다. 그가 우리 일본군 심장에 칼을 겨눈 채 모조리 없애겠다고 말한 것이나 다름없었다. 나는 두려움에 주저앉았다. 이순신은 나 와키자카가 죽일 수 없는 자였다. 그는 죽음 그 자체였고 살생을 업으로 한 마군魔軍이며 우리가 만든 지옥을 끝장내려고 명부에서 파견한 신장神將이었다.

나 와키자카는 운명을 깨달은 뒤로 이순신 암살을 포기했다. 아니, 조선을 정복하려는 그 어떤 희망도 더이상 품지 않았다. 압도적으로 우세하던 우리 일본군이 명량에서 조선 수군에 의해 모래성처럼 무너졌을 때, 나는 전혀 놀라지 않았다. 오히려 노량해전에서 그가 전사했다는 소식을 믿지 못했다. 나는 지금도 그의 죽음이 믿기지 않는다.

조선 전쟁이 끝나고 나는 이순신의 서찰을 친애하던 후배 가토 기요마사加藤淸正의 영전에 바쳤다. 십여 년 전 세상을 떠난 가토의 영혼은 그의 영지 구마모토성 혼묘지本妙寺에 모셔졌는데 나는 그의 명복을 빌며 이순신의 친필 한시를 기꺼이 절에 기부했다. 전쟁으로 맺어진 악연을 두 사람은 저승에서나마 풀 수 있었을까? 사실을 말하자면, 나 와키자카는 악연일망정 이순신과 다시 만날 순간을 설레며 기다린다. 극락왕생을 포기하고 그와 마주앉아 한산도 전투에서의 일들을 이야기할 수 있다면 참으로 행복할 것이다.

❀

「왜장 와키자카의 고백」은 이순신 장군과 왜장 와키자카 야스하루 사이의 인연을 역사적 상황에 바탕을 두고 허구적으로 직조해본 것이다. 실증을 거친 진짜 이순신의 초상은 현존하지 않는다. 충민사와 제승당 등에 있던 초상들은 일제강점기 동안 대부분 사라졌으며 남아 있는 초상들도 이순신의 실제 모습을 묘사했다는 확실한 보장이 없다. 한편 이순신의 육필 칠언시가 가토 기요마사의 개인 원찰인 구마모토 혼묘지 보물관에 보관되어 있다. 서명과 낙관까지 갖춘 이순신 장군의 필적이 어쩌다 그곳에까지 흘러들어갔는지는 알 수 없다. 와키자카 야스하루는 이순신에 대한 존경과 증오가 혼재된 독특한 회고담을 남긴 것으로 유명하다. 그는 가토 기요마사와 더불어 도쿠가와 이에야스 편에 가담하여 영주로서의 안정을 꾀했고 천수를 누리다 1626년 사망했다.

남쪽 방향으로 날린 요맥은 돌아오지 않았다. 요맥은 오랜 세월 아르막 너케르와 함께 초원을 누빈 동료이자 언젠가 너케르의 혼을 천신 탕게르에게 인도해줄 용감한 매였다. 바람을 등진 너케르가 머리털을 뽑아 하늘에 날리며 세 번 소리 내어 울었다.

"위대한 용사 요맥이여. 발톱에 움켜쥔 적의 지혜를 내 입에 떨어트리길."

입을 크게 벌리고 고개를 쳐든 너케르가 눈을 감았다. 지혜의 맑은 기운 대신 북쪽에서 불어오는 탁하고 마른 사막 공기가 입안을 휘감았다. 애도의 예를 마치고 말에 오른 너케르는 어둠이 깔린 초원을 새벽까지 쉬지 않고 내달려, 시라무렌강을 떠나온 후 처음으로 고구려군 척후병들의 이동 막사와 마주했다. 요하가 멀지 않았다는 뜻이었다.

말에서 내린 너케르는 포복해 막사 주변까지 다가갔다. 이상하게도 경비병이 보이지 않았다. 활에 화살을 메어 시위를 최대한 당긴 채 산들바람 보법으로 경쾌하게 입구를 향해 돌진했다. 거침없이 막사 안으로 뛰어든 너케르의 눈에 고구려군 시체들이 들어왔다. 시신들은 부패해 있었고 손에는 검이 들려 있지 않았다. 수나라 별동대 선봉의 기습 공격에 당한 게 틀림없었다.

말린 고기 몇 점을 획득해 말 옆으로 돌아온 너케르는 풀숲에 주저앉아 잠시 졸았다. 제대로 잠들지 못한 지 벌써 열흘째였다. 질주하다 말에서 떨어져 죽지 않으려면 조금씩 눈을 붙여야 했다. 적의 출현을 경고해줄 요맥이 없는 상황에서 그건 자살행위였지만 쏟아지는 잠을 멈출 수 없었다. 그는 잠들었고 악몽에 시달렸다. 악몽 속에서 그를 추격하는 돌궐족 병사들을 베고 또 베었지만 적의 수는 줄지 않았다. 부처의 가호로도 그들을 다 제거할 수 없을 것 같았다. 그는 선비족 전사로서 명예롭게 죽고자 단검을 빼 들어 목에 대고 힘차게 긋는다…

요맥의 울음소리에 너케르는 눈을 떴다. 반나절을 곯아떨어졌던가. 오른손으로 자신의 목을 움켜쥔 채였다. 너케르는 튕기듯 일어서서 요맥을 향해 휘파람을 불었다. 본능이 둘을 연결해줬다. 낮게 활강한 요맥이 너케르 앞에 착지했지만 균형을 잃고 뒤뚱대다 끝내 고꾸라졌다. 너케르는 요맥의 상태를 확인해보니 오른쪽 날갯죽지에 화살이 비끼며 만든 부상 흔적이 있었다. 돌궐족 사수들이 바싹 따라

붙었다는 증거였다.

너케르는 말 등에 올라 요맥을 어깨에 얹고 달리기 시작했다. 그렇게 다시 아침이 되도록 달리기를 멈추지 않았다. 얼마나 달렸을까. 문득 요맥의 무게감이 어깨에서 사라졌다는 사실을 깨달았다. 졸음이 확 달아났다. 너케르는 말을 멈추려 급히 고삐를 당겼다. 순간 몸이 포물선을 그리며 들판 위로 나동그라졌고 그는 의식을 잃었다.

아침에 기절했던 너케르는 저녁 별을 보며 깨어났다. 실은 깊은 단잠으로부터 깨어났다고 해야 옳았다. 그의 몸은 타박상 하나 없이 말끔했다. 주변을 둘러보니 부서진 화살통에서 튀어나온 화살들이 흩어져 있었고 스무 걸음 남짓 떨어진 거리에 말이 서 있었다. 일어나려다 말고 다시 드러누운 그는 감청색 하늘을 수놓은 별 무리를 응시했다. 같은 별을 보며 태어난 선비족 아이들은 하늘의 형제였고 그 인연은 피보다 진했다. 빙그레 미소 지은 너케르는 하늘의 형제들을 떠올리며 지금 자신이 사력을 다해 만나러 가고 있는 인물의 이름을 속삭였다.

"시라무렌 강가의 하늘을 함께 바라보며 태어난 자, 선비족의 위대한 투사 우이치여. 우이치 모테르여. 흐르는 땀이 식기 전 그대 앞에 도달하리라."

말에 올라탄 너케르는 요맥이 사라진 어둠 저편을 잠시 응시했다. 전사의 영혼을 지닌 요맥은 홀로 맞는 죽음 따위에 슬퍼하지 않을 것 같았다. 말 머리를 동쪽으로 향한 너케르는 다시 맹렬히 달리기 시작했다. 초원의 나무와 풀이 정면의 소실점에서 튀어나와 순식간에 귓가를 스치고 뒤편 암흑 속으로 사라지기를 반복했다. 너케르는 그런 똑같은 장면을 수도 없이 보아왔다. 그는 무한한 시간의 쳇바퀴 속에서 영겁을 달리는 전사였다.

어슴푸레 여명이 밝아올 무렵, 시라무렌강을 출발한 이후 세번째 갈아탄 말마저 기력을 잃고 쓰러져버렸다. 그가 데리고 출발했던 말을 모두 잃은 셈이었으니 이제 다른 누군가의 말을 약탈해야 했다. 고통을 덜어주기 위해 말의 목을 벤 너케르는 주위를 경계하며 천천히 앞으로 나아갔다. 풀잎에 맺힌 새벽이슬로 가죽신발이 축축해졌고 눅눅한 안개가 시야를 가렸다. 마침내 목동들의 것으로 보이는 막사 하나를 발견해 접근하던 그는 신음처럼 중얼거렸다.

"쳇! 이번엔 이런 운명이었군."

막사는 그가 이틀 전 말린 고기를 얻었던 고구려 척후병들의 막사였다. 졸면서 고삐를 자주 놓치는 바람에 말은 초원을 둥글게 돌아 너케르를 원점으로 데리고 갔던 것이다. 막사 앞 기둥엔 말 다섯 마리가 매여 있었다. 너케르를 추격하던 돌궐족 사수들의 군마였다. 단검을 꺼내든 그는 호랑이 보법으로 민첩하게 전진해 입구 주변에 버려진 고구려군 시신들을 타고 넘어 안으로 뛰어들었다. 경비병도 세우지 않고 방심한 채 잠들었던 돌궐족 사수 셋은 그렇게 고요히 살해됐다. 부처의 가호를 빌고 밖으로 나온 너케르는 혹시 모를 다른 추격병에 대비해 말 네 마리의 목을 찔러 쓰러트리고 남은 말 위에 올라 달리기 시작했다.

요하는 평원을 흐르며 해금 소리를 냈다. 바람은 두껍고 진했다. 수나라 군진은 멀리서도 식별이 가능해 손쉽게 우회할 수 있었다. 수나라군 본진은 여러 차례 맹공에도 요동의 고구려성들을 함락하지 못하자 공격을 멈추고 회군을 준비중이었다. 지친 고구려군도 방어 태세를 느슨하게 풀었을 것이다. 하지만 진짜 전쟁은 다시 시작되었다. 수나라 황제는 자신에게 귀의한 돌궐족 기병들을 앞세운 삼만의 별동대를 후방에서 새로 조직해 압록수로 진격시키고 있었다. 그들은 견고한 고구려 전초기지들인 험성險城들을 그냥 지나쳐 평양을 직격할 예정이었다. 너케르는 수나라 별동대보다 먼저 압록수를 건너 고구려군에 이 사실을 전해야 했다. 그것이 그의 마지막 임무였다.

요하를 통과한 너케르는 별동대의 선봉을 따라잡기 위해 분투했다. 그는 먹지도 자지도 않았고 목이 마르면 말의 피를 빨았다. 너케르가 마침내 압록수 직전에서 별동대 선봉을 앞질렀을 때 그의 몸엔 앙상한 살가죽만 남아 있었다. 그는 탈진해 거품을 물고 쓰러졌다. 그런 그를 먼저 발견한 건 부처님의 도움 덕분이었는지 고구려 정찰병들이었다. 강을 넘어와 수나라군 동태를 탐지하던 정찰병들은 자신들의 지휘자 이름을 절규하듯 외치는 선비족 기병을 배에 싣고 함께 복귀했다.

너케르가 눈을 뜨자 익숙한 막사의 천장이 보였고 횃불 불빛으로 얼굴이 붉게 물든 고구려군 장수의 얼굴이 불쑥 나타났다. 너케르의 얼굴을 쓰다듬으며 그가 말했다.

"하늘의 형제, 너케르여. 그대 영혼이 지상을 떠나려 한다. 시라무렌 강가를 거닐던 그대는 사람의 일을 끝내고 천신 탕게르 곁으로 돌아가리라."

입을 열려던 너케르는 문득 자신의 이빨이 모두 빠져버렸음을 깨달았다. 그의 말은 가쁜 호흡에 쇳소리가 되어버렸고 코에선 피가 흘러내렸다. 너케르의 목소리를 듣기 위해 고구려 장수가 귀를 가까이 댔다. 너케르가 비시시 웃으며 속삭였다.

"우이치 모테르, 나의 형제여. 나는 임무를 마치고 여기서 죽는다. 하지만 나를 기억하라. 나 아르막 너케르는 용맹한 선비족의 궁수 쿠리치로 살다 명예를 지키고 이렇게 죽는다. 나를 기억하라."

고구려 장수 우이치 모테르가 고개를 끄덕이며 세 번 곡했다. 너케르가 다시 말했다.

"수나라 황제가 정예 돌격대 삼만을 꾸려 다시 침공하러 오고 있다. 변절한 돌궐족이 선봉이다. 그들은 날렵하여 요동을 바람처럼 스치고 평양성으로 날아갈 것이다."

고개를 끄덕인 우이치 모테르가 너케르의 눈을 감겼다. 너케르는 눈을 감고 자신의 운명을 담담히 받아들였다. 하지만 이번엔 이상하게 숨이 오래 붙어 있었고 한마디 덧붙일 기력이 남아 있었다.

"우두머리 우이치여. 그대는 모르겠지만 나는 이곳에 수도 없이 찾아왔었다. 나는 이곳에서 사라지자마자 시라무렌 강가에서 다시 깨어난다. 나 아르막 너케르는 이 시간의 수레바퀴 안에 갇히고 말았다. 무모한 살육의 업보로 부처의 덫에 걸리고야 말았다."

말을 마친 너케르는 절명했다. 고구려 장수가 된 선비족 용사 우이치 모테르는 어린 시절 수많은 전투를 함께한 전우의 마지막 말을 조용히 되새겼다. 너케르의 영혼이 시라무렌 강가로 되돌아가 같은 삶을 되풀이하고 있다면 전사로선 행복한 저주를 받은 걸지도 몰랐다. 어쨌든 너케르는 끝없이 적들과 싸울 것이며 항상 우이치 모테르를 찾아올 것이다.

우주는 어디서 왔을까? 별들은 누가 만들었나? 아르막 너케르는 눈을 뜨며 기괴한 상념에 빠져들었다. 곧이어 익숙한 풍경이 펼쳐졌다. 숲속 우듬지를 스치듯 날아 막사 옆 홰에 내린 요맥이 울었고 시라무렌 강가의 선비족 정착촌엔 어둠이 내리고 있었다. 잠시 후 수나라군 소속 돌궐족 기마대가 들이닥칠 것이니 즉시 전투준비를 해야 했다. 끝없이 되풀이되는 이 고통스러운 전사의 삶은 우이치 모테르 앞에 도착하고 나서야 끝났고 어떤 짓을 해도 중간에 멈출 수 없었다. 그는 불교에서 말하는 삶과 죽음의 중간 지역인 중유中有를 떠도는 영혼이었다.

몹시 모진 전투에서 너케르는 돌궐족 기마병을 평소보다 많이 죽여야 했다. 화살통 열 개가 다 비도록 적들을 사살한 그가 은신해 있던 숲 밖으로 나왔다. 선비족 전사들과 돌궐족 기마병들이 뒤엉킨 시체 더미에서 흐르는 피가 바닥에 낭자했다. 언제나처럼 전멸이었고 생존자는 그가 유일했다.

"나무 관세음보살. 다시 태어나 성불하기를."

기도를 마친 너케르는 강가에 매어둔 말 세 마리를 찾아내 요하를 향해 달리기 시작했다. 그다음부터 일어날 일은 수도 없이 겪었던 터라 두려워할 필요가 없었다. 어떤 사건은 사라지거나 변형됐고 또 어떤 사건은 느닷없이 새로 생겨났지만 어차피 이 모든 일은 우이치 모테르를 만나야 끝났다. 왜 그래야만 하는지 까닭을 몰랐지만 너케르는 어느 순간 이 임무를 자신의 운명으로 받아들여 매번 최선을 다해 수행했다.

시라무렌강을 떠난 지 여드레째 밤, 그는 어김없이 수나라 별동대 예하 부대와 조우했다. 수나라 말을 할 줄 아는 너케르는 그들로부터 수도 없이 들었던 얘기를 다시 들어야 했다. 기습 공격을 준비하던 수나라 황제가 투항한 돌궐병들에게 고구려와 친한 후방의 선비족을 먼저 몰살시키라 명했다는 사실도 그들로부터 처음 들었다. 너케르는 즉시 그 자리를 떠야 했다. 시라무렌 강가의 정착촌을 습격하고 물러난 돌궐병들이 그를 추적해올 것이었다.

말 세 마리 중 마지막 말로 갈아탄 너케르는 자신에게 닥친 괴상한 운명에 대해 생각해보았다. 그의 선조는 선비족 타크바르拓拔 지파의 무사였다. 타크바르 씨족은 서진西晉을 멸망시키고 북위北魏를 세운 뒤 원元으로 성을 바꿨다. 북위가 한족들의 땅인 낙양으로 수도를 옮기자 선비족 전통은 마침내 소멸했으며 유목민 풍습을 지키려던 무리들은 시라무렌 강가로 되돌아가 정착했다. 아르막 집안과 우이치 집안은 고향인 초원으로 그때 복귀한 정착민 중 하나였다.

"왜 하필 나였을까?"

너케르는 새삼 자신에게 물었다. 그건 부처가 만든 필연일 수도, 세상을 쥐고 조롱하는 악마의 우연한 농간일 수도 있었다. 어쩌면 국교였던 불교를 버리고 남조의 유학을 받아들인 북조 지배자들에 대한 부처의 응징의 화살이 과녁을 잘못 겨눴는지도 몰랐다. 어쨌든 그는 무한 속을 달리고 또 달려야 할 운명이었다.

이번엔 고구려 척후병들의 이동 막사 대신 수나라 별동대의 군막들이 넓은 평원을 차지하고 있었다. 밤이 오길 기다린 너케르는 말 옆구리에 매달린 채 군막들을 최대한 우회해 이동했다. 하지만 그의 민첩함과 말의 정숙 보행도 요맥의 날갯짓소리를 막진 못했다. 주의가 흐트러진 너케르는 낯선 자의 침입 흔적을 탐지하기 위해 조성된 모래 지역인 천전天田을 딛는 실수를 저질렀다. 이제 수나라 보초병이 천전을 확인하기 전까지 가급적 멀리 달아나는 수밖에 없었다.

너케르는 달리고 숨고 또 달리기를 반복했다. 그러다 어느 순간 기절했고 고구려군에 구조되어 우이치 모테르가 지켜보는 가운데 깨어났다. 이번에도 너케르는 자신의 기이한 운명에 대해 말할 시간을 얻었다. 너케르의 말을 묵묵히 듣던 우이치 모테르가 처음으로 이런 말을 꺼냈다.

"형제 아르막 너케르여. 실은 나도 그대와 같은 운명이라네. 나 역시 그대를 만나는 이 순간으로 끝없이 되돌아오고 있지. 우린 서로 다른 시간 안에 갇힌 거라네."

놀란 너케르가 마지막 힘을 모아 물었다.

"그렇다면 그대는 누구에게 다음 사명을 전달하고 있는 것인가?"

우이치 모테르가 절명하는 상대의 눈을 감기며 속삭였다.

"우리 유목 민족을 지켜줄 자라네. 나 우이치 모테르는 고구려인 을지문덕이 되어 이 전쟁을 끝낸다네. 북방족들의 평화는 지켜질 걸세. 형제여, 부디 이번엔 윤회를 벗어나 영원히 이곳을 떠나길 빌겠네."

아르막 너케르는 죽었고 우이치 모테르, 아니 고구려 장수 을지문덕은 수없이 반복했던 전쟁을 다시 시작하기 위해 부장들을 소집했다.

❋

살수대첩의 주인공 을지문덕은 고구려를 지킨 명장임에도 출
생 배경이 미궁에 빠져 있다. 합리적인 추정의 단서는 선비족
계통의 성인 을지乙支에서 얻을 수 있다. 을지는 북위를 세운
선비족 지배층인 울지씨尉遲氏와 발음이 흡사하다. 그렇다면
을지문덕 장군은 고구려로 귀화한 선비족 가문의 후예일 수
있다. 선비족과 조선족은 아주 먼 옛날 바이칼호 근처에자리
잡은 공통 조상의 후예로도 알려져 있다. 을지를 우이치의 음
역으로 가정한 것은 우두머리를 뜻하는 북방 방언 '웃치' 혹은
'윗치'에 근거했다.

# 윤영손, 살아남지 못한 자

나의 이름은 윤영손尹鈴孫, 단종의 이모부다. 운명의 날이었던 1456년 6월 1일 단종께선 창덕궁 동쪽 이궁離宮인 수강궁壽康宮 한편에 거처하고 계셨다. 상왕의 처소라기엔 침소가 좁고 남루하여 이곳을 들를 때마다 가슴이 미어졌지만 그날 아침은 그렇지 않았다. 거사가 성공하여 수양대군 일파를 제거한다면 치욕의 기억이 될 수강궁을 당장 헐어버릴 작정이었다. 거사만 성공한다면.

상왕의 외삼촌이자 나의 처남인 호조참판 권자신이 먼저 와 수강궁에서 기다리고 있었다. 상왕의 표정을 보아하니 이미 반정 계획을 아뢰고 승낙까지 얻어낸 모양이었다. 처남의 손엔 상왕으로부터 하사받은 검 한 자루가 쥐여 있었다. 아침햇살이 주렴 아래로 스며들 무렵 상왕께서 나지막이 흐느끼셨다. 골육끼리 상쟁하여 육친을 주벌해야 하는 모진 숙명이 어린 상왕의 어깨를 짓누르고 있었다.

처남에게 상왕 호위를 부탁하고 수강궁을 나올 무렵 봉보부인 이 씨가 앞을 막아섰다. 태어난 직후부터 상왕을 기른 유모 이씨는 수강궁과 집현전 사이를 연통해온 상왕의 수족이자 반정 모의의 숨은 전략가였다. 수양에게 한명회가 있다면 상왕껜 봉보부인이 있었다. 그녀가 가볍게 목례하고 빠르게 속삭였다.

"형조정랑께서 꼭 알아두셔야 할 일이 있습니다."

의아해하는 내게 바싹 붙어선 그녀의 눈빛에서 비장함이 전해졌다.

"두 가지를 명심하세요. 어떤 일이 있어도 오늘 거사를 미뤄선 안 됩니다. 미루려는 자가 배신자이니 그자를 먼저 베십시오. 또하나 혹 상황이 불리해지면 권 참판과 힘을 합쳐 상왕을 보위하셔야 합니다. 반드시 궁궐 밖으로 모셔서 후사를 도모하셔야 합니다."

봉보부인의 간절한 눈빛을 뒤로하고 말에 오를 때 그녀가 한마디 덧붙였다.

"꿈이 불길하여 걱정됩니다. 모든 일이 틀어진다면 저승에서 다시 뵙지요."

이 말을 들을 때까지만 해도 반정이 실패할 수도 있겠다는 의심은 추호도 하지 않았다. 준비는 완벽했다. 그해 4월 20일 조선에 도착한 명나라 사신 윤봉尹鳳은 방탕하고 어리석어 조선 정세엔 아예 관심조차 두지 않았다. 참람한 금상을 죽이고 옛 왕을 복위시킨다 해서 조선 내정에 간여할 위인이 아니었다. 6월 1일은 바로 윤봉을 위로

하고자 수양이 창덕궁 광연전廣延殿에서 연회를 베푸는 날이었다. 역적 수양 일파를 모조리 숙청하는 날이었다.

창덕궁 대조전 앞뜰에 사열한 숙위군 숫자를 대충 파악한 나는 회랑을 따라 인정전 쪽 출입문으로 이동했다. 연회를 준비하는 궁중 하인들인 궁액宮掖들이 어깨를 밀치며 지나갔지만 그들은 정랑 정도는 눈여겨보지도 않았다. 곧 고위 당상관 나리들이 나타날 참이었다. 난 그곳에서 별운검別雲劍인 성승과 유응부를 기다리고 있었다. 임금 양옆에서 칼을 쥐고 호위하는 별운검 역할은 아무에게나 맡길 수 없어 승정원의 까다로운 논의 과정을 거쳐 결정됐다. 좌부승지 성삼문이 이를 주도해 그의 부친인 성승과 반정 병력의 지휘자인 유응부가 최종 낙점됐다. 별운검이 정해지던 날 반정은 이미 절반의 성공을 거둔 셈이었다.

수양이 당도해 윤봉과 함께 광연전 위층 누대인 징광루澄光樓에 올랐다. 한명회와 정인지가 이들을 수행했고 아래층 행사 준비는 신숙주가 주관하고 있었다. 때마침 나의 직속상관이었던 형조참판 박팽년이 선정전 쪽에서 올라오는 모습이 언뜻 보였다. 표정이 어두워 보여 그에게 말을 걸려 했지만 박팽년은 쪽지 하나를 넘겨준 채 숭문당 쪽으로 우회해 쏜살같이 창덕궁을 벗어났다. 뭔가 일이 생긴 게 틀림없었다. 쪽지에는 '행수行首'라는 두 글자가 적혀 있었다.

연회 좌석이 정돈되고 상왕 부부께서 광연전에 납시어 좌정하실 때까지 나는 생각하고 또 생각했다. 거사는 중지돼선 안 된다. 나는 거사가 중지되었을 가능성을 배제하고 성승과 유응부가 모습을 드러내길 간절히 기다렸지만 별운검들은 끝내 나타나지 않았다. 징광루에 있던 수양과 윤봉이 내려와 상왕께 인사를 올렸다. 풍악 소리가 울려퍼지며 광대들인 재인才人들의 식전 공연이 시작됐고 마침내 상황은 자명해졌다. 운검을 폐했던 것이다. 세차게 뛰는 가슴을 진정시키고 수양의 얼굴을 오래 관찰했으나 다행히 반정의 낌새를 눈치챈 표정은 아니었다.

나는 창덕궁을 벗어나 경복궁을 향해 말을 몰았다. 의심을 피하려고 북쪽 신무문을 통해 입궐하여 경회루 서쪽을 크게 돌아 집현전에 다다랐다. 집현전은 텅 비어 있었다. 맞은편 승정원을 향해 내달리던 나는 익숙한 나인과 마주쳤다. 봉보부인 이씨의 몸종 아가지阿加之였다. 반가운 마음에 아가지에게 무어라 외쳤는데 그 내용은 잘 기억나지 않는다. 대신 아가지가 대답한 말은 지금도 또렷이 떠오른다.

"쇤네 수강궁으로 빨리 돌아가야 해요. 주상께서 오늘 아침 운검을 폐하셨다나봐요."

"누가 그러더냐?"

"행수 어른께서요. 좀전에 집현전 회의를 마치고 창덕궁 광연전으로 떠나시며 저보고 봉보부인께 빨리 알리라 하셔서요."

수강궁과 집현전을 오가며 전령 역할을 하던 아가지는 재빨리 궐내각사 회랑 사이로 사라졌다. 홀로 마주한 승정원은 기분 나쁜 고요 속에 괴괴했다. 머릿속이 하얘진 나는 집현전 북쪽으로 걸어 경회루를 마주하고 앉았다. 얼마만의 휴식이었던가? 경회루 연못 물이 연 둣빛으로 찰랑였다. 나는 외로웠고 또한 참담했다.

'행수'는 집현전 부제학을 일컫는 은어였다. 집현전 제학 이상의 벼슬은 모두 명예직이어서 실질적인 조직의 수장은 늘 부제학이었 다. 집현전 학사들은 부제학을 행수라 부르며 그를 중심으로 똘똘 뭉 쳤다. 1456년 행수는 이개였지만, 당시 행수라 하면 집현전의 반정 계획을 주도하고 있던 이전 행수 성삼문을 지칭했다. 박팽년이 건넨 쪽지에 쓰여 있던 '행수'도 성삼문을 의미함에 틀림없었다.

나는 눈을 감고 집현전 모임에서 벌어졌을 논의를 상상해보았다. 1453년에 이미 부제학을 역임한 박팽년은 선배 행수였으나 맹목적 으로 성삼문을 따르던 인물이었다. 그렇다면 성삼문이 거사 여부를 결정했을 것이다. 성삼문은 과격했지만 완벽주의자여서 모험을 좋 아하지 않았다. 거사를 중지시켰을 것이다. 그럼 유응부는? 무장인 유응부는 운검과 관계없이 당일로 끝장을 보자고 주장했을 자다.

그런데 박팽년은 왜 그 와중에 나를 찾아와 쪽지를 건넨 것일까? 이젠 영원히 알 수 없게 되었지만 추측은 가능하다. 그날 반정에 참 여한 나와 같은 무사들은 각각 자신이 살해할 인물을 할당받았다. 내 가 죽일 인물은 신숙주였다. 집현전 내부 사정에 밝고 한명회만큼이 나 눈치 빠른 신숙주는 운검들이 수양의 목을 베기 전이라도 기회만 오면 즉시 제거하기로 되어 있었다. 성삼문은 성미 급한 내가 혹시라 도 신숙주를 먼저 벨까 염려해 형조의 직속상관인 박팽년을 서둘러 파견했을 게다. 행수인 자신이 광연전에 올 때까지 기다리라고. 나는 그렇게 믿고 싶다. 물론 아닐 수도 있다.

집현전 행수 일행이 방금 전 통과했을 경복궁 서문을 나와 창덕궁을 향해 걸으며 나는 봉보부인이 아침에 했던 말을 떠올렸다. 거사를 중지시키는 자가 배신자다. 어떤 일이 있어도 오늘 안에 결정을 보고 실패하면 상왕을 보위한다. 봉보부인이라면 결코 거사를 중지하지 않았을 것이고 누군가 중지하려 했다면 그자를 먼저 죽였을 터다. 다시 창덕궁에 들어서서 인정전을 지나칠 무렵 나는 갑자기 무섭고도 터무니없는 어떤 생각에 빠져들었다. 그건 우연히 마주친 내금위 조방림趙邦霖의 눈빛 때문이었다.

조방림이 야릇한 표정으로 나를 향해 웃었는데 그건 죄수를 처형하기 직전의 낯빛이었다. 처형자들은 곧 목이 떨어질 상대방을 사람으로 보지 않는다. 죄수들은 물건이나 짐승인 채 죽음을 맞는다. 조방림이 바로 그런 눈빛을 보내고 있었다. 나는 계획이 누설됐고 연회 자체가 수양이 조작한 한판의 연극일 수 있음을 본능적으로 깨달았다. 급히 광연전 앞뜰에 들어서서 배신자가 누굴까 묻고 또 물었다. 그러다 당상관들 좌석 한쪽 구석에 앉아 있던 박팽년을 발견했다. 여전히 표정이 어두웠다. 수양의 우측을 찬찬히 살피니 우승지 한명회와 우부승지 조석문曹錫文이 나란히 앉아 있었다. 그렇게 수양의 우익들로 채워진 해당 줄 끝에 좌부승지 성삼문이 보였다.

성삼문은 놀랍도록 침착했다. 어떻게 그럴 수 있을까? 절망과 혼란 속에 현기증을 느끼던 때 내 옆으로 누군가 다가왔다. 그토록 기다리던 유응부였다. 그가 따라오라는 눈짓을 보냈다. 우리는 대조전 동쪽 회랑 모퉁이의 변방便ㅣ 근처로 이동했다. 유응부의 음성은 흥분과 분노로 떨리고 있었다.

"아침나절 갑자기 운검이 폐지되고 성 승지가 거사를 중지시켰소. 뭔가 일이 꼬이고 있어. 아주 불길하오."

성삼문의 성정은 나도 아는 바였다. 내가 궁금한 건 따로 있었다. 변절자가 있는지, 그게 누구인지, 그자를 당장 어찌해야 할지. 질문들이 목구멍 밖으로 나오려던 찰나, 하늘의 뜻이었는지 하필 그 순간 변방을 향해 걸어오는 누군가의 발걸음소리가 들렸다. 유응부가 재빨리 회랑 반대쪽 문으로 빠져나갈 동안 나는 변방으로 들어가 용변 보는 시늉을 했다. 뒤미처 변방 안으로 따라 들어선 자는 신숙주였다. 전날부터 퇴청하지 못하고 연회 준비를 주관했던 그가 짬을 내 머리를 감기 위해 들른 것이다. 지금이 기회였다. 이 기회를 놓치면 그를 죽일 수 없으리란 확신이 들었다.

관복을 벗은 신숙주가 천천히 상투를 푸는 사이 나는 가만히 허리춤의 칼집에서 칼을 뽑았다. 다시 생각해도 그건 절묘한 우연이었다. 오래도록 꿈꿔오던 복수를 완벽히 실행할 순간이었다. 물을 받아놓은 나무통에 머리를 숙인 상대 등 쪽으로 조용히 다가가 뽀얀 목덜미를 바라봤다. 검을 운행하여 역적을 참하려는 순간 변방 문이 벌컥 열렸다. 성삼문이었다. 그는 눈짓으로 나를 제지하며 신숙주를 향해 큰 소리로 말했다.

"대제학께서 머리를 감고 계셨군? 윤 정랑 찾으러 왔소. 오호라, 여기 계시군."

당황한 나는 신속히 칼을 거두고 뒤로 물러섰다. 머리를 옆으로 틀어 성삼문을 확인한 신숙주가 다시 머리에 물을 끼얹으며 대답했다.

"우리 사이에 무슨 대제학 타령인가? 자네는 자네 볼일 보게. 난 씻겠네."

성삼문은 나를 데리고 회랑 밖으로 나와 광연전 건너편 연못가로 이동했다. 한참 말이 없던 그가 낮은 음성으로 속삭였다.

"유 절제사와 변방으로 가시더군. 신숙주도 이리로 움직이기에 불안해서 따라와봤소."

나는 말없이 그를 노려봤다. 거사 모임이 있을 때마다 자기는 신숙주와 친구 사이지만 반드시 그를 죽여야 한다고 큰소리치던 성삼문이었다. 박팽년이 건넨 쪽지가 갑자기 생각났고 혹시 성삼문이야말로 변절자일지 모른다는 의심이 들었다. 나도 모르게 칼집을 쥐고 물었다.

"운검을 폐한 데는 그만한 이유가 있을 거요. 누가 고변이라도 했다면 어쩌오?"

성삼문이 칼집을 쥔 내 손을 가볍게 어루만지며 고개를 저었다.

"고변은 없을 거요. 나를 믿고 잠시 거사를 미룹시다. 다 생각이 있으니."

　그때 성삼문을 베고 변방으로 뛰어들어가 신숙주를 죽이지 못한 것이 천추의 한이다. 그의 말과 달리 고변은 바로 다음날 아침에 있었다. 거사에 참여한 성균관 사예司藝 김질金礩과 그의 장인인 우찬성 정창손鄭昌孫이 고변자였다. 이후 벌어진 일은 다들 알 테니 더 거론할 필요 없으려니와 나 역시 차마 입에 담지 못하겠다. 아직도 원통하고 후회스러운 건 봉보부인과 했던 다짐을 지키지 못했다는 사실이다. 그 생각만 하면 여전히 피눈물을 멈출 수 없다.

　반정에 가담한 주모자들은 의금부 심문을 거쳐 경복궁 사정전 뜰에서 참혹한 추국을 받았다. 다들 꿋꿋이 버텼지만 그 누구도 전체 상황을 파악하지 못한 채 저마다의 관점으로 역모를 실토했다. 나 역시 모진 국문에 여러 번 혼절했다. 수양은 두 번 친국을 하며 호랑이처럼 발광했고 애꿎은 선비들이 줄줄이 연좌되어 처형됐다. 집현전이 텅 비어버릴 정도였다. 6월 7일이 되자 성삼문은 마침내 죄를 자복하며 상왕까지 끌어들였다. 추국청은 즉시 해체됐고 그날 밤 평화가 찾아왔다. 하늘의 달빛이 참 밝기도 했다.

　반정 주모자들은 서로 만나지도 못한 채 다음날 아침 군기감 앞에서 차례로 처형됐다. 사지를 찢어 죽이는 환열형轘裂刑에 처했다. 성삼문은 왜 거사를 중지시켰을까? 그가 변절한 게 아니라면 수양은 왜 운검을 폐했던 걸까? 박팽년의 쪽지가 의미하는 건 무엇일까? 나는 아직도 이런 의문들에 휩싸여 이승을 떠돈다. 반정의 조짐이 성삼문으로부터 처음 새나갔다면 그 통로는 신숙주였을 것이다. 운검을 폐하라 주청한 인물이 바로 신숙주였기 때문이다. 그렇다면 성삼문이 신숙주의 꾀에 넘어갔던 걸까? 6월 1일보다 더 완벽하고 깔끔하게 반정을 성공시킬 수 있는 다른 기회를 신숙주가 넌지시 미끼로 던졌던 건 아닐까?

상왕이 계신 수강궁으로 진입하기 직전 체포되기까지 난 살기 위해 혼신의 노력을 다했다. 살아남아 상왕을 안전한 곳으로 모시고자 처절하게 싸웠다. 내금위 조방림과 대결하다 왼팔을 잃었고 담장을 넘다 등에 두 발의 화살까지 맞았다. 그때 죽었어야 했다. 그때 소멸했어야 했다. 이 원한의 여정은 언제 끝나려는가? 그대들은 보지 못했는가? 그대들이 서울특별시청이라 부르는 건물 지하 유리 바닥 아래 남아 있는 우리의 혈흔들을. 군기감 유적이라 전시된 지면 아래 아직 잠들지 못하고 떠도는 나의 참혹한 영혼을.

앞의 글에 등장하는 인물들과 병자년(1456)의 반청 모의 정황
은 모두 사실에 근거했다. 사건 진행 과정은 상상력을 가미하
되 기본적으로 실록의 기사들을 참고했으며, 창덕궁 변방에
서 신숙주를 살해하려 한 윤영손을 성삼문이 제지하는 장면은
이 사건에 대한 재야 쪽 기록인 남효온의 「육신전六臣傳」에 근
거했다. 성삼문은 운검과 무관하게 거사 당일로 일을 벌이자던
유응부를 만류하고 이듬해 봄 왕의 권농 행사 때로 거사 시점
을 미뤘는데, 이는 결정적 패착이 되었다. 단종이 머물던 수강
궁은 훗날 확장되어 현재의 창경궁이 되었으며, 거사의 현장이
될 뻔했던 광연전은 현재 경훈각이라는 명칭으로 그 흔적만이
남아 있다. 광연전은 본래 이층이었고 위층은 본문에서처럼 징
광루로 불렸다. 군기감은 현재의 한국프레스센터에서 서울특
별시청에 이르는 주변에 있었고, 청사 건축 시 발견된 유적과
유물들이 청사 지하층에 전시되어 있다.

# 우리들의 위험한 이웃

왜란 발발 직전 임진년, 조선의 봄은 불온했다. 무능한 왕은 조정 안에 똬리를 튼 당파 싸움을 다스리지 못했고 명종 때부터 전국에 암약하던 화적 떼들은 점점 조직화되어 관가까지 습격하곤 했다. 야금을 어기고 한양 도성의 밤을 지배한 주먹들은 순라꾼들을 조롱하며 사대문을 자유롭게 넘나들었고 그들 중 일부는 관군 안에 제 편을 심어놓았다고 큰소리쳤다. 풍류와 의리를 숭상한 그들은 자신들을 서역 출신의 자유로운 광대 집단인 건달바라 부르곤 했다.

경복궁을 지키는 금군禁軍인 내금위 무관 임청은 당상관 숙부의 도움으로 궁에 들어갔지만 벼슬엔 뜻이 없었다. 그는 같은 금군인 우림위 무사 박송강과 어울려 번이 없는 날이면 기방을 쏘다니며 즐겼다. 내금위와 달리 우림위는 서자 중 무예가 뛰어난 자들로 충원되었다. 당연히 박송강은 제대로 싸울 줄 아는 사내였다.

"제대로 된 싸움을 보고 싶소?"

술이나 깰 겸 숭례문 주점에서 명례방 쪽으로 걷던 박송강이 물었다. 달빛이 좋았고 흥도 가시지 않았기에 임청은 명례방 자기 집 대문을 그냥 지나쳐 상대가 이끄는 대로 걸었다. 둘이 도착한 곳은 전옥서였다. 박송강이 속삭였다.

"죄수 한 녀석을 꺼내 무공을 잠시 보여드리겠소."

형조에 선이 닿아 있던 박송강은 나장 몇 명을 설득해 죄수를 은밀히 불러냈다. 임청을 보고 잠시 흠칫한 죄수는 박송강을 알아보고는 미소를 머금었다. 둘은 임청 앞에서 격술의 기본 대련을 시연했다. 춤처럼 보이던 동작은 점차 사나워지더니 마침내 급소들을 아슬아슬하게 비껴가는 실전에 근접해갔다. 둘이 마주치고 교차하며 구사한 강인한 보법으로 땅에 먼지가 일었고 팔이 움직이며 내는 소리가 바람처럼 윙윙댔다.

"그만 들어가봐라. 때가 올 때까지 잘 참고."

나장들에 의해 다시 감옥으로 끌려들어가는 죄수를 향해 박송강이 속삭였다. 임청이 그 모습을 지켜보며 잠시 생각에 잠겼다가 물었다.

"네놈 정체가 뭐냐? 의금부 코앞에서 법금을 행하다니."

임청을 똑바로 노려보던 박송강이 한숨을 내쉬었다.

"형님이 서자의 삶을 아시오? 어디 가서 한잔 더 합시다."

그리하여 종루 옆 운종가 청루를 찾은 두 사람은 방의 주렴을 내

리고 술을 마셨다. 인사불성이 되어 땅바닥에 엎어지기 직전, 임청의
귀에 들려온 박송강의 넋두리는 이러했다.

"형을 믿었소. 난 역적도 아니고 그렇다고 충신도 아니오. 나 같은
서출들은 써주는 사람이 임자 아니겠소? 형이 언젠가 그랬소. 이놈
도 저놈도 다 싫다고. 동인도 역겹고 서인도 꼴 보기 싫을 바엔 차라
리 우리 당에 들어오시오."

다음날 새벽 궁으로 복귀한 임청은 번민에 사로잡혔다. 집안을 생
각하면 박송강의 제안을 단호히 거절해야 했지만 간지러운 유혹이
점점 그를 사로잡았다. 해가 떠오르자 조회에 들기 위해 신료들이 삼
삼오오 입궐하기 시작했다. 동인들은 궁의 동쪽 문으로, 서인들은 서
쪽 문으로 들어섰다. 그들은 관복의 복색조차 달리했다. 입조 행렬을
멀리서 바라보던 임청은 어젯밤 전옥서 앞에서 목격한 연무 동작을
살짝 흉내냈다.

달포쯤 지나 임청의 입직 순번이 박송강과 겹쳤다. 오랜만에 마주
친 둘은 한참 말이 없었다. 궁궐 서쪽 담장을 순찰하고 경회루 근처
에 다다를 즈음 첫 휴식 시간이 주어졌고 두 사람은 나란히 섰다. 임
청이 먼저 물었다.

"난동을 일으킬 셈이냐? 역적 정여립처럼 될 것인데?"

박송강의 눈빛에 차가운 살기가 머물다 천천히 사라졌다. 삼 년
전인 기축년, 동인 정여립이 전국적으로 결성한 대동계 모임에서 역
모를 꾸미고 있다는 서인 측 고변이 임금 귀에 들어갔다. 주모자 정

여립은 자결했지만 그후 정국 주도권을 동인으로부터 빼앗은 서인은 천 명에 육박하는 관련자를 죽이거나 유배 보냈다. 특히 정여립의 고향인 전라도 쪽 동인은 씨가 마를 정도였다. 서인 내부에서조차 처벌이 지나치다는 비난이 일 정도의 이 끔찍한 학살이 멈춘 게 불과 넉 달 전이었다.

"형님은 기축년 옥사의 의미를 모르오. 정여립이 누군지는 더더욱 모르겠지."

말을 마치고 멀어져가는 박송강의 뒷모습을 물끄러미 바라보던 임청은 몸을 돌려 경회루 연못을 내려다봤다. 그는 물에 비친 자신의 얼굴을 무심하게 바라보며 오래 서 있었다.

날이 밝아 입직 번을 마친 임청은 육조로를 통해 귀가하다 갑자기 불길한 생각에 사로잡혔다. 전옥서 나장들을 쥐락펴락할 정도의 조직이 박송강 배후에 있다면 이는 필경 복수를 꿈꾸는 정여립 세력의 잔당일 터였다. 그들이 형조와 금군 우림위까지 접수했다면 임금 목숨은 경각에 달려 있는 셈이었다. 그는 급히 육조로 왼편 좌포청으로 향했다. 구면인 포청 무관들을 데리고 전옥서로 갈 요량이었다. 전옥서 나장들을 족쳐 박송강의 수하인 죄수를 수중에 넣기만 한다면 무모한 역모를 미리 막을 수 있을 듯도 했다. 누군가 휘두른 둔기에 뒤통수를 맞고 쓰러지기 직전까지 그는 그렇게 확신했다.

정신을 차리자마자 임청의 눈에 띈 건 붉은 대들보였다. 밤이 깊었다. 바람을 느낀 그는 살며시 고개를 들어 주변을 살폈다. 매우 익숙한 풍경이 펼쳐졌다. 놀랍게도 경회루 위였다. 그는 자리에서 일어나려 했지만 격심한 두통에 도로 주저앉았다. 최면제에 중독됐다 깨어날 때 나타나는 증상이었다.

"형님, 오늘밤 끝을 봅시다. 어차피 이리된 거."

경회루 주변을 비추는 등불 빛이 미치지 않는 어둠 속에서 목소리의 주인공이 나타났다. 상대를 노려보던 임청이 난간에 기대며 물었다.

"역모에 내금위의 호응이 필요한 게냐? 날 잘못 봤다, 송강. 내 비록 무반에 몸을 던진 우매한 자지만 당상관을 배출한 어엿한 반가의 후손이다."

웃음을 참느라 코를 벌름거리던 박송강이 옆으로 다가와 속삭였다.

"내금위가 꼭 필요하긴 하오. 하지만 당장 뭘 어쩌자는 게 아니오. 형님이 아니어도 우린 한양 궁궐 곳곳에 거미줄을 쳐놨소. 이 경회루의 진짜 주인은 따로 있으니까."

어안이 벙벙해진 임청은 사태를 순서대로 재구성해봤고 상대가 결국 자신을 살해할 것임을 눈치챘다. 못다 한 풍류가 아쉬웠지만 문과 무 어느 쪽에도 신통치 못했던 지난 삶에 절절한 애착이 있는 것도 아니었다.

"송강아, 네 녀석이 서출로서 억울하겠다만 그렇다고 동인 편에 가담할 건 또 뭐냐?"

박송강은 대답 대신 임청 옆에 나란히 앉아 연못 건너편 궐내각사 불빛만 한참을 바라봤다. 마침내 그가 입을 열었다.

"난 동인에 가담한 게 아니오. 정여립이 난을 일으키려 했다고? 흥, 정여립은 그저 허수아비였소. 진짜 두령은 그림자도 다치지 않고 천하를 횡행하고 있는데, 모르겠소?"

임청은 그제야 '길삼봉'이라는 이름을 떠올렸다. 길삼봉. 천안의 사노비 출신이라는 것만 알려진 인물. 정여립의 역모가 발고되어 추국이 시작되자마자 그가 대동계의 실제 주인임이 포착됐지만, 신출귀몰한 사나이는 단 한 번도 정체를 드러내지 않았다. 서인들은 관군을 동원해 그의 근거지였던 전라도 지역을 이잡듯 뒤지고도 끝내 그를 잡지 못했다. 그들은 도적의 수괴 길상봉이 허구의 인물이라고 주장해야만 했다.

임청이 물었다.

"동인들이 하는 말이지만, 길삼봉은 서인들이 동인을 치려는 명분으로 날조해낸 인물이라고 하더군. 심지어 정여립조차 역모를 꾀한 적 없었다고도 하고. 직접 본 적은 있나?"

박송강이 임청의 어깨를 툭 치고 대답했다.

"정여립은 길삼봉 두령의 큰 뜻을 알아보고 우연히 동참한 자일 뿐이오. 우리에겐 동인도 서인도 없소. 능력 있는 군주를 모셔 왕위를 선양받고 이 지긋지긋한 반상제를 없애고 싶을 따름이오. 길삼봉을 봤냐고? 천지에 널린 게 길삼봉인데 형님만 못 보셨소? 나 같은 서자들이 뭘로 보이오?"

상대를 멍하니 바라보던 임청이 신음처럼 속삭였다.

"길삼봉은 여럿이로군. 그렇지? 그래서 잡을 수 없었던 거야. 서출임이 틀림없겠고."

의미심장한 눈빛으로 박송강을 노려보던 임청이 낮은 목소리로 다시 물었다.

"혹시, 너냐? 길삼봉이가?"

박송강이 대답 없이 벌떡 일어서서 임청을 물끄러미 내려다봤다. 여러 빛깔의 회한이 난무하는 상대의 눈동자를 올려다보던 임청이 두 다리를 쭉 펴며 넋두리했다.

"날 죽일 거라는 걸 잘 안다. 무부가 죽음 따위를 두려워하랴. 다만 여기선 시신을 수습하기가 용이친 않을 터, 또 어디로 데려갈 셈이냐?"

박송강이 고개를 가로저었다.

"형님을 내 손으로 죽이고 싶지 않소. 그래서 여기로 모신 거요. 가짜 왕이 차지한 이 대궐의 숨은 주인을 만나보시오. 그리하고도 우리 당이 내키지 않거들랑 형님 스스로 삶을 결단하면 되잖소?"

결단이라는 말을 듣는 순간 임청은 저도 모르게 소리 내어 웃었다. 놀란 박송강이 손으로 입을 틀어막고 나서까지도 그는 키득거렸다. 문과를 포기한 것도, 혼례를 거부한 것도, 동반들은 동석조차 꺼리던 서출들과 어울린 것도 그따위 결단이란 걸 하지 않아서 가능한 것이었다. 결단만 하지 않으면 양반끼리 서로 물고 뜯는 한양이란 생지옥도 무사히 건널 것 같았었다. 아무 결단 없이 한양의 홍등가 불빛 사이로 숨어들어 필부필부와 어울리며 재밌는 인생을 살 수 있을 것 같았었다.

"송강아, 난 재밌게 살고 싶었을 뿐이다. 널 부러워한 건 네 용력과, 한양 주먹들을 두루 사귀는 기개 때문이었다. 너와 어울린 건 참 멋진 일이었다. 하지만 결단이라니. 에라, 그건 못 하겠구나. 차라리 어디 조용한 데로 따라가줄 테니 시원하게 죽여다오."

한숨을 내쉰 박송강은 어둠에 잠긴 연못 너머의 궐내각사를 응시했다. 입직 신료 몇몇만 남겨두고 모두 퇴청한 깊은 밤, 궁궐 서문 쪽에서 검은 그림자가 나타난 건 자시를 한참 넘긴 무렵이었다. 그림자는 처음에 셋이었다가 경회루 근처에 도달할 쯤엔 하나만 남았다. 박송강이 임청에게 빠르게 속삭였다.

"길삼봉께서 오셨소."

놀란 임청이 난간 아래를 내려다보는 순간 검은 그림자가 대나무로 만든 접이식 사다리를 타고 순식간에 경회루 위로 올라섰다. 임청은 자기도 모르게 뒤로 엉거주춤 물러섰다. 길삼봉에게 다가간 박송강이 공수한 손을 이마 높이로 들고 허리를 숙였다.

임청 쪽으로 다가오는 포졸 복장의 길삼봉은 의외로 젊어 보였다. 희멀건 피부에 약간 비둔한 몸집이었지만 눈매는 날카로웠고 영기가 넘쳤다. 뒷발을 틀어 방어 태세를 취한 임청이 낮게 외쳤다.

"거기 서라. 도적 주제에 궁궐을 본거지로 삼다니. 금군이 우습게 보이더냐?"

걸음을 멈춘 길삼봉이 뒷짐을 지고 주변을 둘러본 뒤 말했다.

"도적? 누가 도적이냐? 백성들 주린 배도 못 채워주는 임금이 진짜 도적 아니냐? 이 나라를 누가 세웠더라? 생각해보거라. 이성계는 삼봉 선생이 만들어준 왕좌에 그저 걸터앉았을 뿐이다. 임금은 백성이 필요할 때 만드는 거다."

"오호라, 그래서 네놈 별명이 길삼봉이었구나? 서출 주제에 왕을 꿈꾸다니."

길삼봉이 빙그레 웃으며 팔짱을 꼈다.

"왕은 아무나 돌아가며 하면 된다. 이래 봬도 나는 양반이다. 조선이 곧 망할 텐데 그깟 양반이 뭐란 말이냐? 내 얘길 들어봐라."

이어서 길삼봉이 들려준 말은 놀라웠다. 대동계로 결속한 건달바 무리들이 전국에 암약하고 있으며 그 가운데는 서출들이 많지만 당파를 벗어난 양반들도 가담해 있다고 했다. 한때 율곡의 제자였으나 그를 배신하고 동인에 가담한 정여립도 건달바 조직에 입문하며 당색을 벗어던졌다고도 했다. 무엇보다 조만간 왜군의 침입이 있을 거라는 말은 충격적이었다. 길삼봉은 도요토미 히데요시의 밀사로 한양에 잠입한 왜승 게이테쓰 겐소景轍玄蘇와 자신이 긴밀히 연통하고 있다고 주장했다.

"전쟁이 나면 우린 왜군 손을 빌려 임금을 제거할 거다. 혹시 실패

하더라도 내금위가 임금을 호종하게 될 터. 그때 네가 참수해버리면 된다. 왜적들은 우리 같은 의병들이 막아낼 것이고 결국 새 세상이 열리겠지."

날이 밝을 무렵 박송강과 경회루를 벗어나던 임청은 간밤 내내 악몽을 꾼 기분이었다. 제석천을 호위하며 음악을 관장한다는 천축국의 천신 건달바. 훗날 서역 광대들의 별칭이 된 그 건달바가 어쩌다 역모를 도모하는 협사들의 이름이 됐는지 그는 알 수 없었다. 다만 그 자신마저 조금씩 건달바에 물들고 있었다는 사실만은 분명했다.

의금부 앞을 지날 무렵 파루를 알리는 종이 울렸고 통금이 풀리기만을 기다리던 백성들이 사방에서 몰려나왔다. 경회루에서 사라지기 직전 길삼봉이 한 말을 떠올리자 임청의 몸은 새삼 사정없이 떨리기 시작했다. 그의 마지막 말은 이러했다.

"난 동인의 영수였던 초당 허엽 선생의 아들 균이다. 임금이 갈리면 곧 조정에 진출할 생각이다. 잊지 마라. 임금은 우리가 만든다."

❋

글에 등장하는 기축옥사(1589)와 임진왜란(1592) 발발 정황은
모두 사실에 근거한다. 주인공 임청과 박송강을 제외한 나머지
인물들은 실존했다. 기축옥사에 대한 역사적 평가는 제각각인
데, 공공연히 역성혁명을 주장한 정여립을 빌미로 율곡 사후
수세에 몰려 있던 서인 측이 일으킨 정치적 반격이었다는 설이
유력하다. 관련 내용은 『기축록』이라는 문헌에 자세히 나온다.
끝내 체포되지 않은 길삼봉은 정여립 모반 사건의 숨은 주역이
었다. 그의 정체를 허균으로 설정한 것은 소설적 허구다. 하지
만 왜란 중에 벼슬길에 오른 허균의 이후 행적들은 그를 충분
히 길삼봉으로 추정하게 한다. 젊은 시절 서자 출신 건달패들
과 즐겨 어울리던 허균은 경회루를 근거지로 한 한양의 비밀
조직을 소재로 「장생전蔣生傳」을 지었고 해당 글 말미에서 자
신이 협객들과 친밀히 지냈다는 사실을 자랑스레 밝히고 있다.
광해군 재위 기간 동안 북인의 한 당파인 대북 정권에 가담했
다 끝내 역적으로 몰려 형장의 이슬로 사라지기까지 허균이 보
인 급진적 행적들은 여전히 역사적 미스터리로 남아 있다.

# 불멸하는 고독

이조판서에 올라 인사권을 틀어쥔 큰형은 집안의 골칫거리였던 날 진천현감으로 내려보냈다. 한양 사대문 밖을 나가본 적 없던 난 낯선 충청도 풍광에 사흘 동안 식음을 전폐했다. 권문세가의 막내가 원으로 왔다는 소문에 인근 고을 수령들이 몰려들었지만, 다리에 힘이 없어 일어설 수조차 없었다. 두 달이 지나서야 진천현 아전들의 관무 보고를 받았고 밀린 옥사를 처리했다. 이상한 사미승을 만난 건 바로 그때였다.

사미는 장터 국밥집에서 옥천 장돌뱅이들과 시비 붙은 죄로 하옥되었다. 만사가 귀찮았던 난 대충 방면해줄 요량으로 싸움을 하게 된 사연이나 대보라고 심드렁하게 말했다. 녀석의 대답이 걸작이었다.

"사또님, 이래 봬도 소승이 사람 수명을 봅니다. 길흉은 몰라도 죽을 날짜는 틀림이 없이 알아보는데 심보 고약한 놈들이 의심을 하길래 조금 패췄쥬."

시골 관무에 시들해하던 내겐 작은 즐거움이 생긴 셈이어서 이 대수롭지 않아 보였던 사미를 좀더 데리고 놀 심산에, 그럼 내 수명을 대보라고 질책했다. 다음 대답 역시 가관이었다.

"소승보단 오래 사십니다. 축시에 떠나시는데 외로운 팔자시네유. 사람이 안 보입니다. 죄송하지만 전생에 새가 아니셨을까 하네유."

나는 하도 기가 막혀 한참 동안 녀석을 노려봤다. 집안에서 하라는 성리학 공부를 작파해두고 불경이나 도교 수신서를 즐겨 읽던 나로선 흥미로운 맞수를 만난 격이었다. 그날 밤 사미와 난 청사 집무실에서 밤새워 술을 퍼마셨다. 정치에 뜻을 잃은 뒤론 가문에서 파문된 터라 딱히 두려울 것도 더 잃을 것도 없었다.

"소승이 장터를 떠돌며 고기 먹고 술 마시며 희희낙락 즐기는 덴다 이유가 있어유. 제 나이 이제 열여덟, 내년이면 죽습니다."

난 사미의 말을 믿었고 실제로 그는 자신이 예언한 대로 이듬해 가을 어느 날 죽었다. 그날 밤 그에게 들은 사연을 새삼 여기 옮기는 이유는 사람들의 사망 일시를 정확히 맞히던 사미에 대한 경외감 때문이라기보다 내가 죽을 시점을 이미 알고 있기 때문이다. 나는 내일 축시에 죽는다. 죽기 전 가슴에 담아둔 얘기나 쏟아붓는 게 이 초조한 시간을 보내는 데 잠시나마 도움이 되지 않겠는가?

사미는 진천 관아 동남쪽 두타사의 한 상좌를 스승 삼아 그 밑에서 공양하며 살았는데, 나를 만나기 두 해 전 호랑이에 물려 죽었다는 스승에겐 비밀스러운 친구가 한 명 있었다고 했다. 그는 이 절 저 절을 떠돌며 아궁이에 불이나 때는 탁발승인 화두타火頭陀였다. 부목한浮穆漢이라고도 불린 이런 떠돌이 운수승雲水僧은 충청도에선 보기 드문 존재라 사미는 늘 그를 주목하고 있었다.

화두타는 상좌가 담근 술이 익을 무렵에 딱 맞춰 나타나 밤새 통음한 뒤 새벽에 떠나곤 했다. 상좌의 명에 따라 사미는 매달 그믐이면 각종 술을 담가 약사전 옆 창고에 보관했고 화두타가 출현하면 술병에 옮겨 승방으로 전달했다. 이런 일이 수십 차례 반복되며 서로의 얼굴에 익숙해졌건만 화두타는 사미에겐 눈길 한번 주지 않았다. 그는 사미가 들을 수 없도록 상좌의 귀에 대고 무슨 말인가 속삭이다가도 인기척이 느껴지면 말을 끊곤 했다.

상좌가 죽기 한 달 전, 달밤에 갑자기 나타난 화두타의 표정은 어둡고 목소리는 무거웠다. 그날따라 담근 술이 떨어져 사미는 산 아래 술도가까지 내려가 술독을 지게에 지고 다시 올라와야 했다. 사미의 수고를 염려한 듯 상좌와 화두타는 산중턱 은행나무 아래에서 기다리고 있었다. 덕분에 사미는 두 사람의 대화를 엿들을 기회를 잡았다. 화두타가 물었다.

"다음달 일어날 일은 알고 있겠지?"

고개를 끄덕인 상좌가 눈을 감고 대답했다.

"아네. 알고 있어."

화두타가 술잔을 비우고 다시 물었다.

"받아들일 텐가?"

염주를 돌리던 손을 멈추고 상좌가 미소 지으며 대답했다.

"그게 내 운명일세. 그럼 오늘이 자네와 마지막 밤이 되는 건가?"

묘한 표정이 된 화두타가 대답 대신 껄껄 웃으며 상좌의 잔에 술을 부었고 은행나무 옆 덤불숲에 웅크리고 앉아 있던 사미까지 불러내 술을 권했다. 그 순간 사미는 처음으로 화두타의 얼굴을 정면에서 마주할 수 있었다. 숨을 멎게 할 만큼 차갑고 무서운 눈동자가 보였다.

그로부터 한 달 뒤 어느 날 저녁, 생전 씻기 싫어하던 상좌가 목욕재계를 마치더니 승방에서 새벽까지 묵상에 잠겼다. 옆에서 졸던 사미가 선잠에서 깨어났을 때 상좌는 사라지고 없었다. 방문을 박차고 나간 사미는 절 밖으로 이어지며 흩뿌려진 선명한 핏자국을 발견했다. 호랑이였다. 급히 종을 쳐 경보를 발령한 그는 젊은 중들을 모아 횃불을 밝히고 핏자국을 따라 추적에 나섰다. 상좌는 산중턱 은행나무 아래 가지런히 누워 숨겨 있었다.

스승의 다비식이 끝나고 잔불을 정리할 즈음 화두타가 절에 나타났다. 나뭇가지로 사리를 골라내던 사미는 그에게 엎드려 절하며 물었다.

"스님께선 뉘시길래 앞날을 미리 보시나유? 스승님께선 극락왕생하신 거쥬?"

화두타는 불이 완전히 꺼지고 사리가 모두 수습될 때까지 가만히 서 있기만 했다. 초저녁 초승달이 떠오를 무렵 세 번 크게 소리 내어 운 화두타는 몸을 돌려 절을 벗어났다. 사미는 지금이야말로 도를 깨우칠 마지막 기회라고 여겨 준비도 없이 그를 따라나섰다. 북쪽 옥녀봉에 이르도록 뒤도 돌아보지 않고 걷던 화두타가 갑자기 포효했다.

"따라오지 마라."

사미는 그 자리에서 무릎 꿇고 온 힘을 다해 외쳤다.

"소승, 이제 의지할 스승도 없슈. 제발 제자가 되게 해주세유."

사미가 고개를 들자 화두타는 이미 멀리 앞서 걸어가고 있었다. 사미가 아무리 달려도 두 사람의 거리가 좁혀지지 않았다. 그들 사이의 간격은 옥녀봉을 넘어 장군봉에 이르도록 그대로였다. 사미는 필사적으로 뛰며 시야에서 화두타를 놓치지 않으려 노력했다. 화두타는 길이 없는 가시덤불을 지나 암벽을 타고 오르더니 무제봉 쪽으로 벼랑을 건너뛰었다. 발바닥이 찢기고 무릎이 까져 피범벅이 된 사미는 목숨을 하늘에 맡긴 채 몸을 날렸다. 건너편 절벽 노송 가지 끝에 옷이 걸려 간신히 목숨을 건진 사미의 눈에 파리한 달빛이 비쳤다. 그는 통곡했다. 화두타를 놓치면 그의 남은 생은 불 보듯 뻔했다. 의미 없는 수행 속에 평범하게 늙어갈 게 분명했다. 기를 쓰고 절벽을 기어오른 사미는 화두타가 사라진 방향으로 구르듯 내달렸다.

화두타는 무제봉 기슭 바위에 앉아 사미를 기다리고 있었다. 그에게 천천히 다가간 사미가 쓰러지듯 엎드려 제자의 예를 갖췄다.

"이 지겨운 속세를 벗어나고 싶어유. 그 길을 알려주시면 뭐든지 할게유."

크게 한숨을 내쉰 화두타가 사미 옆으로 다가와 속삭였다.

"네 스승과 난 수백 년을 사귀었다. 너를 받아주고 싶은 마음이 왜 없겠느냐?"

"수백 년 사귀셨다면 두 분 다 신선이 아니신가유?"

"네 눈에는 그리 보일 것이다. 뭐, 어떠냐. 남보다 오래 살 운명도 있는 법이다."

"성불이건 득선이건 소승도 하고 싶어유. 태어난 뜻이라도 알고 죽게 해주세유."

사미의 이마를 짚은 뒤 일으켜세운 화두타가 뒤돌아서며 침울하게 말했다.

"네 충심은 비상하다만 수명이 부족한 걸 어쩌겠느냐? 도를 얻기 전에 죽고 말 팔자니라."

사미가 말을 잃고 화두타의 등만 우두커니 바라보았다. 침 삼키는 소리만 자신의 목울대를 울렸다. 우주가 갑자기 정지한 것 같았다.

"수명이 조금 짧구나. 너에게 수행은 무익할 뿐이다. 그러니 저자에 나가 하고 싶은 대로 맘껏 살거라. 이제 삼 년 남았다."

말을 마친 화두타는 무제봉을 향해 걸음을 옮겼다. 제자리에 얼어붙었던 사미가 털썩 주저앉아 절을 올리자 화두타가 마지막으로 뒤돌아보며 말했다.

"사람 수명을 보는 눈은 가질 것이다. 그게 네게 주어진 전부다."

여기까지 말을 마친 사미는 내 앞에서 하염없이 울었다. 놀라운 얘기를 들었지만 이상하게도 내 마음엔 떨림이 없었다. 마치 이런 일이 일어날 걸 미리 알고 있었던 것 같은 기분이 들었다. 청사 동쪽에서 새벽 햇살이 번져오자 사미가 타령 한 곡을 부르다 말고 속삭였다.

"화두타 스승이 무제봉 너머로 사라져갈 때도 이 시각쯤이었어유. 아침이 찾아와 온 세상이 밝아졌는데 제 마음은 어둠 속에 가라앉고 있었쥬. 모처럼 태어났는데 이게 뭐여유? 고작 남들 죽을 날만 알려줄 팔자였어유."

지금 생각해보니 내 팔자는 사미만도 못하여 겨우 제 죽을 날짜만 깨닫고 갈 운명이었던 거다. 하지만 그게 어딘가? 제 인생 정리할 준비도 못 하고 황망히 이승을 떠나는 게 비극 아니던가? 적어도 난 죽음을 가슴에 새기고 쓸데없는 권력 놀음에 삶을 허비하진 않았다. 아무튼 그날 이후로 사미와 난 망년의 벗이 되어 하루하루를 소중히 즐겼고 덕분에 유배지 같던 진천에서의 삶은 한바탕의 유희장으로 변모해 있었다.

이듬해 가을 장터에서 춤추며 놀던 사미가 급사했을 때를 기억한다. 환속한 중은 흔히 중속한重俗漢이라 불렸는데 중속한을 화장해줄 절은 어디에도 없었다. 난 손수 고을 서쪽 백석봉 아래 암자로 시신을 운구해 정성스레 다비해주었다. 그러고는 나오지도 않을 사리를 장난삼아 찾다가 타다 남은 뼛조각 몇 개를 골라 양지바른 곳에 묻고 술을 잔뜩 부었다. 우리의 놀이는 그렇게 끝이 났다.

사미를 떠나보내고 나서야 나는 중요한 질문 하나를 놓쳤음을 깨달았다. 주변 친지와 벗들의 수명까지 죄 알아내고서도 정작 내 죽을 날을 묻지 않았던 것이다. 후회가 막급이었지만 이미 돌이킬 수 없었고 차라리 모르고 사는 게 속 편하다며 스스로를 위로했다. 그런데 운명이었을까? 진천현감 자리를 박차고 한양으로 돌아가려던 어느 날 화두타가 나타났다.

화두타는 고을 사람들이 태령산胎靈山이라 부르던 산기슭에 곱사등이처럼 몸을 웅크리고 앉아 있었다. 송덕비를 세워주겠다는 아전들을 뜯어말리고 대신 한 상 차려놓고 진탕 놀던 밤이었다. 모두 술에 취해 떨어지자 뭔가에 홀린 듯 오솔길을 따라 산에 오른 나는 동그랗게 말린 마른 몸뚱이가 화두타일 거라곤 생각지 못했다. 먼저 말을 걸어온 건 그였다.

"댁이 조선 팔도를 휘어잡은 안동 김문의 막내 자제신가?"

신기하게도 그가 전혀 두렵지 않았다. 오히려 오랜 말벗을 만난 것 같은 벅찬 감흥이 복받쳤다. 고개를 끄덕이는 날 물끄러미 쳐다보던 화두타가 벌떡 일어섰다. 팽팽하게 긴장한 그의 육신은 전혀 다른 것으로 변해 있었다. 그건 강인한 장수의 몸이었다.

"사미 녀석을 잘 대해줘 고마웠어. 좋은 곳으로 가진 못했지만 어쨌든 업은 벗어났으니, 뭐 잘된 거 아닌가? 어때, 선비 양반?"

그 순간 나는 상대가 화두타임을 깨닫고 한 걸음 뒤로 물러섰다. 사람 몸뚱이로 화신한 신선을 두 눈으로 확인한 기쁨에 온몸이 전율했다. 내 목소리가 떨렸던가?

"여긴 어인 일이십니까? 저를 기다리신 건지요?"

화두타는 오래도록 날 쳐다봤고 그의 두 눈동자는 샛별처럼 빛났다. 잠시 후 다시 쪼그리고 앉은 그는 마을 쪽을 내려다보며 한숨 섞인 목소리로 말했다.

"불멸의 외로움을 자넨 아나? 나 같은 운명은 말 건넬 사람 만나기가 정말 힘들다네. 상좌 덕분에 몇백 년 버텼어. 이젠 누굴 만나는 재미로 살아야 하지?"

영원을 사는 신선의 초라한 독백에 난 적잖이 충격을 받았다. 무슨 말이라도 해야 했지만 입이 떨어지지 않았다. 그때 화두타가 나를 향해 고개를 돌리며 말했다.

"사미 녀석이 마지막 희망이었어. 상좌가 소개해주더군. 잘만 다루면 천 년은 버틸 선골을 타고났다면서. 하지만 명이 짧더군. 틈나는 대로 절을 찾아가 확인했지만 명이 조금 짧았어. 물론 녀석은 몰랐을 거야."

나는 그제야 상좌의 비밀을 깨달았다. 그는 제자인 사미를 화두타의 다음 말벗으로 남겨주려 한 것이었다. 죽기 직전까지 제자의 명수를 늘려보려 최선을 다했으리라. 어느 순간 내 옆에 다가온 화두타가 은근한 음성으로 다시 말했다.

"자네, 도를 닦을 생각은 없나? 적어도 백 년은 보장하지. 어때? 잠시 내 말벗이 되어줄 수 있겠나?"

솔바람이 불어와 귓가를 스쳤고 상대가 한 말이 공명을 내며 여러 차례 반복됐다. 취기가 사라졌다. 생전 해보지 않던, 인생을 건 결단을 내려야 할 순간이었다. 난 고개를 저었고 화두타는 맥없이 웃으며 뒷짐을 졌다. 그렇다. 난 불멸을 원치 않았다. 이승을 어슬렁거리다 적당한 때에 소멸하는 게 좋았다. 과연 잘한 선택이었을까?

화두타가 알려준 죽을 날이 바로 내일, 축시. 적어도 아직 난 후회가 없다. 화두타의 정체가, 태령산에 자신의 태가 묻혀 있던 신라의 장수 김유신이라는 것 정도는 당신도 지금쯤 깨달았으리라. 영원은 그 얼마나 보잘것없으며 순간은 그 얼마나 찬란한가!

❀

「불멸하는 고독」은 조선 후기 작가 이옥의 「부목한전」을 새롭게 변형시킨 글이다. 충북 진천을 배경으로 한 이 작품에서 작가 이옥은 신비한 인물 화두타를 능력을 감추고 사는 이인으로 묘사한다. 또한 이 글과 달리 「부목한전」에서 상좌와 사미는 화두타의 이인다움을 드러내는 보조 인물로 설정되어 있다. 한편 충북 진천에는 김유신의 태가 묻혀 있다는 태령산이 현존하며 그와 연관된 다양한 유적과 전설이 전해온다. 김유신의 아버지 김서현은 신라 왕족 만명과 신분을 초월한 사랑을 나눴는데, 만명은 지금의 충북 진천인 만노군萬弩郡의 태수로 부임한 김서현을 따라와 그곳에서 김유신을 낳았다. 김유신이 태어난 생가터는 진천읍 상계리 계양마을에 있다. 화두타를 김유신으로 설정한 것은 필자가 진천을 방문하며 떠올린 소설적 상상의 소산이다.

세
상
의

마
지
막

단
군

절크장 톡토가 자신의 운명을 알기 위해 카르하미르강에 이르렀을
때 날이 저물었다. '검은 용'이라는 뜻의 카르하미르강 위로 노을이
장엄하게 지고 있었다. 부하들과 임시 막사를 세워 야영 준비를 마친
그는 부대 전체의 화살통들을 모아 남은 화살 개수를 셌다. 세 번 정
도의 전투를 더 치를 수 있는 양이었다.

깊은 밤 호위대 없이 홀로 숙영지를 벗어난 톡토는 살며시 말에
올랐다. 밤새 평원을 내달려 예언자의 계곡을 지나 곰의 언덕에 다다
를 즈음 날이 밝았다. 높이 솟은 솟대를 지나 말에서 내린 톡토는 신
성한 땅에 경의를 표하고 돌계단을 올랐다. 계단 끝 지점에 제단이
있었고 제단 위 화로에선 영원히 꺼지지 않는 쥬신 종족의 수호신 탕
구르의 불꽃이 타올랐다. 제단을 지나친 그는 곰의 언덕 정상부에 자
리잡은 석굴 안으로 들어섰다. 칠흑 같은 어둠 속 저멀리에서 웅얼대

며 주문을 외는 듯한 소리가 들려왔다. 톡토가 본능적으로 소리가 나는 쪽을 화살로 겨냥하며 외쳤다.

"난 절크장 톡토, 부여의 전사며 코리 부족의 우두머리 츄만이다."

주문 외우는 소리가 그치고 간헐적으로 기침 소리가 나더니 지친 기색 역력한 음성이 들려왔다.

"싸우는 사람 절크장 톡토여. 운명을 찾는 코리의 아들. 다가와 여기 앉아라."

톡토가 기민한 걸음으로 소리가 나는 곳에 다가갔다. 그는 화살 끝으로 이곳저곳을 겨냥했다.

"어디 있는가? 그대가 탕구르의 화신이 맞다면 모습을 보여라!"

긴 침묵이 이어지자 활시위를 팽팽히 당긴 톡토가 절규하듯 소리쳤다.

"탕구르의 화신에게 물을 것이 있다. 마지막 경고다. 모습을 보여라!"

어둠 속에서 누군가 움직이는 소리가 났고 부싯돌을 부딪치는 소리가 연이어 들렸지만 불꽃은 타오르지 않았다. 목소리가 들렸다.

"내 모습을 보면 실망할 것이다. 절크장 톡토여. 보이는 걸 믿지마라. 사람의 얼은 뵈지 않는 곳에 있다. 불꽃을 가져와라."

톡토 발치로 등잔이 굴러와 멈췄다. 잽싸게 등잔을 허리춤에 넣은 톡토가 등을 보이지 않은 채 뒷걸음질로 석굴 밖에 나왔다. 그가 화로 속 불꽃을 등잔 심지에 옮기고 다시 석굴 안으로 천천히 들어섰다. 불빛을 받은 석굴 벽에선 용과 호랑이를 그린 벽화가 드러났고 공물로 바쳐진 고기의 뼈, 등유로 쓰일 생선 기름이 담긴 통이 바닥에 낭자했다. 호리병 모양의 등잔에 기름을 보충한 톡토가 칼을 빼 들고 목소리가 들려오는 쪽을 향해 전진했다.

등불 앞에 모습을 드러낸 목소리의 정체는 형편없이 늙은 노인이었다. 울긋불긋 오색 천으로 기워 만든 남루한 옷은 때가 타 색이 바랬으며 다듬지 않은 머리카락은 헝클어진 채 길게 자라 바닥까지 닿았다. 병색이 완연한 그는 무엇보다 지쳐 보였고 그 어디에서도 삶의 활기를 찾아볼 수 없었다. 그가 갈라지는 목소리로 말했다.

"나는 늙고 지쳤다. 세상을 다스리는 자들은 더이상 나를 찾지 않는다. 머지않아 카르하미르강을 바라보며 죽을 것이다. 그대는 내 예언의 힘을 믿는 마지막 나그네다. 앉아라."

상대 몰골에 놀란 톡토는 석굴 밖으로 나가고 싶은 유혹에 앉기를 망설였다. 빙그레 웃음 지은 노인이 반쯤 몸을 일으켜 톡토의 손을 잡아끌었다.

"앉아라. 나를 믿은 그대를 위해 노래를 불러주겠다."

노인은 구성진 목소리로 자신의 선조에 대해 노래하기 시작했다. 그에게 탕구르의 얼을 넣어준 영혼의 아비와 그 아비의 아비 그리고 그 아비의 아비의 아비들의 이야기가 끝없이 이어졌다. 노인은 요령을 손에 쥔 채 눈을 감고 최초의 탕구르에 대해 속삭였다.

"하늘의 신 탕구르는 사람의 몸으로 말하기 시작했다. 그리하여 우리 쥬신 종족 앞에 탕구르가 사람 몸으로 나타났다. 그가 탕구르 칸코미, 햇살 비치는 앗달이나 햇살이 비치지 않는 웅달 모두, 우리가 사는 온 들을 다스리는 큰곰이었다. 나의 얼은 탕구르 칸코미로부터 물려받은 것이다."

넋 놓고 노래에 빠져 있던 톡토가 칼을 바닥에 내려놓고 물었다.

"나의 아비는 그대가 예언자라고 했다. 앞일을 맞히고 좋은 말을 해주며 이름을 지어준다고 들었다."

"앞일을 맞히고 좋은 말을 해주며 이름을 지어주겠다. 그러기에 앞서 내가 있게 된 까닭을 설명해준 것이다. 나는 쥬신 종족의 마지막 탕구르다. 내겐 얼을 물려줄 아들이 없다."

골똘히 생각에 잠겼던 톡토가 물었다.

"탕구르 칸코미는 온 들을 다스리며 말도 기르고 여자도 빼앗고 황금도 모았나?"

"그대 부여 사람들의 왕이 하는 모든 걸 했다. 그는 하늘의 신과 숲의 곰이 어울려 생겨난 사람이었다. 모든 초원과 사막과 산과 강을 다스렸다. 그 훌륭함은 점점 줄었고 다스리는 땅도 자꾸 작아졌다. 내가 가진 걸 봐라. 곰이 겨울에 잠드는 작은 굴이 내가 가진 전부가 됐다."

말없이 등불을 바라보던 톡토가 속삭였다.

"사람이 된 탕구르를 이젠 아무도 믿지 않는다. 단단한 칼과 날카로운 화살촉을 믿는다. 쥬신 종족은 갈가리 찢겨 다른 뜰을 차지한 채 서로 싸우고 있다. 저 아래쪽에선 힘이 세진 미개한 한족漢族들이 우릴 쫓고 있다. 부여는 곧 무너진다. 난 코리족을 이끌고 새로운 뜰을 찾아야 한다.”

노인이 지팡이를 짚고 힘겹게 일어서더니 석굴 입구를 향해 천천히 걸었다. 톡토가 그 뒤를 조심스레 따랐다. 노인이 탕구르의 불꽃 앞에 멈춰서서 요령을 흔들며 춤추기 시작했다. 그가 화로를 세 바퀴 돌고 나서 톡토에게 물었다.

“어디로 갈 것인가?”

한참을 망설이던 톡토가 희미한 목소리로 대답했다.

“그대에게 그걸 물으러 왔다. 나의 아비는 죽기 전 내 운명을 탕구르에게 맡기라 했다. 난 부족으로부터 멀리 떠나와 여기 카르하미르 강까지 달려왔다.”

다시 춤추기 시작한 노인이 괴성을 지르며 발짓을 하더니 이내 껑충껑충 뛰었다. 그의 몸에 그의 것이 아닌 어떤 힘이 스며든 것 같았다. 허리춤에 있던 새의 깃털을 귀에 꽂은 노인이 톡토에게 다가와 함께 춤추자고 권했다. 톡토는 자기도 모르게 몸을 솟구치며 뜀뛰기 시작했다. 이상한 감흥이 그의 내부에서 불길처럼 번졌다. 지친 노인은 석굴 입구에 놓인 나무통에서 기장으로 빚은 술을 한 바가지 길어 마시고 톡토에게도 건넸다. 둘은 술에 취해 뒤엉켜 쓰러질 때까지 춤추고 또 춤췄다.

"그대는 진짜 탕구르인가?"

몽롱한 취기 속에 톡토가 물었다.

"나는 칸코미의 얼과 넋을 물려받았다. 넋두리 노래를 듣지 못했나? 나는 밝은 해가 비추는 앗달을 지키는 탕구르다."

고개를 끄덕인 톡토가 코리 부족 특유의 공경하는 말투로 물었다.

"아침햇살인 앗을 주관하는 탕구르여. 나는 어디로 가서 뜰을 차지해야 하는가?"

탕구르가 남쪽을 손으로 가리켰다.

"저쪽으로 가서 땅과 벼와 여자들을 빼앗아라. 해가 떠오르는 곳 전부를 갖고 나누고 불리고 물려줘라. 쥬신 종족은 사막과 숲과 초원과 넓은 호수를 지나 이곳에 이르렀다. 해가 뜨는 땅 모두가 쥬신 종족의 것이었다."

"바다가 보이면 바다도 넘어야 하는가?"

"바다를 넘어라. 바다를 넘고 숲을 헤치고 해를 향해 걸어라."

둘이 마주앉아 대화를 나누고 있을 무렵 멀리서 말발굽소리가 들려왔다. 톡토를 찾으러 달려오는 부대원들이었다. 그들을 바라보던 탕구르가 물었다.

"누군가? 왜 달려오나?"

"코리족 전사인 싸우나이들이다. 난 예언을 듣기 위해 혼자 왔고 저들은 날 지키려 달려오는 거다."

"누구로부터 지키나?"

"부여의 부족들은 서로 믿지 못한다. 션비 부족과 시르위 부족은 서쪽 초원으로 흩어졌고 남은 부족들은 부여 땅을 차지하려 서로를 죽였다. 부여의 해씨 왕족은 허수아비이고 한족들은 무섭게 밀려들고 있다."

제단에 다다른 부하들은 톡토를 발견하고 그의 앞에 정렬해 섰다. 손을 들어 자신이 무사함을 알린 톡토가 탕구르에게 말했다.

"탕구르여. 당신을 지켜줄 코리족을 믿고 함께 남쪽으로 가자. 탕구르가 있는 곳이 쥬신 종족이 있는 곳이니, 코리족은 쥬신 종족과 부여 종족 피를 이어받은 유일한 적자가 되는 거다."

부여 권력자들에게 버림받은 마지막 탕구르는 그날 유일하게 자신을 알아봐준 젊은 코리족 전사에게 설득당해 함께 길을 떠났다. 평원에 집결해 있던 코리족 본진에 도착한 톡토는 사람들에게 탕구르를 소개하며 자신이 쥬신 종족의 새로운 칸임을 선포했다.

위대한 쥬신 종족의 나라가 새로 건설되고 있다는 소문은 삽시간에 초원에 퍼졌다. 온갖 부족이 쥬신의 이름 아래 모여들자 남하하던 톡토의 세력은 기하급수적으로 불어나기 시작했다. 어느덧 영광과 권세에 취한 톡토는 새로운 우주 질서를 세우기로 작정했다. 그리하여 졸본 땅에 왕국을 건설한 그는 탕구르를 궁성에서 추방해버렸다.

추방당한 탕구르는 초라한 몰골로 들판을 떠돌다 오래전 남하해 있던 부여국 유민들에게 발견되어 목숨을 건졌다. 그는 산 아래 허름한 움막을 짓고 간신히 연명해나갔다. 더러 부여 유민이 그를 찾으면 탕구르의 계보를 노래해주고 밥을 얻었고 죽은 자의 혼을 좋은 곳에 보내는 굿을 벌여 땔감을 받기도 했다. 어느 날 톡토 세력에 위협을 느낀 부여 유민들이 반도 남쪽으로 피신하자 탕구르는 주저하지 않고 그들을 따랐다.

부여 유민들은 아리수 주변에 성곽을 쌓고 백제 왕국의 토대를 마련했다. 탕구르는 부여 아이들에게 노래와 점치는 기술을 가르치며 생각보다 긴 삶을 누렸다. 사람들은 그가 백 살이라고도 했고 허풍센 이들은 천 살을 넘겼다고도 했다. 실은 탕구르 본인도 자기 나이를 몰랐다. 부여 사람들은 그를 친근하게 '당골'이라 불렀는데 당골 흉내를 내는 다른 당골들이 늘어나자 그 이름의 신성함은 자취 없이 사라졌다. 부여인들은 한곳을 자주 찾는 이를 '단골손님'이라 부르며 서로 놀리기까지 했다.

탕구르가 일개 무당으로 전락하고 있을 때 톡토는 불현듯 자신의 초라했던 과거를 떠올리며 탕구르를 그리워했다. 그는 탕구르가 거처할 으리으리한 궁을 짓고 '아침햇살 드는 곳'이라는 뜻으로 아사달이라 명명까지 했지만 정작 탕구르의 자취는 찾을 길이 없었다. 긴 수색 끝에 탕구르가 죽지 않고 먼 남쪽에 살아 있다는 소식을 들은 톡토는 심란했다. 그는 고통스러운 뉘우침 끝에 탕구르를 납치하기로 결심했다. 그리하여 평화롭게 말년을 보내고 있던 탕구르는 톡토가 보낸 첩자들에게 아사달로 끌려갔다.

아사달궁을 방문한 톡토는 탕구르에게 아들의 예를 갖춰 절했다.

"위대한 탕구르여. 나 톡토에 대한 미움을 물리고 옛날로 돌아가길 바란다."

톡토를 한참 바라보던 탕구르가 슬픈 목소리로 물었다.

"날 데려온 까닭은?"

"나 쥬신국의 칸 톡토는 불멸을 원한다. 탕구르여. 날 위해 하늘에 기도해라."

만면에 웃음을 머금은 탕구르가 대답했다.

"몸은 불멸할 수 없다. 그대 얼을 하늘에 바치고 다음 삶을 기다려야 한다."

톡토가 언짢은 표정으로 몸을 일으키며 거칠게 말했다.

"그대 얼은 탕구르 칸코미로부터 수천 년을 살아남았다. 나도 그렇게 되고 싶다."

탕구르는 하늘을 올려다보고 껄껄 웃기만 했다. 톡토가 칼집에서 칼을 반쯤 뽑으려던 동작을 멈추고 물었다.

"내가 탕구르가 되면 어떤가? 그대가 내게 칸코미의 얼을 물려주기만 한다면."

"그대에겐 이미 이름이 있다. 사람은 죽어도 그 이름은 영원히 남는다."

"그럼 나에게 불멸의 새 이름을 내려다오. 톡토 칸보다 더 오래갈 이름을."

탕구르는 눈을 감고 자신의 무구巫具인 청동칼, 청동거울, 청동방

울을 차례로 집고 흔들었다. 긴 주문을 외운 그는 해가 뜨는 방향인 동쪽을 향해 절하고 외쳤다.

"그댄 칸코미가 될 수 없다. 위대한 칸으로 있어라. 그대의 족성은 이제 절크장이 아니라 코高다. 활 잘 쏘는 우두머리 코츄만이여. 얼을 높이높이 띄워 칸코미에게 조금씩 다가가라."

우두커니 서 있던 톡토는 고개를 한 번 숙이고 말없이 궁을 나섰다. 그는 다시는 아사달로 찾아가지 않았다. 외로운 세월을 보내던 탕구르는 몇 년 후 계승자 없이 죽었고 톡토 역시 얼마 지나지 않아 졸본성에서 숨을 거뒀다.

톡토 사후 그의 후계자들은 절크장 톡토의 삶을 미화하고자 부단히 노력했다. 그들은 국호를 대쥬신에서 남부여로 다시 코리로 바꿨다. 쥬신 종족의 위대한 나라 코코리는 그렇게 세워졌다. 코코리 사람들은 자신들을 탕구르 칸코미, 즉 단군왕검의 후손이라 여겼고 그들 나라의 창업자 코츄만을 동명성왕이라 불렀다.

❀

「세상의 마지막 단군」은 고조선을 계승한 부여국이 몰락하면
서 통합되어 있던 여러 하위 부족이 분열해 제각기 독립한 역
사적 사건을 다뤘다. 분열은 중국 동북부 흑룡강 주변, 즉 오
늘날 아무르강 주변에서 발생했을 것으로 추측된다. 아무르 강
변을 떠난 부족들은 점차 종족적 동질성을 상실하면서 개별
민족으로 분화되었을 것이다. 선비 부족은 서쪽 초원을 거쳐
중국의 북조 정권을 수립했고 사막으로 이동한 시르위 부족은
훗날 몽골 민족을 이뤄 대제국을 건설했다. 다양한 이름으로
불린 이들 북방 유목 민족은 한때 쥬신국이라는 거대한 종족
공동체의 구성원이었을 수 있다. 이 작품에 등장하는 고대 부
여나 고구려를 단서 삼아 웅혼한 대쥬신 왕국으로의 시간 여
행을 떠나볼 것을 권한다.

# ● 나는 거지로소이다

어느 날 갑자기 한양성 전체가 나의 집이 되었다. 사람들은 나를 보고 열광했고 내 손을 잡아보고 싶어 안달했으며 내가 부르는 노래에 맞춰 덩실덩실 춤췄다. 어쩌다 이런 일이 벌어졌는지 도통 알 수 없었지만 연암 아우는 이야기의 힘 때문이라고 했다. 세상이 더럭 안겨준 이 과분한 행운을 거지인 내가 감당할 수 있었던 건 오직 그와의 만남 덕분이었다.

우연히 행운이 찾아들기 전까지 내 삶은 비참했다. 절 앞에 버려진 나를 '복을 부르는 업'이란 뜻으로 복업이라 부르며 키워주신 주지 스님이 돌아가시자 지옥이 시작되었다. 한양 대사찰의 말사로 새로 부임한 젊은 주지는 특별히 하는 일 없이 놀고먹던 나를 길거리로 내쫓았다. 졸지에 부랑아가 되어 한양으로 흘러든 내게 세상은 더럽고 누추한 감옥에 지나지 않았다. 나는 어서 고통 없이 죽기만을 고대할 따름이었다.

성균관 부근 숭교방崇敎坊 사람들은 천축국의 말로 불경을 외는 내게 먹을 것을 줬고, 낙산 아래 건덕방建德坊 사람들은 덮고 자라며 거적을 내줬으며, 흥인문에서 운종가로 들어서는 초입의 창선방彰善坊 사람들은 고뿔에 걸려 죽어가던 나를 업고 혜민서까지 가줬다. 낙산 맞은편 연화방蓮花坊에 살던 혜민서 의녀는 길거리에서 가끔 봤다며 굳이 나를 살려냈다.

살아서 혜민서를 나와 양반들이 청풍계천 또는 청계천이라 부르던 개천開川 가에 주저앉았다. 오물 냄새가 코를 찔렀다. 그 더러운 물에 빨래를 하고 몸을 씻고 밥을 지어 먹는 사람들을 우두커니 바라보다 주지 스님께서 가르쳐주신 노래가 생각나 흥얼대보았다. 지나가던 거지들이 주변에 몰려들어 노래를 따라 불렀다. 흥이 오른 난 거지들을 몰고 수표교로 걸어가며 주지 스님이 가르쳐주신 춤을 췄다. 수표교에서 놀다 지친 거지들이 제각기 소굴로 돌아갈 즈음 달이 떴다. 난 갈 곳이 없었다. 흩어지던 거지 중 일부가 되돌아와 함께 가자며 나를 이끌었다.

옛날 노래를 잘하고 불경에 나오는 온갖 인물 흉내도 낼 줄 알던 나는 마침내 구걸의 묘법을 터득했고 이내 거지들의 우두머리가 되었다. 지나친 즐거움은 저승의 사자가 판 함정이라고 했던가. 병든 거지 아이를 돌보며 소굴을 지키고 있던 어느 날, 구걸 나간 거지들이 돌아와 잠든 나를 깨웠을 때 병든 아이는 차가운 시신이 되어 있었다. 굶주림에 신음하던 아이가 안쓰러워 쒸준 겨죽이 기도를 막은 모양이었다. 분노한 거지들은 살인자라며 날 걷어차기 시작했다. 한번 격정의 파도 위에 올라탄 무리는 멈출 줄 몰랐다. 영문도 모른 채 두들겨 맞던 난 온갖 변명을 늘어놨지만 소용이 없었다.

무리의 추적을 피해 산 아래 민가로 숨어든 난 어느 집 지붕 위에 올라가 눕고서야 안도의 한숨을 내쉬었다. 피투성이가 된 몸 위로 별빛이 내리쬐자 눈물이 나왔다. 인생은 왜 뜻대로 흐르지 않으며 부처님은 어째서 이런 변덕을 부리시는 걸까. 행운은 왜 불행의 짝이 되는가. 상념에 젖어 이번엔 반드시 죽어버리리라 결심했을 때 개가 짖기 시작했고 방문 밖으로 뛰어나온 집주인은 하인들을 풀어 나를 포박했다. 밤새 심문하던 주인은 날이 샐 무렵에서야 나를 풀어줬다.

죽은 거지는 다리 아래로 던져져 들개의 먹이가 되거나 불어난 물에 휩쓸려 어디론가 사라지는 게 상례였다. 명색이 절밥을 먹던 내가 비록 실수일망정 내 손으로 죽인 아이를 그렇게 되도록 놔둘 수 없었다. 죽은 아이 시신을 다리 아래에서 끄집어낸 나는 아침에 풀려나며 집주인에게서 얻은 명석으로 둘둘 말아 끈으로 묶어 등에 졌다. 무덤자리를 찾아 하염없이 서쪽으로 걷다 서교西郊 공동묘지에 이르러 작은 몸뚱이를 소나무 아래 묻고 한참을 서럽게 울고 또 울었다. 태어나는 데 이유가 없듯 죽는 것에 무슨 까닭이 있으랴. 하지만 태어나지 않음만도 못한 삶이란 도대체 왜 생겨나는 것일까. 주지 스님의 얼굴이 문득 떠올라 어릴 때부터 외우던 『유마힐경』을 노래로 만들어 불렀다.

행운은 불행을 틈타 살며시 다가왔다. 서교 공동묘지에서 울던 나를 멀리서 바라보던 한 사람, 멍석을 빌려주며 이상한 호기심을 억누를 수 없었던 그 집주인, 마포나루에서 세곡을 운반하며 큰돈을 번 권노인이 내 등뒤로 살며시 다가왔다. 그는 내 옆에 나란히 앉아 자그마한 봉분을 물끄러미 바라보고 있었다. 마침내 그가 말했다.

"자넬 의심한 내가 한심하군. 나도 한때 거지 중 상거지였네. 서강과 용산방에서 세곡선을 부리며 죽어라 돈을 모았지. 자식이 셋이었지만 죄다 여기 묻어야 했어."

권노인이 왜 나를 미행했는지, 왜 내게 자신의 이야기를 들려줬는지는 아직도 모른다. 어쩌면 주지 스님 말씀처럼 부처님께선 농을 좋아하시고 무의미의 붓으로 자유롭게 세상을 그리시는 분인지도 모르겠다. 그후 난 권노인의 소개로 흥인문 밖 약령시에서 가장 큰 약방의 일꾼으로 고용됐다.

약방 일은 꽤 재미있었다. 물욕이 없던 나는 그저 주인이 주는 대로 돈을 받았고 고객인 의원들에게 약을 내주며 노래를 불러 큰 인기를 얻었다. 의원들은 한양 대갓집과 종실의 어른들을 진맥하며 내 이야기를 아름답게 포장해 전했다고 한다. 광문이라는 이름은 그때부터 쓰기 시작했다. 한양 사대부가 사이에서 내 이름이 차츰 회자될 무렵, 사람들에게 잠자리 얘깃거리를 제공하여 돈을 벌던 유명한 이야기 주머니들이 약방을 찾아왔다. 불면에 시달리거나 여항 얘기를 즐겨 듣는 사람들에게 장안의 소식을 제공하던 그들은 거지 광문이를 순식간에 유명 인사로 만들어놨다.

한양의 기생들은 나와 교분을 터야 제대로 명성을 높일 수 있었고 저자에서 힘깨나 쓰던 왈짜패들도 나와의 친분을 앞세워야 관에 쉽게 접근할 수 있었다. 나는 시장에서 노래하고 술 마시고 춤췄다. 신분을 넘나들며 벗을 사귀었다. 가난한 자들의 빚보증을 서슴없이 섰고 목돈이 생기면 주변에 아낌없이 뿌렸다. 권문세가와 종실 어른들의 잔치에 자주 초대받던 내가 도성 각처에서 했던 일거수일투족은 곧바로 장안의 화제가 되었다. 광문이의 세상이었다. 아니, 광문이는 애초에 있지도 않은 존재였으니 헛것인 내가 겁없이 세상을 상대로 유희를 벌였다고나 할까.

영혼 없는 광대의 삶이 차츰 두려워질 무렵 연암을 만났다. 그는 소의문 근처 반송방盤松坊에 살던 소년이었다. 몸집이 제법 크고 눈매가 시원스러웠다. 가난한 아버지와 병약한 어머니를 둔 그는 할아버지 집에 얹혀살고 있었는데 그후로도 형수와 처가에 차례로 의지하면서 글만 읽으며 살아갔다.

연암을 처음 본 날 밤, 그의 야동冶洞 집 아래 미나리 밭을 내려다보며 내가 살아온 내력을 말해주자 그가 나를 형이라고 불렀다. 아저씨라 부르는 것보단 듣기 좋았다. 당시 그는 불면증 때문에 두통에 시달리고 있었는데 이를 보다 못한 할아버지가 이야기꾼들을 불러들여 밤을 견디도록 돕고 있었다. 내게 이 영특한 소년을 소개해준

자도 민옹이라 불리던 장안의 이름난 이야기꾼이었다. 그날 밤 연암이 내게 이렇게 말했다.

"형은 세상의 재미난 이야기인 셈이죠. 그래서 얻은 명성이니 이야기가 사라지면 명성도 감쪽같이 사라지지 않을까요?"

무슨 뜻으로 하는 말인지 몰라 내가 물었다.

"삶이 이야기라면 한낱 헛것일 텐데, 그럼 나도 가짜란 건가?"

조금 당황한 기색이던 소년은 두툼한 팔로 내 손을 어루만지며 속삭였다.

"이 세상이 본디 크나큰 이야기인 셈 아닌가요? 이 아우는 그 이야기가 덧없이 끝나버릴까 두려워 잠들지 못한답니다. 혹은 세상이 너무 재미없어질까 불안하여 밤을 지키는 초병이 되었다라고나 할까요. 뭐 그렇습니다만."

순간 나는 소년의 눈에서 승려의 눈망울을 발견했고 이상하게 마음이 후련해지며 입안에서 노래가 절로 흘러나왔다. 즐거움이 사라지려 했던 한양살이도 그날 이후 다시 흥미로워졌다. 우울증에 빠진 철없는 양반 소년을 구경하러 갔다가 되레 내가 구원받은 셈이었다.

그후로 우리는 드문드문 만났는데 내가 한양을 휘젓고 다니며 봐둔 재밌는 장소를 연암에게 얘기하면 그는 반드시 그곳을 방문한 뒤 소감을 글로 적어 읽어주곤 했다. 돌이켜보면 훗날 혼인한 그가 옮겨다닌 한양 셋방들은 죄다 내가 그때 일러준 곳들이었다. 삼천동천 백련봉 아래 초가집, 백탑 인근 대사동大寺洞의 헛간 같은 집, 전의감동典醫監洞의 빗물 새던 단칸방, 거지로 득실대던 가회방嘉會坊 계산동桂山洞의 버려진 친척집. 그가 살던 허름하고 초라한 집들이 아직도 눈앞에 어른거린다.

평민과 어울리기 좋아하던 가난한 괴짜 선비가 세상의 존경을 받는 위대한 학자라는 사실을 안 건 아주 먼 훗날의 일이었다. 실은 내가 만났던 비범한 소년이 커서 무엇이 되었는가는 중요하지 않았다. 그 역시 돈 많은 벗들이나 처가에 손을 벌려 생계를 유지하던 거지, 나의 빛나는 거지 친구였기 때문이다. 생각해보니 실제로 그는 거지 흉내도 냈었다.

내가 한양에서의 긴 놀이를 마치고 팔도를 유랑하다 불미스러운 일에 연루되어 오랜만에 도성을 밟았을 때였다. 내 친동생과 아들을 사칭해가며 사기 행각을 일삼던 무리들과 대질심문을 마치고 의금부를 나설 무렵, 오랜만에 나타난 나를 구경하려는 한양 사람들이 운집해 있었다. 옛 친구들과 두루 인사를 마치고 비로소 저물녘 광통교 아래에 홀로 앉아 있을 때 뚱뚱한 사내가 뒤뚱대며 다가와 옆에 앉았다. 넝마 조각을 이어붙인 옷을 걸친 행색이 영락없는 거지였다. 거지가 거지를 만났으니 담소를 좀 즐겨볼 양으로 통성명을 하려는데 뚱보가 껄껄 웃었다.

"갈喝! 거지 땡중 주제에 아우를 모른다고 또 잡아떼려고? 이번엔 진짜 동생인걸."

한참을 상대를 바라보던 나는 마침내 뼈대가 튼실하고 우람해진 연암을 알아봤다. 그동안 쓸데없는 공부를 하느라 그래선지 나이도 어린 것이 머리는 세고 이마엔 주름까지 패어 있었다. 우리는 얼싸안고 백탑 근처 주막을 찾아 밤새 마시고 춤췄다. 문자깨나 안다는 유식한 자 여럿이 이곳에 들러 알아듣기 어려운 고담준론을 늘어놓다 어떤 자는 고꾸라져 잠들고 어떤 자는 느닷없이 찾아온 마누라 손에 잡혀갔다. '미중美仲'이란 자로 부르던 소년을 연암이란 호로 부르게 된 게 그때부터였던가?

몇 년을 더 한양에 붙어 있던 나는 마침내 영원히 세속을 등지고 수십 년간 떠돌이 중으로 살아왔다. 부질없는 명성 따윈 쉽게 잊었지만 유난히 연암이 그리워 틈나는 대로 언찰을 부쳤고 그때마다 연암은 꼬박꼬박 답장을 보내왔다. 그 때문인지 나는 그의 평생을 내 눈으로 본 것처럼 회상할 수 있다. 얼마 전 황해도를 유랑했을 때는 그가 살아생전 그리도 갈망하던 길고 편안한 잠에 든 곳도 다녀왔다. 그는 무한한 잠 속에 빠져 있었다. 비대했던 연암의 체구와 걸맞지 않게 봉분은 앙증맞고 묘석은 보이지 않았다. 바람이 불어오는 곳에 마치 누가 꽂아놓은 것처럼 대나무 한 그루가 서 있었다.

대나무를 꺾어 지팡이로 만든 나는 내친김에 연암이 젊은 시절부터 들어가 살기를 꿈꿨던 이상향 황해도 연암협으로 갔다. 노동하기를 즐겼던 그의 자취는 어디에도 없었다. 한때 머물며 그가 터를 닦은 집도, 시범 삼아 개간한 밭도, 저수지로 이어지던 도랑도 흔적조차 보이지 않았다. 하긴 언젠가 그렇게 사라질 것들이었다. 세월의 풍파를 겪으며 바싹 말라버린 내 늙은 몸을 내려다보니 대나무 지팡이와 다를 바가 없었다.

세상을 돌고 돌다보니 별별 뜨내기를 다 만났고 개중엔 신기한 물건도 많았다. 올해 경기 땅 절들을 돌아다니다 만난 한 미친 화사 녀석은 뜬금없이 초상을 그려주겠다며 날 절 마당 구석으로 돌아앉게 했다. 녀석은 내 뒷모습을 그려놓고 한참 낄낄댔다. 그림을 들여다보니 영락없는 거지꼴인 것이 나를 닮긴 했다. 그림을 내게 주려다 도로 제 소매 안에 넣으며 녀석이 물었다.

"길에서 주워 길러져 습득拾得이라 불린 스님을 혹 아시오?"

천하 지식인 연암의 형이 습득을 모르겠는가? 당나라 때 절강 지역 국청사에 살던 유명한 바보 스님이 아니던가? 절 근처 동굴에 살던 한산寒山 스님에게 먹다 남은 절밥을 공양했던 마음 착한 그 스님은 거지들의 구원자였다. 화사 녀석이 내 대답을 듣기도 전에 이렇게 씨부렁거렸다.

"난 임금님 어진도 그리던 김홍도라 하오. 이젠 다 늙어 이 절 저 절 떠돌며 자유롭게 즐기며 산다오. 댁이나 나나 조만간 죽을 몸뚱이, 우리 한산과 습득이 되어 함께 절밥에 탁주나 해보겠소?"

연암 박지원은 십대 시절에 한양의 유명한 거지였던 광문이를
입전한 「광문자전廣文者傳」을 지어 문단에 큰 반향을 불러일
으켰다. 10여 년 지나 문명을 떨친 연암은 후일담 형식의 속편
「서광문자전후書廣文者傳後」를 지어 18세기 한양의 다양한 도
시 풍정을 흥미진진하게 묘사했다. 이 소설은 광문에 대한 연
암의 관심과 애정을 단서 삼아 둘 사이의 우정을 허구적으로
상상해본 것이다. 비록 상상의 소산이지만 그 배경이 된 역사
적 상황과 등장인물들은 사실에 바탕을 두고 있다. 연암이 청
소년기부터 불면증과 우울증에 시달렸다는 사실은 그의 초기
작 「민옹전閔翁傳」에 나타난다. 글 말미에 김홍도가 등장하는
장면은 허구다. 하지만 1810년경 사망했을 것으로 추정되는 김
홍도가 한양에서 갑자기 사라진 늙은 광문과 만났을 개연성
이 전혀 없는 건 아니다. 그의 말년작인 〈습득도〉를 보면 중국
승려인 습득이 조선인처럼 짚신을 신고 있는 모습을 확인할 수
있다. 구부정하게 앉은 습득의 뒷모습에는 어린아이의 천진난
만함 속에 비범한 통찰력을 숨기며 살았던 한 조선 거지의 영
상이 녹아 있다.

# ● 어떤 하루

사내가 사납게 말을 몰아 배물다리를 건너 경기도 남태령 초입 승방 평僧房坪에 접근할 즈음엔 동이 터오고 있었다. 그가 나룻배를 구해 한강을 따라 남하한 건 천운이었다. 한양 도성은 이미 아수라장이 되었을 것이고 어쩌면 그가 속해 있던 경기도 장단부長湍府 결사대 오백여 명은 몰살당했을 것이다. 여우 울음소리를 뚫고 청계사를 향해 돌진하는 그는 착호군捉虎軍 전령으로 위장하고 있었다. 호랑이 사냥을 위해 편성된 착호군은 어떤 검문도 통과할 수 있는 무소불위의 권위를 지닌 부대였다.

말을 버린 그가 갑옷마저 풀고 청계산에 올라 마침내 사찰 경내로 들어섰을 때 날이 밝았다. 사내를 처음 발견한 승려 묘법妙法은 겁먹은 표정을 지었다. 타인들 눈을 피해 승방에 마주앉은 두 사람은 한참을 말없이 서로 바라보기만 했다. 묘법이 먼저 입을 뗐다.

"성공했나? 금상은 제거됐겠지?"

사내가 고개를 가로저었다. 낙담한 묘법이 염주를 쥐고 눈을 감았다. 연거푸 대규모 토목공사를 벌이던 왕에게 절의 전답과 노비를 몰수당한 청계사는 몰락 직전이었고 유일한 희망은 원수 같은 왕이 제거되는 것뿐이었다. 사내가 쇳소리 섞인 침울한 어조로 말했다.

"스님, 실은 어떤 깨달음이 찾아왔습니다. 하필이면 어제."

하필이면 그 순간 찾아온 깨달음에 대해 사내는 설명하고 싶었다. 전날 아침, 그는 임진강 하류 북안에 자리잡은 덕진산성에서 출병을 기다리고 있었다. 초병哨兵인 그는 임진강 남쪽을 바라보며 서 있었다. 강의 곡류 지점에 파란 갈대숲으로 보이는 초평도가 있었고 그 너머는 파주 땅이었다. 흰꼬리수리와 따오기가 날아오르고 민들레와 질경이가 제멋대로 자라고 있는 평범한 봄날이었다. 그때 깨달음이 찾아왔다.

"어떤 깨달음이었나?"

묘법의 질문에 사내가 길게 숨을 몰아쉬었다. 묘법과 그는 한 해전 청계사에서 간행한 『법화경』 덕분에 인연을 맺은 사이였다. 사내의 집안은 절에 필요한 자금을 대를 이어 시주하는 단월가檀越家였다. 경전 간행 기념 법회에 초대된 사내는 묘법으로부터 융숭한 대접을 받았고 차츰 친밀해진 두 사람은 왕에 대한 분노를 공유하는 데까지 이르렀다. 사내가 먼지와 땀으로 얼룩진 얼굴을 훔치며 대답했다.

"깨달음은 저 자신에 대한 의심에서 시작됐습니다."

깨달음은 사내가 초평도를 바라보며 잠시 현기증을 느끼던 순간 괴상한 전율로 엄습해왔다. 그는 처음에 그걸 죽음에 대한 공포와 혼동했다. 덕진산성에 집결해 반정을 준비하던 병사들은 지휘관인 장단부사 이서李曙로부터 출전 명령을 받은 상태였다. 오백여 명의 장단부 결사대원들은 혹독한 훈련으로 죽음의 공포에 단련되어 있었지만, 뒤늦게 반정군에 합류한 그는 마음의 준비가 되어 있지 않다. 당연하게도 그의 내면에서 울렁이는 전율과 불안은 죽음 직전의 초조함처럼 느껴졌다. 하지만 불안은 이상한 설렘으로 변했다가 우주 전체가 녹아내리는 대적멸大寂滅과 흡사한 체험으로 이어졌고 그는 끝내 혼절했다.

누군가 흔들어 깨우는 기척에 정신을 차린 그를 부사 이서가 호출했다. 이서는 비늘갑옷으로 무장한 채 막사 안에 앉아 있었다. 탁자위에 나란히 놓인 환도와 투구가 햇살을 받아 번쩍였다. 박달나무로 만든 곤방棍棒을 손에 움켜쥔 이서가 천천히 물었다.

"연흥부원군延興府院君의 서자 김유金瑬라고?"

말없이 고개를 끄덕인 김유가 상대의 살기에 압도되어 뒤로 몇 걸음 물러났다. 고변의 기미가 보이기만 하면, 아니 그럴 일말의 가능성만 느껴도 부하들을 참수하거나 곤방으로 머리뼈를 박살낸 이서였다. 생각에 잠긴 이서가 곤방을 무릎에 내려놓으며 다시 물었다.

"죽는 게 두렵나?"

김유는 죽음이 두렵지 않았다. 선대왕 선조의 장인인 김제남金悌男

이 그의 부친이었으니 금상에 의해 살해된 영창대군 그리고 영창을 낳은 소성대비昭聖大妃가 각각 그의 조카와 누이였다. 계축년에 북인들의 모함을 받아 사약을 받은 부친은 몇 년 뒤 부관참시에 처해졌고 대비는 서궁인 경운궁에 유폐되어 있었다. 복수심에 사로잡힌 그가 죽음이 두려울 리 없었다. 김유가 거칠게 고개를 가로젓자, 자리에서 일어난 이서가 그에게 다가서며 물었다.

"네가 비록 서출이지만 효심과 충심은 나와 매한가지라 믿는다. 그렇겠지?"

김유가 단호하게 고개를 끄덕였다. 잠시 침묵하던 이서가 낮은 목소리로 다시 말했다.

"연흥군께서 연천현감 시절 널 얻었다고 들었다. 네 어미가 비록 천비賤婢지만, 죽기로 싸워 선친의 원수를 갚거라."

이서는 말을 마치자마자 물러가라는 손짓을 하고 돌아섰다. 김유는 조금 전의 섬광 같은 깨달음에 대해 입도 뻥긋할 수 없었다. 막사를 나오자마자 무장 명령이 떨어졌고 마지막 식량으로 북어와 인절미가 지급됐다. 반정군은 즉시 착호군으로 위장했다. 왕의 발병부發兵符 없는 병력 이동은 엄히 금지돼 있었지만 착호군만은 예외였다.

부대는 활과 창으로 무장한 정예 기병, 호랑이를 추적하는 구렵군驅獵軍 복장을 한 보병으로 나뉘어 있었다. 보병이 속보로 먼저 출발하고 김유가 속한 기병이 그 뒤를 따랐다. 반정의 성공은 신속함에 달려 있었기에 부대는 쉬지 않고 이동해 파주에 도착했고 이천부사

伊川府使 이중로李重老가 이끌고 온 부대와 합류했다. 김유가 탈영을 결심한 건 그때였다.

"탈영까지 할 만큼 절박했나?"

묘법이 근심 가득한 표정으로 질문할 무렵 청계사 본당을 소제하는 부산한 소리가 멀리서 들려왔다. 김유가 두꺼운 가죽버선인 다로기를 벗고 이리저리 찢긴 다리의 상처를 천으로 닦아내며 착잡한 목소리로 대답했다.

"잔인한 복수심이 사라졌습니다. 눈처럼 녹아버렸지요. 더이상 그곳에 있을 이유가 없었습니다. 연서역延曙驛으로 이동하는 도중 탈출할 기회만 엿보고 있었습니다."

"어디쯤에서 부대를 벗어났나? 들켜서 뒤를 밟히진 않았겠지?"

"집결지 홍제원弘濟院에 모여 있던 한양의 선봉대와 만날 때까지 빈틈을 찾지 못했습니다. 장단부 병사들은 서로를 감시하도록 짜여 있거든요."

"어떻게 그 삼엄한 감시를 뚫고 여기까지 왔냐니까?"

"홍제원에 닿고 보니 그 한양의 선봉대라는 게 오합지졸이었습니다. 대오도 없었고 무기도 몽둥이와 낫이 전부였지요. 우리 부대가 그들과 뒤섞이며 혼란이 벌어졌습니다."

홍제원은 왁자지껄 떠드는 시정잡배로 넘쳐나 장터처럼 소란스러웠다. 술에 취해 끌려나온 하인 중엔 자신이 무슨 일로 불려나왔는지 모르는 자가 수두룩했다. 잔치 자리인 줄 알고 꽹과리를 치는 자, 횃불을 떨어트리고 우는 꼬마, 싸리비를 무기로 쥔 머슴들이 뒤섞여 서로에게 모인 연유를 묻느라 바빴다. 소동은 반정군이 옹립한 능양 군綾陽君이 나타나고서야 그쳤다.

김유는 왕으로 인해 형과 아버지를 잃은 능양군의 눈빛에서 자신과 똑같은 필부의 복수심을 발견했다. 이미 분노로부터 벗어난 그는 그것을 목도하기 고통스러워 능양군의 시선을 외면해야 했다. 김유를 스쳐지나간 능양군이 열병을 마치고 이서에게 지휘용 깃발인 초요기招搖旗를 넘겨주자 사방에서 함성이 일었다. 반정은 우매한 복수심과 맹목적 부화뇌동 속에서 들뜬 축제처럼 그렇게 시작됐다.

마침내 창의문을 부수고 도성 안으로 진입한 이서의 부대는 궁궐 수비대인 금군은 물론 비명을 지르며 도망치는 궁인들까지 닥치는 대로 베었다. 피범벅의 살육이 이어지는 동안 변변한 저항은 없었다. 반정군에 포섭된 훈련대장 이흥립李興立이 훈련도감 정예병들을 최대한 묶어두고 있어서였다. 그즈음 김유는 말 머리를 돌려 궁을 벗어났다.

"이제 그 깨달음에 대해 들어보세."

부대를 이탈한 경위를 전해듣고 안심한 표정이 된 묘법이 물었다.

"죽지 않는 삶, 불멸에 대한 깨달음이었습니다."

덕진산성에서 김유는 타오르는 듯한 신열 속에 자신이 불멸의 존재였음을 깨달았다. 눈앞의 현실은 갑자기 권태로워졌고 풍경은 찌

그러져 보였다. 기이하게 왜곡된 세계 한복판에서 그는 하염없이 다른 존재로 부화되며 영겁 속을 방황하고 있었다. 그가 겪는 모든 일은 헤아릴 수 없이 오랜 세월 반복된 것이었다. 그 깨달음이 왜 초평도를 바라보던 순간에 찾아왔는지는 알 수 없었다. 어쨌든 그는 끝없이 이어진 자신의 삶을 통해 무한에 연결됐고 이윽고 두려워졌으며 최후엔 한없이 외로워졌다.

천신만고 끝에 강을 건너 한강 남쪽 노들나루에 도착했을 때, 김유는 절박한 고독과 희열에 감싸인 채 갈 곳을 정하지 못해 머뭇댔다. 그는 피 묻은 수통에 남아 있던 물을 천천히 마셨다. 낯설면서도 익숙한 어떤 삶이 상기된 건 그 순간이었다. 기억이 한 지점으로 파동을 치며 역류했고 그는 자신이 태어난 정유년 팔월로 되돌아가 바로 직전 소멸한 또다른 자신의 삶과 마주쳐야 했다. 임진년 발발한 왜란이 마무리되던 정유년, 물러났던 왜병들이 다시 쳐들어왔고 그해 여름 김유가 태어났다. 그가 경기도 연천에서 태어나는 순간 전라도 남원에선 누군가가 죽어가고 있었다.

정유년 팔월, 남원성에선 조선과 명의 연합군이 왜군과의 교전을 준비하고 있었다. 김유는 전라병사全羅兵使 이복남李福男 휘하에서 성의 북문을 방어하던 방패병으로 일명 팽배수彭排手였다. 조명연합군의 전략은 애초부터 잘못됐다. 연합군을 지휘한 명군 부총병副摠兵 양원楊元은 어리석게도 험지의 요새인 교룡산성을 버려두고 평지인 남원성을 전투 장소로 삼았다. 조선군 누구나 그것이 필패의 선택임을 알았지만 교만한 양원을 제지할 사람은 아무도 없었다. 결사전만이 유일한 희망이었다.

김유는 본디 전라군영 소속 부장인 편비偏裨로, 이복남이 남원성과 운명을 함께하기로 결심했을 때 그를 따라 성에 들어간 오십 명의 결사대 중 한 명이었다. 편비 오십 명은 부장 신분을 버리고 기꺼이 사수와 팽배수 역할을 맡았다.

남원성의 전력은 상대인 고니시 유키나가小西行長 부대와 비교도 되지 않을 정도로 열세였다. 남원성에 들어가는 건 무덤으로 들어가는 것과 같았다. 전라병사 이복남은 죽을 자리인 줄 알면서도 남원성에서 기꺼이 전사하고자 했다. 편비 오십 명이 그와 함께 죽기로 결의하던 날 소나기가 내렸다. 결사대는 비를 맞으며 남문을 통해 조용히 입성했다.

8월 13일부터 왜군 주력부대에 포위된 남원성은 16일 밤에 함락됐다. 명군이 지키던 남문과 동문 그리고 북문이 차례로 뚫리자 겁쟁이 양원은 조선군이 혈전을 벌이며 사수하던 서문을 통해 도주했다. 지휘부마저 붕괴된 연합군은 차츰 북문 쪽으로 몰리며 궤멸 직전에 처하게 되었다. 승기를 잡아 연합군을 협공하던 왜군은 조총 부대를 뒤로 물리고 백병전을 벌였는데 그건 정말로 사냥에 가까웠다.

조선군의 방패는 강한 왜검에 두 동강 나기 일쑤여서 팽배수들은 사수와 장창수들을 보호할 수 없었다. 최후까지 북문에서 저항하던 편비들은 마침내 이복남을 중심으로 둥근 원형진을 만들었다. 방패를 버리고 창을 쥔 김유도 그 안에 있었다. 이복남이 외쳤다.

"어차피 우린 여기서 죽는다. 왜적 한 명이라도 더 죽이고 떠나자."

편비들의 진법은 두 겹의 원으로 이루어져 있었다. 바깥 원의 장창수들이 왜병들을 찌르고 몸을 숙이면 안쪽 원의 편곤수들이 도리깨 모양의 편곤을 휘둘렀다. 찌르고 휘두르기를 그렇게 끝없이 반복했다. 무거운 편곤을 휘두르던 안쪽의 편비들이 먼저 지쳤다. 찌르고 휘두르는 속도가 조금씩 둔해졌고 성벽에 몰린 결사대는 반원 형태가 되었다. 가볍게 싸우기 위해 갑옷을 푼 김유는 허리춤의 편도를 움켜쥐었다. 그 순간 성벽 위에서 조총 격발음이 울렸다.


"조총에 맞아 전멸했군?"

묘법이 물었다. 고개를 끄덕인 김유가 잠시 망설이다가 입을 열었다.

"전 그런 식으로 수없는 세월을 싸우며 살았습니다."

"항상? 그렇게 죽이고 죽으면서?"

"그렇습니다. 이 투쟁을 이제 멈추고 싶습니다."

묘법이 미소를 머금고 등을 벽에 기댔다. 무슨 말을 하려던 묘법이 망설이다 간신히 들릴까 말까 한 목소리로 속삭였다.

"한양 소식을 알아보도록 하지. 우선 눈 좀 붙여두게."

묘법이 나가고 방에 혼자 남은 김유는 그제야 몸을 누이고 깊은 잠에 빠졌다. 동료 편비들의 비명과 매콤한 화약 냄새가 꿈자리를 휘저었다. 마흔아홉 명의 편비들이 저마다의 운명을 호소하다 제각각 다른 생으로 미끄러져 떨어졌다. 악귀의 모습이었다. 꿈속의 김유는 자신의 정체 역시 악귀였음을 비로소 자각하고 전율했다. 악귀 오십명이 우주를 떠돌며 저지른 온갖 만행이 눈앞에 차례로 펼쳐졌다. 무수한 살육의 기억을 되풀이하던 김유가 비명을 지르며 깨어났을 때 절은 다시금 깊은 어둠 속에 잠겨 있었다. 봄비 내리는 소리가 후드득후드득거리다 이내 그쳤다.

김유는 자신의 기억에 파고든 여러 차례의 삶을 확신하지 못했다. 불멸의 운명 역시 환상 같기만 했다. 그 모든 게 사실이라면 자신은 지옥을 건너온 셈이었다. 호롱불을 켜고 우두커니 앉아 있던 그는 문득 묘법의 얼굴에 감돌던 미소를 떠올렸다. 자신이 겪은 기이한 하루가 『법화경』의 미묘한 응보일지 모른다는 데에 생각이 미치자 마음이 조금 편해졌다. 청계사는 김유 집안이 대대로 가문의 안녕을 빌던 복전福田이었다. 이런 곳에서 출가하면 어떨까 상념에 젖던 그는 묘법을 찾기 위해 승방의 문을 살며시 열었다.

❀

「어떤 하루」는 1623년 4월 11일 벌어진 인조반정을 배경으로
한다. 반정이 12일 새벽에 성공하여 광해군은 폐위되고 집권
세력이었던 북인은 처형되면서 노론의 시대가 열렸다. 주인공
김유와 청계사 스님 묘법을 제외한 등장인물은 모두 실존 인물
이다. 김유의 전생담을 구성하는 1597년 8월의 남원성 전투 역
시 사실에 바탕을 두고 있다. 이복남과 오십 명의 편비 결사대
일화는 남원 의병장 조경남의 일기 『난중잡록亂中雜錄』에 의거
했다. 여러 토목 사업을 벌이던 광해군으로부터 재산을 몰수당
한 청계사는 실제 1622년 『묘법연화경』을 간행했으며 지금까
지 이 불경을 보관하고 있다. 본문의 소성대비는 사후에 인목
대비라는 시호로 불렸다. 조선군은 일반적으로 알려진 나약한
이미지와 달리 왜란 당시 매우 용맹했다. 남원성 전투에 참전
한 의병과 조선군은 최후의 일인까지 장렬히 싸우다 전사하여
아군 사기를 북돋움으로써 불리한 전황을 역전시켰다. 이름조
차 전해지지 않은 그들에게 이 글을 바친다.

좌하귀에 집을 짓고 수성전을 펼치던 승려 도림은 외벽을 두텁게 쌓으며 꿈쩍도 하지 않았다. 견고하게 진행되는 그의 행마엔 섣불리 중원으로 진출할 기미가 전혀 보이지 않았다. 바둑판 중앙에 함정을 파두고 상대를 현란하게 유인하던 개로왕은 점점 지쳐갔다. 대충 서로의 집 크기를 비교해보고 부아가 치밀은 왕이 물었다.

"이봐, 도림! 승패를 짓지 않을 셈인가? 거기 웅크리고만 있으면 지진 않겠지만 이길 수도 없을 텐데?"

팔짱을 낀 도림이 미소를 머금고 대답했다.

"요거이 바로 고구려 바둑입네다."

상대를 노려본 왕이 한숨을 내쉰 뒤 마지막 묘수를 꺼내들었다. 우상귀에 가짜 집을 짓기 시작한 것이다. 비록 가짜지만 이를 불안히 여긴 도림이 덥석 싸움에 뛰어든다면 왕은 이를 되받아치며 중앙 집을 키울 것이요. 혹시 도림이 이를 기만책으로 의심해 좌하귀에 스스로를 가둔다면 왕은 마음껏 진짜 집을 만들어 세 집 차 이상으로 이길 수 있었다. 상대가 집을 지키건 밖으로 나오건 우상귀 전투의 승자는 왕이었다.

바둑판을 뚫어져라 쳐다보던 도림이 흑돌을 집어 착수하려 말고 왕에게 물었다.

"대왕께선 바둑을 뭐라 생각하십네까?"

어리둥절해진 개로왕이 고개를 갸웃하며 대답했다.

"인생 아닐까?"

피식 웃음기를 띤 도림이 정색을 하고 말했다.

"고거이 바로 백제 바둑이고 망하는 바둑이 아니갔습네까?"

눈썹을 바르르 떤 개로왕이 수염을 쓰다듬으며 대답했다.

"도림, 내 너와 두 해를 넘겨 바둑으로 겨뤘지만 신통하게도 널 이겨본 적이 없다. 항상 네가 반 집이나 한 집 차로 이겨왔지. 그게 너와 나의 타고난 운과 연마한 실력의 차이다. 바둑에 고구려 바둑이나 백제 바둑이 따로 있겠느냐? 운과 실력이야말로 인생의 진미일진대, 어찌 그로써 운행되는 바둑에 백제만의 것이 있겠으며 하물며 망하기만 하겠느냐? 농담일랑 멈추고 빨리 다음 수를 두거라!"

고개를 절레절레 흔들던 도림이 음침한 목소리로 말했다.

"그런 말이 아입네다. 소승 얘길 함 찬찬히 들어보시갔습네까?"

"궁지에 몰려 시간 벌려는 수작은 아니겠지?"

"던혀! 대왕께서 바둑을 인생이라 보시는 거, 고거이 실수라는 겁네다. 바둑이 어째서 인생입네까? 바둑은 놀이고 그저 내기 아니갔습네까? 고구려선 기냥 기케 알고 재미나게 노는데, 백제 사람들은 너무 몰두해 패가망신까지 간다 이 말입네다. 기러케 승패에 심하게 집착하니 또 필패한다 그 말이디요."

갑자기 싸늘한 표정이 된 개로왕이 몸을 쭉 펴고 도림을 한참 응시했다. 왕은 문밖을 지키던 시종을 불러 박하 달인 물을 내오게 했다. 먼저 한 모금 입에 머금고 왕은 마치 바둑판 내려다보듯 도림의 얼굴을 훑어보다 천천히 입을 뗐다.

"내가 네 녀석 정체를 모를 줄 아느냐?"

떨리는 손으로 찻잔을 입으로 가져가던 도림이 낮은 음성으로 되물었다.

"알고 계셨습네까? 언제부터?"

"네놈이 우리 백제로 귀순할 때부터! 고구려왕이 어떤 자더냐? 백제를 못 먹어 안달난 자 아니더냐? 승려들을 몰래 내려보내 우리 사정을 밀탐하고 있음을 이미 알고 있었다."

"그럼 왜 여태 살려두신 겁네까?"

"살려둔 게 아니다. 넌 벌써 죽은 몸이었다. 너 자신만 모르고 있었을 뿐."

"소승을 조롱하시려면 고딴 거이 맘껏 하시라요. 이미 생사를 초월한 몸, 무에가 두렵갔시요?"

박하차를 다시 잔 가득 따라 꿀꺽꿀꺽 들이켠 왕이 호탕하게 웃고 나서 말했다.

"두 해 전, 너와 첫판을 둘 때 결심했다. 바둑으로 날 이기는 한 살려두기로. 그러니까 넌 생사를 오가며 목숨을 건 채 바둑을 두고 있었던 것이다. 그럼 어디 대답해보거라. 이런 바둑이 인생이 아니고 그저 내기더냐?"

도림이 뭐라 대답하려다 멈추고 바둑판을 물끄러미 내려다보았다. 왕이 다시 물었다.

"이 판에서 지면 넌 죽는다. 어디 살길이 보이느냐?"

백돌과 흑돌 사이에서 살길을 찾으려 분투하던 도림이 마침내 입을 열었다.

"죽을 길만 보입네다. 고럼 소승 뒈지기 전에 뭐 하나만 묻갔시요."

"묻기 전에 이것부터 확실히 하자. 돌을 던진 거냐? 진 걸 인정한 거지?"

흑돌을 쥐고 잠시 망설이던 도림이 빙그레 웃으며 대답했다.

"죽을 길만 있다고 했디 졌다고는 아직 아이 했습네다."

백돌을 잔뜩 움켜쥔 손을 부르르 떨던 왕이 뒤로 물러나 안석에 등을 기댄 채 앉으며 말했다.

"묻고 싶은 게 뭐냐?"

"도미라고…… 혹 생각나십네까? 한 팔구 년 전 대왕과 큰 내기를 했다던데."

눈을 지그시 감은 왕이 한참을 좌정한 채 말이 없었다. 모기만한 목소리로 다라니 주문을 외우던 그가 마침내 눈을 떴다.

"생각 안 날 리 없지. 내게 쓰라린 패배를 안긴 이곳 위례성 백성이었다."

한강 남쪽에 자리잡은 백제 수도 위례성은 편호로 등록된 백성만 오만이 넘는 대읍이었다. 그 도회지 여성 가운데서도 미모로 명성이 자자했던 도미의 처 을쑥불이는 어느 날 저녁 난데없이 왕의 방문을 받았다. 왕은 시종과 무사를 집밖으로 물리더니 을쑥불이를 침대로 밀어붙이며 말했다.

"도미하고 내기를 해 너를 얻었다. 궁으로 데려갈 테니 어서 복종하지 못하겠느냐?"

을쑥불이는 꾀를 내 목욕부터 하겠다며 방밖으로 뛰쳐나왔다. 곧바로 옆집 노비에게 달려간 그녀가 애원하며 말했다.

"왕이 날 겁탈하려 한다. 아무리 그가 지엄한 왕이라지만 나도 지아비가 있는 어엿한 성민이다. 내 지아비 도미가 궁궐에 불려가 모함에 빠진 듯한데 그이는 절대 지어미를 팔 사람이 아니다. 도와다오."

왕은 그날 밤 어둠 속에서 을쑥불이로 분장한 노비의 천침을 받았다. 이 순진한 기만행위는 아침이 되자마자 곧바로 발각됐다. 진짜 을쑥불이를 자신 앞에 잡아오게 한 왕이 희한한 말을 시작했다.

"실은 난 가짜 왕이다. 너의 미모에 대해 전해들으신 진짜 왕께서 도미를 불러 내기를 하셨다. 가짜 왕을 보내 부귀영화로 꾀었을 때 네가 넘어올지 않을지를 시험하는 내기였다. 자고로 가난한 미녀는 부호에 약한 법인데 넌 아니로구나. 왕께서 지셨다."

을쑥불이는 가슴을 쓸어내렸다. 하지만 가짜 왕이 궁으로 돌아가고 하루가 지나서도 남편 도미는 돌아오지 않았다. 그 다음날 그녀는 궁에서 보낸 관인들 손에 이끌려 입궐했다. 그녀를 마주한 진짜 왕은 이렇게 말했다.

"저번 내기에선 내가 졌다. 하지만 진짜 내기는 지금부터다. 자, 선택해봐라. 내게 몸을 허락하겠느냐, 아니면 네 지아비 두 눈을 포기하겠느냐? 몸만 준다면 너희 부부를 궁에서 호의호식하며 살게 해줄 것이나, 만약 거부한다면 지아비의 눈을 뽑아버릴 것이다."

을쑥불이는 온몸을 사시나무처럼 떨었다.

"제 몸을 가지신다는 건 결국 절 첩으로 삼으시겠다는 뜻 아닌가요? 그렇다면 저희 부부를 궁에 함께 들이신다 한들 그게 무슨 의미가 있겠어요? 두 눈이 있어도 서로 못 보긴 매한가지 아니겠어요? 차라리 지아비 도미의 두 눈을 포기하겠나이다. 저희 부부 나란히 맹인이 되어 더불어 살고 지고 할 것입니다."

을쑥불이를 노려보던 개로왕이 떨리는 음성으로 말했다.

"한낱 평민 주제에 그깟 몸뚱이가 뭐라고 내 말을 거역하느냐? 그냥 한번 져주면 되지 않느냐? 언제 널 첩으로 삼겠다고 했더냐? 너

정도의 첩은 궁에 넘치고도 넘친다. 네깟 게 뭐라고 감히 날 이기려 드는 거냐?"

격노한 왕은 도미를 감옥에서 끌어내 아내가 지켜보는 앞에서 두 눈을 멀게 만들었다. 피범벅이 된 도미를 뗏목에 실어 한강에 띄워 보낸 왕은 집요하게 을쑥불이의 몸을 원했다. 개로왕의 집념에 끝내 지친 듯 그녀가 힘없이 말했다.

"오늘은 달거리 중이라 몸이 더럽습니다. 사흘 뒤 훈증하고 나서 몸을 바치겠나이다."

궁녀들의 침소로 옮겨진 을쑥불이는 그날로 줄행랑을 놓아 사라져버렸다. 왕은 위례성 곳곳을 이잡듯이 뒤졌지만 그녀의 흔적은 어디서도 발견되지 않았다. 그게 벌써 팔구 년 전의 일이었다.


박하차를 홀짝대던 도림이 은근한 목소리로 개로왕에게 물었다.

"두번째 진짜 내기는 원래 어떤 거였습네까?"

음울한 표정의 왕이 대답했다.

"을쑥불이가 다시 날 거절하면 도미의 최종 승리였다. 처음부터 그녈 가질 마음은 없었고 내기에서 내가 이기면 둘 다 풀어줄 속셈이었다. 내 승벽을 건드린 게 잘못이었지. 일개 평민에게 모욕당한 왕을 귀족들이 얼마나 우습게 보겠느냐? 왕위를 넘보는 저 진씨나 해씨 세력에게 도미는 영웅이 될 게 뻔했다. 살려둘 수 없었다."

"애초에 왜 내기를 시작하셨습네까?"

"이길 줄 알았다."

"그탐 도미만 제거하시면 됐지 어찌 을쑥불이를 끝까지 소유하려 드신 겁네까?"

"전리품으로 갖고 싶었다. 백제 사내들이 모두 탐내는 여자를 가질 수 있는 자가 바로 왕 아니겠느냐?"

메마른 한숨을 내쉰 도림이 천천히 속삭였다.

"놀이는 그저 놀이일 뿐입네다. 놀이나 내기에 인생을 거는 거, 고거이 바로 부처께서 말씀하신 잘못된 집착, 망집 아니갔습네까? 아직 소승의 말뜻 모르시갔디요?"

"웬 횡설수설이냐?"

"잠자코 들어보시라요. 그 을쑥불이라는 에미나이, 여태 고구려에 살아 있시요. 위례성에서 빠져나와서리 배 타고 한강을 뒤지다 무인도에서 숨이 붙어 있던 도미를 찾아냈답네다. 그칸 뒤에 고구려로 망명해 왔시요. 거지꼴로 살다 도미는 일찍 죽었다 들었습네다."

"그 얘길 왜 지금 하는 거냐?"

도림이 빙그레 웃더니 속삭였다.

"이 한판 끝내고 말씀드리면 안 되갔습네까?"

개로왕이 천천히 고개를 끄덕이고 바둑판으로 시선을 옮겼다. 도림이 이길 가능성은 거의 없어 보였다. 흑돌을 쥔 도림이 백돌들이 별자리처럼 포진해 있던 중앙에 침착하게 착점했다. 이상한 수였다. 공격도 수비도 아니었다. 왕으로선 지금이야말로 자신의 우상귀 집을 두터이 쌓거나 도림이 만든 좌하귀 집을 갉아먹을 절호의 기회였다. 하지만 이 무의미한 수가 왕의 머리를 복잡하게 만들었다. 자신이 독점하고 있던 중앙에 침범한 이 무례한 한 수가 몹시 거슬렸다. 왕은 흑돌 바로 옆에 백돌을 붙여 방어를 시작했다.

참으로 어이없는 싸움이었다. 왕이 단단히 다져놓은 우세한 형세는 중앙의 혼전으로 일순간에 엉클어졌고 다 이긴 시합은 끝내기 상황으로 이어졌다. 왕의 우상귀 집이 중앙에서 벌어진 접전의 회오리로 인해 찌그러지자 유일하게 단단했던 도림의 좌하귀 집이 결정적 역할을 했다. 도림의 반 집 승이었다.

"네놈…… 속임수를 썼구나?"

왕이 탄식하자 도림이 느긋한 말투로 대답했다.

"대왕께서 모르셨을 뿐 소승은 늘 이런 수를 써왔습네다. 소승이 이긴 게 아니고 대왕께서 자멸하셨다는 걸 이제 아시갔디요?"

왕은 도림을 노려보며 깊은 숨을 몰아쉬었다. 개운한 얼굴빛으로 변한 도림이 경쾌하게 말했다.

"소승 이번에도 살았시요. 밤 깊으니 이만 가보갔습네다."

"내일 다시 두는 거지?"

"내일? 내일이라. 그런 날이 오갔습네까?"

얼떨떨한 표정을 한 개로왕이 자리에서 일어서려는 도림을 향해 다시 말했다.

"내일 반드시 패배를 설욕하겠다."

말없이 방을 벗어나려던 도림이 뒤돌아보며 속삭였다.

"내일이 온다면 설욕하실 수 있갔디요. 그티만 그런 날은 아니 올 겁네다. 고구려 군사들이 발써 한강을 넘었시요. 백제 귀족들이 등 돌린 거 여태 모르시는 겁네까, 아님 모른 척하시는 겁네까? 좌평 몇 빼면 대왕 편은 이제 하나도 없시요. 내래 동안 든 정이 있어 마지막 한판 뒤주고 가는 줄이나 아시라요."

멍하니 천장을 바라만 보던 개로왕이 도림이 사라진 방문을 향해 조금씩 나아갔다. 그제야 멀리서 울리는 말발굽소리와 아우성이 희미하게 귓가에 들려오기 시작했다. 개로왕이 침전 밖으로 나서서 망루에 오르자 불타는 위례성 모습이 한눈에 들어왔다. 얼마나 지났을까. 왕의 등뒤로 고구려 장수 두 명이 다가왔다. 한 명이 개로왕을 무릎 꿇리고 다른 한 명은 칼을 들어올려 왕을 참수하려 했다. 왕이 몸부림치자 그를 붙잡고 있던 자가 말했다.

"가만히 있어. 안 그럼 여러 번 쳐서리 더 아파. 그카고 우리 이름이나 알고 죽으라우. 난 백제군 출신 재증걸루. 지금은 고구려 장수가 됐어. 그리고 저 친구는 고이만년."

이번엔 칼을 쥔 장수가 씩 웃으며 말했다.

"내래 고이만년이야. 백제 출신이지. 그리고 을쑥불이의 현재 지아비이기도 하고. 니 모가지를 가져다주기로 내 약조했지."

✿

「어차피 인생은 바둑 한판」은 한성백제의 마지막 왕인 개로왕
최후의 날을 소설적으로 복원한 것이다. 『삼국사기』의 「도미열
전」을 참고하되 고구려 장수왕이 보낸 첩자인 승려 도림의 이
야기를 허구적으로 결합시켰다. 성품이 명민하고 외교적 능력
이 탁월했으나 내정에 둔감했던 개로왕은 귀족층의 내부 분열
과 과도한 재정 지출로 인한 민심 이반으로 끝내 몰락했다고
전해진다.

2 부

◉

# 현장의 미스터리

정조 재위 십삼 년째 되던 1790년 겨울은 몹시 추웠다. 희미한 달빛을 받은 창덕궁 전각들은 살짝 내린 눈에 덮여 은색으로 빛나고 있었다. 궐내각사 안 규장각 우측에 자리잡은 검서청에서 처남 백동수 白東修를 기다리던 이덕무는 피곤에 겨워 자주 졸았다. 서자 출신으로 규장각 초대 검서관으로 발탁된 지 벌써 십일 년, 지천명을 코앞에 둔 그는 기이한 혼란에 사로잡혀 부쩍 더 늙은 기분이었다. 그는 왕을 의심하고 있었다.

단안경을 코에 걸친 그가 형조로부터 넘겨받은 기록들을 다시 꼼꼼히 살피기 시작했다. 검시 과정을 자세히 기록한 서류 묶음을 펼쳐 초검부터 삼검까지 오류가 있지 않은지 살폈다. 몇 번을 들여다봐도 오류 따윈 없었다. 살인은 한 사람이 저질렀고 칼로 찌른 각도나 솜씨 또한 일관되었다. 공범의 소행이라고 보긴 어려웠다. 그때 검서청

입구 쪽에서 인기척이 났다.

정조의 친위 군영인 장용영壯勇營의 창검술 교관 백동수는 왕명으로 이덕무와 함께『무예도보통지』를 편찬하는 중이라 창덕궁 출입이 자유로웠다. 두 사람은 밀담을 나누기 위해 금천錦川 쪽으로 낸 누마루인 동이루東二樓로 서둘러 이동했다. 금천 너머 홍문관 쪽에서 불빛이 새어나오고 있었다. 백동수가 오른쪽 소매를 걷어올리며 나지막이 속삭였다.

"전라도 강진에서 지금 막 도착하는 길이요. 근데 매부, 이 상처 좀 봐주시오."

백동수의 오른 팔뚝에 칼날이 지나며 낸 듯한 상처가 보였다. 피부 아래까지는 가르지 않아 큰 출혈은 없었던 듯했다. 이덕무가 놀라며 물었다.

"천하의 백동수를 이리 벨 자가 조선에 있단 말이지?"

싱긋 웃은 백동수가 옷을 내리며 더 낮은 목소리로 말했다.

"강진 구석에 그런 칼잡이가 숨어살 리 있소? 이건 장용영 솜씨요. 내가 가르친 놈들의 짓이지."

놀란 표정의 이덕무가 한동안 말을 잇지 못하다가 신음처럼 속삭였다.

"장용영 부하들이 처남을 강진까지 따라가 습격했다? 그렇다면 이는 필시."

두 사람은 동이루 아래로 흐르는 금천을 말없이 바라보았다. 이덕무는 백동수를 먼저 퇴청시키고 깊은 사색에 잠겼다. 그가 백동수를 강진으로 밀파한 목적은 단 하나, 전국을 충격에 몰아넣은 김은애金銀愛 사건의 진상을 확인하기 위해서였다. 한 해 전 오월, 강진 탑마을의 열여덟 살 유부녀 김은애는 처녀 시절부터 자신을 끈질기게 무고해온 동네 노파를 무참히 살해했다. 문제는 이 사건의 기괴한 처결 과정이었다.

넓은 소매 안에 지필묵을 넣고 두꺼운 누비솜옷을 걸친 이덕무는 검서청을 나선 뒤 미끄러운 전돌길을 조심스레 걸어 출입문으로 향했다. 함께 교정 업무를 맡은 각신 서너 명이 눈인사를 하며 지나갔다. 잽싸게 금호문金虎門을 나오며 수문장청 경비병들과 맞닥뜨렸지만 아무도 그를 제지하지 않았다. 왕이 그의 개인적 수사를 이상한 방식으로 방해했지만 추가적인 제재 조치를 취하진 않은 듯했다. 광화문 앞 의정부로 향하는 그의 발걸음은 더욱 빨라졌다. 마침내 좌의정 채제공이 기다리고 있는 정본당政本堂에 도착한 그는 크게 숨을 몰아쉬고 안으로 들어섰다.

정승들의 집무실인 정본당 안채에서 책장을 넘기던 채제공은 앞자리에 앉은 상대에게 눈길도 주지 않으며 물었다.

"이 검서도 참 끈질긴 사람일세. 뭘 더 알고 싶어 이러나?"

잠시 뜸을 들이던 이덕무가 강진을 다녀온 백동수 얘기를 꺼내자 채제공이 책을 덮고 그제야 상대를 뚫어져라 쳐다보며 천천히 말했다.

"쓸데없는 짓을 벌였군. 주상의 뜻을 거스를 순 없네. 이미 사면령을 내리셔서 김은애를 다시 잡아들일 수도 없어. 그 사건은 그냥 묻어버리세."

"재심을 하자는 게 아닙니다, 좌상 대감! 소신에게 사건의 시말을 자세히 기록해 널리 알리고 내각에도 보관하라는 명을 내리신 분이 누구십니까? 바로 주상이십니다. 청사에 남을 기록이온데 어찌 소홀히 처리하겠습니까?"

담뱃대를 입에 물고 길게 한 모금 빤 채제공이 눈을 감으며 대답했다.

"자네의 지나친 호기심이 자칫 주상의 역린을 건드릴 수도 있어. 물론 이 사건은 이상해. 그래서 나도 여러 차례 사면 불가를 주청하지 않았는가? 주상께서 형조의 판결도, 의정부의 건의도 다 묵살하셨네. 백 초관哨官을 공격한 게 진정 장용영 쪽이라면, 그건 이 문제를 더 파고들지 말라는 강력한 경고일세. 이만 멈추게."

채제공은 더이상 김은애 사건과 관련된 언급을 하려 들지 않았고 이덕무가 자신의 말을 기록하는 것도 거부했다. 의정부를 나선 이덕무는 차가운 겨울바람에 옷깃을 여미며 경복궁 쪽을 한참 동안 바라보았다. 그는 처남이 사는 남산 아래 장흥방을 향해 걸으며 생각에 잠겼다. 왕의 행동은 참으로 이상하기 짝이 없었다. 규장각 안에서 가장 엄밀하고 깐깐한 자신에게 사건 기록을 맡기고도 중립적으로 서술한 초고를 올리면 곧바로 수정하라는 어명을 내리곤 했다. 그때마다 이덕무는 사건을 더 깊이 파고들었지만 그럴수록 사건의 진상은 오리무중에 빠질 뿐이었다. 진정 왕이 바라는 건 무엇이었을까?

1789년 기유년 윤5월 26일 초경 무렵, 강진 탑마을의 김은애는 처녀 시절부터 자신에 관해 거짓 소문을 퍼뜨려온 안 노파 집에 침입해 상대를 잔인하게 난자해 살해했다. 무고의 내용인즉슨 김은애가 처녀 시절부터 안 노파 시댁 쪽 소년과 밀통하는 사이라는 것이었다. 정숙한 양갓집 규수에겐 견디기 힘든 모욕이었겠지만 그렇다 해도 살해 수법이 지나치게 잔학하며 치밀했다.

사건을 처음 접한 강진현감 박재순朴載淳은 김은애의 어미를 의심했다. 강한 힘으로 베이고 찢겨 너덜너덜해진 시신 상태로 볼 때 작고 유약한 김은애가 한 짓으로 보기 힘든데다 어미와 노파 사이엔 채무 관계도 있었다. 하지만 노파가 흘린 피로 범벅이 된 김은애의 옷과 달리 그녀 어미의 옷에선 혈흔이 거의 발견되지 않았다. 게다가 목격자들의 진술에 따르면 노파를 살해한 김은애는 추문을 퍼뜨리는 데 일조한 노파 시댁 쪽 소년 최정련崔正連 집을 향해 곧장 달려갔다고 했다. 이 두번째 살인을 중간에 막은 인물이 바로 김은애의 어미였다. 틀림없이 공범이 있을 것으로 여긴 현감이 더욱 강하게 김은애를 압박했지만 그녀는 자복하지 않았고 별다른 추가 증거물도 나오지 않았다.

공범이 없다고 확신한 현감은 김은애를 동정해 관찰사 윤행원尹行

元에게 사건을 보고하며 사실을 다소 미화시켰다. 떠들썩한 심문 과정으로 유명해진 이 사건을 접수한 윤행원도 공범을 의심해 아홉 차례나 추가 심문을 진행했으나 성과를 거두지 못했다. 단독 범행으로 결론을 낸 관찰사는 즉시 김은애를 처형해야 했지만 망설였다. 그녀에겐 사람들의 연민을 불러일으키는 묘한 매력이 있었다. 또한 사건은 윤리와 상도常道를 지키기 위해 감행한 절개 있는 행위란 명분도 갖추고 있었다. 처형은 이듬해로 미뤄졌다.

이듬해인 1790년 경술년, 원자가 태어나는 경사가 있자 특사 대상 사형수 명단을 올리라는 어명이 내렸다. 그사이 바뀐 관찰사 윤시동尹蓍東은 김은애 사건을 더욱 아름답게 포장해 조정에 올렸다. 그리고 한 달 내내 전국 각지에서 올라온 옥안獄案들을 심리하던 왕에게 이 사건이 눈에 띈 순간 잔인한 살인은 대단한 절행으로 뒤바뀌어 칭송되기에 이르렀다. 왕은 김은애를 방면하는 데 그치지 않고 이 일을 미담으로 기록해 삼남 지역 방방곡곡에 알리라고 명했다. 검서관 이덕무와 왕 사이의 팽팽한 줄다리기는 그렇게 시작됐던 것이다.


장흥방 집에 예고 없이 들이닥친 이덕무를 본 백동수는 반색하며 주안상을 마련했다. 주당인 두 사람은 연거푸 잔을 비워댔다. 음률과 의학에 두루 박학한 백동수는 조선 최고의 책벌레 이덕무에게 썩 잘 어울리는 처남이었고, 같은 서자로서 젊은 날의 지독한 가난을 함께 견딘 동지이기도 했다. 술기운이 돈 백동수가 말했다.

"김은애 말이요. 잘살고 있었소. 남편과 행복해 보이더란 말이지."

팔짱을 낀 채 남산을 바라보던 이덕무가 빙그레 웃으며 물었다.

"그녀 남편, 김양준金養俊이란 자는 만나보지 못했고?"

백동수가 고개를 끄덕이고는 씁쓸한 표정이 되어 대답했다.

"그러기 직전 놈들이 들이닥쳤으니까. 객점 마당에서 세 녀석과 칼을 섞었는데, 아까 말했다시피 내 조금 방심했지. 팔뚝을 베여 칼을 놓쳤는데도 그냥 조용히 사라집디다. 떠나라는 경고였던 거지. 왕께서 왜 그렇게 하신 것 같소?"

이덕무가 한 잔 더 들이켰다. 그가 보기에 범인은 김양준이었다. 칼의 달인 백동수에 따르면 살인범은 분명 한 명이었고 힘이 매우 강해야만 했다. 안 노파는 늙었다지만 완력이 김은애보다 두 배는 센 여성이었다. 안 노파의 다양한 저항흔을 고려할 때 잠들었다 살해를 당한 건 아니었고 심한 격투를 벌였음에 틀림없었다. 게다가 시신에 난 깊은 상처들은 평균적인 남성의 힘으로도 쉽게 낼 수 없는 것들이었다. 김은애가 같은 부위를 여러 차례 반복적으로 찔렀다는 설명은 억지였다. 같은 부위에 동일 각도로 정확히 칼을 꽂기란 무척 어려운 일이다. 격투를 벌이는 와중에 김은애 같은 약골이 그런 일을 해낼수는 없었다.

"처남 말이 맞았던 거야. 김양준이 아내 옷을 입고 노파를 살해한 거지. 그리고 아내와 서로 옷을 갈아입고 연극을 한판 벌인 거네. 영리한 자들이야."

이덕무가 말을 마칠 때쯤 멀리서 말발굽소리가 들려왔다. 곁마 한 마리를 더 몰고 나타난 자는 후배 검서관인 박제가였다. 이덕무는 반색하며 박제가를 덥석 끌어안았다.

"청나라에서 돌아왔단 얘긴 들었네, 박 검서. 원임原任 어른께서도 무탈하신가?"

원임이란 왕을 도와 규장각을 설계하고 창설했으며 오랫동안 직제학으로서 조직을 이끈 서호수徐浩修를 지칭했다. 왕은 규장각을 상징하던 서호수를 원임직제학原任直提學에 제수하여 업적을 치하했다. 소론인 서호수는 노론으로부터 왕을 보위하는 임무를 묵묵히 수행했지만 서로 협력해야 했던 남인 채제공과는 알력을 빚고 말았다. 왕은 그 때문에 정계를 떠나야만 했던 서호수를 다시 조정으로 불러들여 1790년 청나라 황제의 팔순 생일을 축하하는 만수절萬壽節 사은부사謝恩副使로 파견했다. 박제가는 이 사행단의 수행원이었다. 몇 달의 여정을 마치고 막 귀국한 사행단은 왕에게 복명을 드리고 휴식을 취하고 있던 터였다. 다급한 표정의 박제가는 인사를 받는 둥 마는 둥 서둘러 말했다.

"어서 규장각으로 갑시다. 원임께서 기다리고 계십니다."

박제가가 놀란 이덕무를 말에 태우고 앞장서 말을 몰며 뒤돌아보았다.

"형님도 참 고집이 세십니다. 어찌 몇 개월을 못 참고 일을 벌이십니까?"

이덕무가 상대가 한 말의 속뜻을 미처 다 헤아리기도 전에 두 사람은 창덕궁에 당도했다. 이덕무는 착잡했다. 대궐 뜰의 모습이 이번엔 이상하게 을씨년스러웠다. 규장각 경내로 들어서자 규장각이 벌이는 사업을 상징하기 위해 세워둔 측우대가 유난히 커 보였다. 모든 게 불안하게 느껴졌다. 문을 열기 전 술기운을 떨쳐낼 겸 규장각 뒤편 향나무 숲에서 불어오는 찬바람을 향해 크게 심호흡했다.

서호수는 비범한 사람이었다. 역학과 천문지리학은 물론 다양한 기술 이론에 밝았으며 특히 각종 측량에 있어선 타의 추종을 불허했다. 그는 탁월한 전략가였다. 그런 서호수의 표정이 심상치 않았다. 오랜 사행으로 수척해진 얼굴엔 병색도 완연했다.

"이 검서관, 번암공을 만났다지?"

서호수의 목소리는 흥분으로 갈라지기까지 했다. 번암은 채제공의 호였다.

"네, 원임 어른. 김은애 사건의 전모를 알아야겠기에 문의드리러 갔습니다."

잠시 눈을 감은 서호수가 갑자기 주먹으로 탁자를 내리쳤다. 분노한 그가 야무지게 한 마디씩 끊어가며 말했다.

"우리의 존재 목적이 뭔가? 주상을 수호해 태평성대를 여는 걸세. 누가 우리 편이고 적인지는 알아야 하지 않겠나? 번암이 어떤 자인가? 탕평의 명분으로 저 자리에 앉아 있지만 두루뭉술한 인간일세.

믿을 수 없는 자야."

이덕무는 소름이 돋는 두려움에 휩싸였다. 머릿속은 하얘졌고 어떤 생각도 떠오르지 않았다. 원임은 자신이 자리를 비운 동안 벌어졌던 김은애 사건 처결 과정에 대해선 언급하지 않았다. 채제공이 말한 역린이란 단어가 퍼뜩 이덕무의 뇌리를 스쳤다. 그 순간 바깥에서 웅성거리는 소리가 들려왔다. 서호수가 문을 열었다. 누각 아래에 가마 두 대가 멈춰 서 있었다. 앞쪽 가마에 먼저 올라탄 원임 서호수가 두 검서관에게 뒤쪽 가마에 타라고 손짓했다.

가마는 검서청 뒤 운한문雲漢門을 지나 봉모당奉謨堂을 거쳐 책고冊庫 옆 은행나무 숲을 통과했다. 신료들은 지나갈 수 없는 후원 비밀 통로로 우회해 창경궁 안에 들어선 가마 두 대는 자경전慈慶殿 앞에서 멈췄다. 왕의 모친 혜경궁 홍씨가 기거하는 곳이었다. 가마 밖으로 나선 이덕무는 마침내 근래에 벌어진 사건들의 진상을 깨달았다.

혜경궁은 문밖으로 나오지 않은 채 궁녀들을 통해 겨울 누비옷 세 벌을 선물로 전달했다. 무한한 의미가 담긴 옷이었다. 옷을 받아든 이덕무는 하례를 올리고 나서 불충을 용서해달라고 세 차례 외쳤다. 답은 없었지만 자경전의 모든 불빛이 꺼진 것으로 답이 돌아왔다. 알았으니 물러가라는 뜻이었다.

선물을 받아든 세 사람은 다시 가마 안에 몸을 숨긴 채 규장각으로 은밀하게 이동했다. 가마 안에서 몸을 웅크린 이덕무는 소리 없이 흐느꼈다. 은혜를 저버리고 잠시나마 왕을 의심했던 어리석음에 대한 회한의 눈물이었다. 그는 왕이 변덕스러운 심판으로 폭군 기질을 드러낸다고 넘겨짚었었다. 의심이야말로 그의 삶을 지탱해온 힘이었다. 허나 진실은 다른 곳에 있었다. 자신과 남편의 명예를 위해 살인마저 감행한 김은애는 남편인 사도세자를 잃고 아들인 금상을 지키기 위해 인간이 견딜 수 있는 모든 모욕을 겪어낸 혜경궁 홍씨의 또다른 모습이었다. 김은애의 석방은 아들이 왕위에 오르고도 오랜 세월 숨죽이며 은인자중해야 했던 혜경궁 홍씨가 이제 세상 밖으로 당당히 나설 것임을 예고하는 왕의 은밀한 전교이자 선포였던 것이다.

❀

김은애 사건 관련 서술은 사실에 입각한 것이다. 1789년 전남 강진에서 발생한 이 사건은 1790년 원자 탄생을 기념해 조정에서 시행하려던 특별사면의 심리 대상에 포함됐다. 원자는 훗날 순조가 된다. 침식을 잊고 사건들을 심리한 정조는 김은애에 각별히 주목해 사면 조치를 하고 검서관 이덕무에게 전으로 기록하도록 하교했다. 이 기록이 이덕무 문집에 「은애전」으로 남아 있다. 하지만 잔혹한 살인범인 김은애에 대한 사면은 많은 반대를 불러일으켰고 좌의정 채제공은 불가 의견을 제출하기도 했다. 남편 김양준을 진범으로 확신한 백동수가 강진으로 탐문을 나가는 장면은 이 측면에 착안한 허구다. 그러나 백동수가 이덕무와 더불어 1790년 『무예도보통지』를 간행한 것, 정조의 비밀스러운 오른팔 서호수가 채제공과 불화를 빚은 것, 그리고 서호수, 박제가가 1790년 5월에서 12월 사이 열하로 만수절 사행을 다녀온 것은 모두 사실이다. 다만 소설과 달리 『무예도보통지』는 창경궁 앞 어영청 인근에 있던 장용영 내영에서 주로 저술돼 6월에 편찬됐으며 「은애전」 역시 같은 해 6월에 탈고됐다. 이덕무가 자경전의 비밀스러운 초대를 받는 마지막 장면은 허구다. 하지만 정조는 이 시점부터 혜경궁 홍씨의 한을 풀어주기 위한 계획을 빈틈없이 진행해 1795년 수원 화성능행에서 모친을 위해 전대미문의 성대한 회갑연을 개최한다.

食
인
귀
와
함
께
걷
는
길

고니시 유키나가 부대가 물러간 뒤 평양에서 임진년 전쟁이 끝났다. 성엔 평화가 찾아왔다. 1601년생인 이충백李忠伯에게 전쟁은 낯선 과거여서 잠자리에 듣는 무서운 얘기로 여겨질 뿐이었다. 평양성을 차지하고 조선 백성들을 주살했다는 왜군들에 대한 전설은 대동강 강물소리 속으로 잦아들다 어느덧 사라져버렸다. 조선 반도 남쪽을 불구덩이에 빠트린 정유재란 직후 생겨난 이상한 역병이 십여 년에 걸쳐 서서히 북상하다 마침내 평안도에서 발생했을 때 이 짧고 달콤했던 평화의 간빙기가 멈췄다.

그걸 본 건 1615년 늦봄이었다. 충백은 평양성 서쪽 주작문 부근의 성벽을 보수하는 데 동원돼 노역을 하고 있었다. 점심으로 배급받은 주먹밥을 먹으며 보통강을 바라보던 그는 교묘하게 뒤틀린 자세로 강가를 걷는 상인 무리에 주목했다. 한양이나 개성에서 온 상인

패들은 배를 타고 대동문 앞에 접안해 성안으로 들어가는 게 상례였다. 보통강 쪽에서 나타난 무리라면 장사꾼으로 위장한 도적떼가 분명했다.

성벽에서 뛰어내린 충백은 바람처럼 내달려 상인 무리가 처음 나타난 지점 주변을 탐색했다. 그들이 도적들이라면 뭔가 값나가는 물건을 흘렸을지도 모를 일이었다. 강변을 헤매던 충백의 눈에 잉걸불에서 피어나는 연기가 보였다. 흙으로 잔불을 끄고 풀숲을 뒤지던 그는 경악하며 뒤로 쓰러졌다. 몸통에서 분리된 사람 머리가 보였던 것이다.

충백의 집은 칠성문 밖에 있었다. 조명연합군과 왜군 사이에 끈질기게 이어진 전투로 폐허가 된 평양성은 여전히 복구중이었고 반으로 준 성의 인구는 좀체 늘지 않았다. 만성화된 기근과 창궐하는 질병이 번갈아 엄습하고 나면 줄초상은 예사였다. 그나마 전쟁이 없었기에 민초들은 암석에 달라붙은 기생식물처럼 잔뿌리를 뻗어 삶을 움켜쥐고 버텼다.

감영 소속 석공으로 간신히 입에 풀칠하던 충백의 아비는 성곽 귀퉁이에 움막을 짓고 유일한 혈육인 아들과 단둘이 살고 있었다. 그는 늦은 밤 귀가한 아들 충백이 하는 말을 믿을 수 없었지만 그냥 무시할 수도 없어 떨리는 목소리로 물었다.

"간나들이 인육을 먹었단 말이니? 전쟁이 끝났는데도?"

아비의 말끝이 수상했던 충백이 팔짱을 끼고 되물었다.

"아바이, 기럼 전쟁통엔 사람끼리 잡아먹었단 말 아이요? 기게 사실입네까?"

한참 말이 없던 아비가 천천히 고개를 끄덕이며 대답했다.

"기래. 살기 위해선 기래야 했다. 왜놈들이 몬저 시작했디만."

그날 밤 이후 충백은 허리춤에 단검을 숨기고 사방을 경계하며 다녀야 했다. 성안에선 사람들이 실종됐다는 소식이 간간이 흘러나왔고 식인귀에 대한 흉흉한 소문도 퍼지기 시작했다. 울산성을 점령했다 고립된 가토 부대원들이 조선군 시신을 먹은 데서 유래한 식인병이 삼남 일대로 은밀하게 퍼져나가다 한양을 거쳐 평양에까지 이르렀다는 얘기도 돌았다. 중앙 조정으로부터 오랜 세월 차별받던 서북도민들은 한양에서 온 사람들을 무작정 증오했다. 게다가 민심을 수습하러 파견 나온 관원이 살해당하는 사건까지 발생하기에 이르렀다.

서로를 식인귀로 오해한 살인이 난무하고 관군들조차 야간 순찰을 꺼리자 평양성을 지키기 위한 비밀 자경단이 조직됐다. 평양 토박이로만 구성된 이 조직에 가입한 충백은 발군의 싸움 실력으로 조직의 우두머리인 패두의 신임을 얻었다. 특이하게 살짝 쩔뚝대는 걸음걸이만으로 식인귀를 간파해내는 재주가 있던 그는 늘 선봉에 섰고 매일 밤 살인하지 않고는 잠들지 못하는 지경에 빠졌다. 살인 중독이었다. 급기야 평양 사람들은 식인귀보다 충백을 더 두려워하기 시작했다.

1617년 함경도병마절도사 박엽朴燁이 평안도관찰사로 부임했다.

살인귀라는 별명을 지닌 그의 등장은 평양 사람에겐 또다른 재앙이었다. 문과로 등제한 박엽은 전쟁 수습기에 병조에서 이력을 시작해 군공을 쌓아 승진한 인물이었다. 잔인하고 무자비하며 탐욕스러웠다.

박엽은 한양 조정에 저항하던 평양 사람들의 기세를 짓누르고자 매일 아침 자신이 죽일 사람의 수를 공표했고 숫자를 채우지 못하면 아전들과 그 식솔들의 목이라도 베고 나서야 취침했다. 공포에 질린 아전들은 없는 죄라도 만들어 죄수들을 양산해내야 했다. 평양 백성은 급한 용무 아니면 외출을 삼가고 숨소리조차 내지 않으려고 조심했다.

자경단 패두가 감영 앞길에서 노상 방뇨를 했다는 혐의로 목이 잘리자 조직이 허무하게 무너져버렸다. 충백은 고뇌했다. 식인귀 사냥 없는 삶은 아무 의미 없었다. 사람들은 더이상 그를 두려워하지 않았고 그리 자주 출몰하던 식인귀들은 갑자기 종적을 감췄다. 투전판도 색주가도 사라진 평양성은 삼엄하게 돌아가는 커다란 군영으로 변해 활력을 잃었다. 그렇다면 박엽이야말로 식인귀였다. 놈으로부터 평양을 지켜야만 했다. 충백에게 주어진 마지막 사명, 그건 박엽을 살해하는 것이었다.

박엽은 자신이 총애하는 기생 월아를 만나러 가끔 감영을 벗어나 기방을 찾았다. 월아를 찾을 때야말로 박엽을 살해할 수 있는 유일한 기회였다. 하지만 단 하나, 충백이 놓친 게 있었다. 혈기를 억누르기엔 그는 지나치게 젊은데다 기생 월아는 너무나 요염했다. 월아에게 접근한 충백은 곧바로 그녀에게 반해버렸다. 색계에 눈떠 주체 못할 격정을 불사르던 그는 거꾸로 박엽의 표적이 되고 말았다.

충백이 한양성에 출현한 건 1618년 여름이었다. 그해 6월 월아와 동침한 날 밤 느닷없이 군졸들이 기방 정문을 부수고 들어왔다. 알몸의 충백은 담장을 넘고 성곽을 타고 보통강을 헤엄쳐 박엽이 보낸 사살조를 겨우 따돌릴 수 있었다. 간신히 목숨을 건진 충백은 거지꼴로 남하해 한양 소의문 장터에 발을 디뎠다. 그는 잠시 숨을 고르면서 한양 사람들의 걸음걸이를 주시했다. 놀랍게도 온 천지가 식인귀였다. 그는 마침내 살아야 할 이유를 발견했다.

한양의 시장은 나라가 관리하는 시전, 여항에서 자생한 난전亂廛으로 나뉘어 있었다. 난전은 불법인 관계로 시전 상인의 견제를 받는데다 장마당을 관리하던 평시서平市署 관원들의 끝없는 뇌물 상납 요구도 들어줘야 했다. 이 복잡한 일들을 대신 처리해주는 왈패들이 구역마다 할거하고 있었는데 그 정점에 한양 최대 난전 배오개장의 패두가 있었다. 배오개 패두와 맞닥뜨릴 때까지 충백은 수많은 적수를 때려눕혔다. 어떤 놈은 칼로, 또 어떤 놈은 주먹으로 이기며 실력을 증명한 그는 어느새 투전꾼과 개백정들 사이의 영웅이 되었다.

충백은 드디어 배오개 패두의 오른팔이 되어 밤낮없이 도박과 창기에 탐닉하며 패두와 어울리던 술친구들과도 사귀었다. 그 가운데엔 배오개에 이웃한 훈련원 소속 하급 무관들도 있었다. 훈련원의 군

사훈련장인 예장藝場 부근 주점에서 그들과 섞여 술을 마시던 밤, 충백은 마음속 깊이 감춰뒀던 말을 비로소 털어놓았다.

"이보시오, 한양성 안에 식인귀 있단 말은 혹 들어봤습네까?"

술자리는 순간 침묵에 휩싸였다. 아무도 입을 떼지 않았다. 술맛을 잃은 무관들이 하나둘 자리를 뜨고 마지막엔 충백만 남았다. 그는 폭음했고 사납게 취했다. 충백이 예장에서 난동 부린다는 소식을 들은 패두가 찾아와 그의 앞자리에 앉았다. 패두가 말했다.

"이충백이, 고마 해라. 니 속 안다. 내도 봤다 아이가."

충백은 눈이 번쩍 뜨였다. 식인귀를 보는 자가 또 있었던 것이다.

"두령도 보이요? 열 놈 중 한 놈은 죄 마귀란 말이요."

싱긋 웃은 패두는 막걸리 한 잔을 단숨에 비우고 다시 속삭였다.

"누가 모르나? 알지만 말 못 하는 기라. 들어봐라. 나라님이 식인귀라믄 믿겠나? 창덕궁에 드나드는 양반들 태반이 식인귀라믄 니는 믿겠나? 알아도 말조심해야 하는 기라."

충백은 조금씩 술이 깨며 패두의 일그러진 얼굴과 그 뒤로 빛나는 초승달을 바라봤다. 차츰 풍경의 초점이 잡혔다. 세상의 비밀을 알아버린 그는 더이상 순진한 옛날로 돌아갈 순 없을 것 같았다. 왠지 어른이 된 기분이었다. 식인병은 팔도로 퍼져 회복할 수 없을 지경에 이르렀고 어떤 식인귀들은 권세를 쥐고 인육 대신 다른 것으로 허기진 배를 채우고 있었다. 하지만 다시 전쟁이라도 터진다면 그들은 또 사람을 잡아먹는 악귀들로 돌변할 것이었다.

"충백이, 우리 같은 상것들은 이미 개돼지라서 그 병이 잘 안 옮는 기라. 옮았어도 전쟁 끝나고 다 살해됐다 아이가. 훈련원 자들하고 어영청 관군들이 시체 먹는 것들 모조리 잡아다가 태워버렸다카이. 다 잊그라 마."

그렇게 그날 밤 소동은 끝났다. 그후로 충백은 지체 높은 식인귀들과 마주치지 않으려 종묘 너머 시전 쪽으론 얼씬도 하지 않았다. 딱 한 번 실수로 피맛골 창기집에서 잠들었다 식인귀와 마주친 적은 있었다. 상대는 창기의 기둥서방인 악소년이었다. 창기를 끼고 발가벗은 채 누워 있던 충백은 인기척에 눈을 떠 문 쪽을 바라봤다. 시커먼 그림자가 어둠 속 얼룩처럼 미동 없이 서 있었다. 천천히 몸을 일으킨 충백이 태연히 말했다.

"우리 술 한잔하지?"

손에 쥔 칼을 내려놓은 악소년이 창기를 깨워 주안상을 차려오게 했다. 충백은 호롱불 건너편 악소년의 눈빛에서 이상한 기운을 감지하고 패도를 꺼내 자신의 허벅지 살을 베어냈다. 선혈이 뚝뚝 떨어지는 살점을 상대에게 내밀자 살냄새를 맡은 악소년이 괴로운 표정을 짓다 술만 벌컥벌컥 마셔댔다. 충백이 자신의 살을 우적우적 씹어 먹으며 악소년이 건넨 술 사발을 한숨에 들이켰다. 그렇게 밤새 마셔댄 두 사람은 새벽녘에 말없이 헤어졌다.

1619년 여름 무렵 귀에 거슬리는 소식이 연이어 평양에서부터 전해졌다. 박엽이 충백 아비를 옥에 가두고 아들이 나타나지 않으면

물고를 내겠다며 매일 매질한다는 내용이었다. 충백은 즉시 훈련원 친구들을 찾아가 갑옷과 무기들을 빌렸다. 패두에게 사실을 고하고 영별식을 가진 그는 지체 없이 삼일 밤낮 말을 몰아 평양성에 당도했다.

감영 뜰에서 업무를 지시하던 박엽은 갑작스러운 충백의 등장에 어안이 벙벙했다. 머리부터 발끝까지 무장한 충백은 자신을 제지하는 군졸들을 거꾸러뜨리고 뜰에 들어서서 큰소리로 외쳤다.

"나 이충백이 박엽을 보고자 한다. 엽은 나와라!"

상대를 지그시 노려보던 박엽은 수염을 쓸어내리며 군교 김한풍金漢豐을 불렀다. 충백의 패기가 마음에 든 박엽은 상대를 살려줄 구실을 만들고자 서북도 최고 싸움꾼 한풍과 씨름으로 겨룰 것을 명했다. 아비를 살릴 실낱같은 희망을 본 충백은 바로 갑주를 벗고 한풍 앞에 섰다.

한풍은 괴력의 사나이였다. 어지간한 발길질엔 꿈쩍도 하지 않았다. 지구전을 결심한 충백은 상대 허리춤을 움켜쥐고 버티기 시작했다. 그렇게 두 식경을 필사적으로 버티자 마침내 지친 한풍이 잠깐 숨돌리며 힘을 풀었다. 기다리던 순간이 오자 충백은 온 힘을 쏟아 상대를 살짝 든 뒤 오른발로 걸어 땅에 메다꽂았다. 비 오듯 쏟아지는 땀을 훔치며 올려다보니 박엽이 웃고 있었다. 충백은 그 자리에서 혼절했다. 박엽이 소리쳤다.

"훌륭한 장수를 죽일 뻔했다. 내 군막으로 데려가 치료하라."

두 영웅은 그렇게 평양성에서 서로를 알아봤다. 박엽의 시위군 열교列校가 된 충백은 한양으로 이어지는 봉수대를 정비하고 역참들을 재건했다. 박엽은 도강하려는 적들을 저지하는 훈련에 매진했다. 혹독하고 무자비한 관리로 보였던 박엽은 실제론 뛰어난 지략가이자 항상 전쟁에 대비하는 전사였다.

박엽은 해질 무렵이면 연광정에서 부벽루까지 홀로 산책하곤 했는데 언제부턴가 충백이 시위하며 함께 걸었다. 부모 자식뻘인 두 사람은 대동강에 비끼는 노을을 바라보며 휘파람 불고 어둠에 잠기는 을밀대에 나란히 앉아 능라도에 내려앉는 물새들을 구경했다. 어느 날 박엽이 속삭였다.

"여진족 장수 중에 도르곤이란 녀석이 있다. 함경도에서 그놈과 몇 차례 부딪쳤지. 놈들이 언젠가 북변을 쳐들어올 거다. 일단 그들이 평양을 넘기만 하면 여기 조선은 왜란 때와는 비교도 할 수 없을 만큼 끔찍한 지옥이 되겠지."

박엽이 먼저 자리에서 일어나며 덧붙였다.

"우리 같은 팔자가 멋대로 살인할 수 있는 이런 때가 태평성대다. 안 그러냐?"

크게 웃어젖힌 박엽이 장경문 쪽을 향해 천천히 걸었다. 영명사에서 법고 소리가 들려왔다. 산새들이 요란하게 둥지를 찾아 날아들었다. 충백은 식인귀라고 되뇌어봤다. 식인귀. 잊고 지낸 이름이었다. 검은 그림자로 멀어지는 박엽의 걸음걸이가 그 순간 눈에 들어왔다.

식인귀. 제자리에 얼어붙은 충백이 이번엔 자신의 다리를 내려다봤다. 그리고 천천히 걷기 시작했다. 한 걸음 두 걸음 또 세 걸음. 피맛골 악소년 앞에서 씹어 먹던 허벅지 살에 감돌던 비릿한 피맛이 떠올랐다. 그는 조금 빨리 걸어보았다. 예전부터 봐온 너무나 익숙한 걸음걸이였다.

❃

「식인귀와 함께 걷는 길」은 채제공이 지은 「이충백전」을 기반
으로 했다. 이충백의 일대기는 대체로 사실이지만 식인귀가 출
몰하는 장면은 소설적 설정이다. 평안도관찰사 박엽은 인조반
정이 일어난 1623년에 반정을 주도한 간신 김자점에 의해 처형
됐다. 광해군의 사촌 동서인 박엽은 뛰어난 무관이자 서북면
방어의 최적임자였지만 반골 기질이 강해 김자점 같은 반정 세
력에겐 눈엣가시였다. 박엽이 사라진 평양성은 1627년부터 시
작된 여진족의 침공에 속수무책 무너졌고 결국 병자호란 패배
의 빌미가 되었다. 박엽은 사후에 희대의 살인마나 탐관오리로
묘사됐지만 자신의 권위에 도전한 이충백을 부장으로 삼을 만
큼 도량이 큰 사내였다. 박엽에게 도전해 살아남은 유일한 인
물인 이충백은 한양을 접수했던 깡패에서 몸을 일으켜 박엽의
부장이 되었지만 곧 주군을 잃었다. 떠돌이 전사가 된 이충백
은 정묘호란 때 김자점의 눈에 들어 중군 오위장으로 승진했
고 병자호란이 발발하자 평안도관찰사 홍명구 휘하의 돌격장
이 되어 혁혁한 공을 세웠다.

# 그날 밤 성불의 재구성

남양만에서 당나라로 향하는 배가 천천히 출항했다. 무사 귀환을 빌기 위해 용왕님께 바쳐진 잿밥을 노리던 갈매기 떼가 포구로 어지럽게 날아들었다. 배웅하던 사람들이 하나둘 사라지고 갈매기들마저 죄 흩어졌지만 원효는 의상을 신고 서해 저편으로 멀어져가는 배를 하염없이 바라보고만 있었다. 그는 그렇게 유학을 포기하고 서라벌로 돌아왔다.

원효를 따르던 사미승 사복蛇福은 놀랍도록 총명하여 만물의 미세한 변화를 예민하게 감지할 줄 알았다. 그의 능력이란 이를테면 새벽녘 분황사 석탑 모서리에 붙어 있던 거미의 다리 하나가 저물녘에 잘려나가 있는 걸 눈치채는 능력이었다. 그는 삼라만상 어느 것 하나 놓치지 않고 관찰해두었다 기억해낼 수 있었고 그 헤아릴 수 없는 정보를 무한에 가깝게 관리할 수 있었다. 어찌 보면 저주받은 영혼이었다. 그런 사복이 보기에 유학을 포기하고 돌아온 원효는 이전과 딴판인 사람이었다.

원효가 흥륜사 법당에서 홀로 예불하던 깊은 밤, 사복이 상대의 정체를 밝혀내리라 다짐하며 살며시 그의 옆으로 다가앉으며 물었다.

"원효 스님, 의상 스님과는 우야다 헤어져 혼자 돌아오신 겝니꺼?"

사복을 물끄러미 바라보던 원효가 다시 불상 쪽을 응시하며 대답했다.

"사물만 감지할 줄로 알았더니 사람 변한 것까지 알아보드나? 본 걸 말해보래이."

침을 꼴깍 삼킨 사복이 원효 앞쪽으로 기어가 불상 앞을 가로막았다. 사복은 경쟁심에 사로잡힌 원효가 후배인 의상을 살해하고 마귀로 변한 거라 의심하다가 사람이 통째 바뀌었으리란 심증에 이르렀고 이번엔 끝장을 볼 기세였다.

"소승을 속일 순 없어예. 당신 원효 스님 아입니더. 누군데 우리 스님 흉내를 감쪽같이 내고 있습니꺼? 온 세상 속여도 전 안 속습니더."

팔짱을 끼고 한숨을 푹 내쉰 원효가 고개를 비스듬히 기울여 불상 쪽을 한번 힐끗 쳐다보았다. 그런 뒤 다시 사복을 뚫어지게 바라보며 말했다.

"과연 네가 옳다. 난 이제 내가 아이다. 성불해버린 기라. 성불이라고 들어는 봤나?"

사복은 가볍게 고개를 끄덕이면서도 의혹에 찬 눈빛을 거두지 않았다. 그런 그를 향해 원효는 그날 밤 일어났던 일을 차근차근 설명하기 시작했다.

그날 밤, 원효와 의상은 사산성 인근 고을을 지나며 최종 목적지인 당항성 도착을 눈앞에 두고 있었다. 문제는 곳곳에 은신해 있다 신라 여행객을 습격하는 멸망한 백제의 저항군들이었다. 두 사람은 인근 산으로 올라가 토굴 형태의 무덤을 발견하고는 그곳에서 하룻밤 묵기로 했다.

죽음을 가까이 목도하고자 공동묘지에서 즐겨 주무시던 부처님처럼 두 사람에게 무덤은 단골 여관처럼 편안한 곳이었다. 주변에 나뒹굴던 해골들에게 합장하여 예를 표한 뒤 짐을 풀고 나란히 길게 누운 두 사람은 단잠에 빠져들었다. 의상의 우렁찬 코골이에 원효는 문득 잠에서 깨어났다. 아직 깊은 밤이었다. 우두커니 일어나 앉은 그의 눈에 여느 때처럼 하얀 물체들이 들어왔다. 물체들은 사람 형상을 하고서 허공을 이리저리 떠다니고 있었다.

"원귀들이라면 오늘은 물러가래이. 피곤이 덜 풀린데다 앞으로 먼 길 가야 해서 너희들을 위로할 여유가 없데이."

원효의 속삭임에 귀신 대부분은 물러가는 듯했다. 하지만 형상 하나가 끝까지 그의 옆을 서성였다. 가까이 다가오라는 원효의 손짓에

쑤욱 옆으로 이동해온 상대는 형상이 뚜렷하지 않은 여느 귀신과 달리 얼굴 형체가 선명했다. 그것이 입을 열자 환한 금빛 광채가 주변을 물들였다.

"나는 그대가 두렵지 않다. 너의 정체는 무엇이냐? 왜 우리 주변을 떠도느냐?"

상대의 질문에 의문을 품은 원효가 질문으로 답했다.

"주변을 떠도는 건 너희 귀신들 아니었드나? 그게 무슨 소리고?"

금빛 광채가 더욱 짙어지며 상대가 말했다.

"우리 세계를 어슬렁대며 기웃댄 건 그대들이다. 나는 깨달으려는 자다. 너희를 두려워하지 않으며 이 모든 게 가상임을 안다. 물러가라."

사복이 여기까지 원효의 이야기를 듣다가 궁금증을 이기지 못하고 끼어들었다.

"알고 보이 우리가 귀신이었고, 그 귀신들이 사람이었단 말입니꺼?"

빙그레 웃음을 머금은 원효가 대답했다.

"아이지, 그게 아이지. 귀신이라 카몬 둘 다 귀신이고, 사람이라 카몬 다 사람인 기라."

"아무튼 별세계가 있단 말 아입니꺼? 이 세상 속에 다른 세상이 숨어 있는 겝니꺼?"

"옳지. 그런 별세계가 수도 없이 겹쳐져 있다 아이가. 우리가 사는 세상은 그중 하나인 기라. 그러다 가끔 두 세상이 맞물려 양쪽 사람이 만나면 막 놀라기도 하고, 또 내처럼 깨달은 자들끼리는 인사도 나누코. 부처가 별거 아이데이. 한 세계가 다른 세계와 교차할 때 고 좁은 틈으로 억만 겹 대우주의 법계를 엿보면 그게 성불인 기라."

원효는 그날 밤의 일로 되돌아가 사복에게 다시 설명하기 시작했다. 금빛으로 빛나던 상대는 자기가 사는 세상의 수도자였다. 유한하고 덧없는 삶에 의문을 품고 진리를 찾아 헤매던 상대 역시 자기 세상의 어느 고요하고 한적한 곳에서 다른 이들과 함께 정진하다가 원효를 발견했던 것이다. 원효와 상대는 두려움 없이 세계의 진상에 맞섰으며 그런 냉정한 관찰 덕분에 서로의 각성을 이끌어내 마침내 각자 깨달은 자가 되었다. 원효에게 상대는 부처였고 상대에겐 원효가 부처였다. 그렇게 성불은 어처구니없이 일어났다.

먼동이 터올 무렵 의상이 잠에서 깨어났다. 밤의 정적은 깨졌으며 세상의 번잡함이 사정없이 밀려들었다. 원효는 자신이 본 것을, 아니 자신의 돌연한 대각大覺을 의상에게 말했다. 처음에는 반신반의하던 의상이 이내 예를 갖춰 절을 올린 뒤 울먹이며 말했다.

"사형의 성불을 감축하고 경하하오. 불행한 이 불제자는 코골며 자다 인연을 놓쳤소."

원효는 화엄 법계의 무한함과 법계들의 그물망 같은 복잡한 관계에 대해 길게 설하였다. 경청하던 의상이 쓸쓸하게 노래하듯 속삭였다.

"근데 왜 내 눈엔 다른 세계가 안 뵈는 걸까? 왜 은하수 같은 법계의 파도는 날 비껴가는 걸까? 사형이 만난 저 세계의 깨달은 자는 언제쯤 나를 찾아오려나?"

의상의 두 손을 부여잡은 원효가 운율을 실어 말했다.

"땅이 척박해서도, 종자가 약해서도, 부처의 가호가 미미해서도 아니라네. 그대의 마음이 준비가 안 됐을 뿐. 우리가 사는 세상은 외톨이가 아니어서 아승기阿僧祇의 다른 세상들과 겹쳐지며 제각각 서로를 비추고 또 되비추고 있다네. 이것이 화엄경의 인드라망 우주일세."

날이 밝자 두 사람은 말없이 당항성까지 동행했고 더이상 유학 갈 마음이 없어진 원효는 서라벌로 돌아왔다.

여기까지 이야기를 들은 사복이 기묘한 표정으로 원효를 쏘아보더니 갑자기 깔깔대며 웃기 시작했다. 어리둥절해진 원효가 물었다.

"사복아, 불법을 듣고 네가 미쳤드나? 불미佛味를 과식하여 실성했드나?"

사복이 웃음기를 거두고 거만한 표정으로 대답했다.

"실성이 아이라 웃겨서 그랍니더. 겨우 그게 성불이라예? 스님은 제가 뭘 보고 살아왔나 알기나 합니꺼? 어디 함 들어보실랍니꺼?"

나면서부터 걷질 못해 뱀처럼 기어다닌 사복은 하루는 느닷없이 벌떡 일어서 걸었고 불과 세 살에 만물을 관조할 수 있게 되었다. 그건 무슨 거창한 정신적 능력이 아니라 그저 가공할 정도로 촘촘하고도 방대한 물리적 관찰력이었다. 그는 마음만 먹으면 크고 작은 주변 사물들의 미세한 변화를 포착할 수 있었다. 하늘의 별들의 움직임, 땅의 작은 흔들림, 나무와 풀들의 세세한 위치, 해가 떨어지는 각도 등 그의 눈길을 벗어날 수 있는 사물은 세상에 없었다. 만물을 관찰하는 데 진력이 난 그는 일곱 살 무렵 감각의 문을 닫아걸고 평범하게 살기로 결심했다. 우주의 삼라만상은 치밀하게 맞물려 돌아갔고 이상한 점이 전혀 발견되지 않았기 때문이다.

사복의 나이 열 살 때 완벽했던 우주가 붕괴됐다. 그건 어느 따스한 봄날 아침에 벌어진 일이었다. 평소 같으면 넋 놓고 졸고 있었을 그는 심심하여 감각의 문을 활짝 열어보았다. 세상의 온갖 정보가 폭포수처럼 쏟아져들어왔다. 그런데 뭔가 달라져 있었다. 그토록 단단한 우주가 극미하게 떨리고 있었다. 그는 정신을 바짝 차리고 새로운 세상을 관찰하기 시작했다. 결과는 놀랍기만 했다.

마루 밑을 지키는 개미들의 숫자는 들쭉날쭉 착오가 빚어졌고 골목 어귀의 느티나무 위치는 미세하게 바뀌었으며 도랑 옆에 분명 존재했던 기와 조각이 흔적도 없이 사라졌다. 태양의 궤도 역시 귀뚜라미 허리만큼의 차이를 빚었다. 보통 사람들에겐 무의미한 변화였겠지만 사복이 알고 있던 세계는 엄청난 혼란에 직면했다. 그리하여 그는 자기 앞에 놓인 세상이 실재가 아닌 가상일지 모른다는 결론에 다다랐다.

"그래서 곧바로 출가했던 게로구나?"

원효가 놀라운 소년의 재주에 새삼 감탄하며 물었다.

"맞습니더. 세상이 확실히 존재하는지 도통 알 수 없었어예, 제멋대로인 조물주가 세상을 매일 새로 그리는 것 같았다 아입니꺼."

"그럼 네가 얻은 해답은 뭐드나?"

사복이 얻어낸 답은 희한했다. 그가 보기에 우주는 고체가 아니라 찐득찐득한 액체에 가까웠다. 그 액체화된 세계들이 이리저리 움직이다 서로 들러붙는데 그때마다 무언가 사라지기도 하고 새로 생기기도 한다는 것이었다. 말하자면 이 물렁물렁한 우주 밖에서 누군가가 마치 공놀이하듯 이것들을 가지고 노는데 그의 손길에 따라 세상은 왜곡되거나 살며시 교체되며 순식간에 사라지기도 하는 셈이었다. 그렇다면 세상은 누군가가 멋대로 빚는 반죽 같아서 있다고 할 수도, 그렇다고 없다고 할 수도 없는 상태라는 것이었다.

"사복 네 녀석이 진공묘유의 뜻을 홀로 터득했구나! 그럼 하나 더 묻겠다. 이 우주와 그 외의 다른 우주들을 만들었다 부수는 그 자가 누군지 말해보래이."

사복은 잠시 눈을 감고 크게 심호흡한 후 입을 열었다.

"저도 그게 너무 알고 싶었어예. 스님 같은 고승들께선 혹시 아실까 싶어 출가했다 아입니꺼. 근데 아무도 모르데예? 스님이 아까 성불이라 칸 게 내 보기엔 우습습니더. 내는 진즉 열 살 때부터 알고 있었다 아입니꺼."

"내사 인자 그건 알겠고, 내 질문에 대답이나 해보래이?"

"뭐 별거 없십니더. 다 제가 한 거라예."

"뭐라꼬? 네가 한 짓이라꼬? 사복이 니가?"

천진하게 고개를 끄덕이는 사복을 얼빠진 표정으로 바라보던 원효가 천천히 어깨를 늘어뜨리며 생각에 잠겼다. 그런 원효를 불쌍하게 올려다보며 사복이 말했다.

"제 생각이라예. 너무 상심 마이소."

"아이다, 네 말이 맞지 싶다. 우주가 결국 제 마음에 맞춰 춤추는 거란 말 아이가? 사복이 네가 본 우주는 네가 만든 거고 내는 내 우주를 만들며 살고 있고."

"그렇지예. 그리 생각하니 편해지데예. 성불하겠단 욕심도, 큰 절 짓고 떵떵거리잔 꿈도, 계율의 구속도 사라졌어예. 전 맘 편히 이 세상에서 놀아예. 스님도 확 다른 사람이 되셨으니 저랑 노시면 안 됩니꺼?"

원효가 환하게 웃음을 머금으며 사복을 얼싸안고 소리쳤다.

"그래, 놀자! 내 마음이 별거가? 그게 네 마음이고 세상 마음이고 또 부처의 마음 아니겠노? 그걸 아뢰야식阿賴耶識이라 카기도 하고 여래장如來藏이라 카기도 하는 기다. 뭐 알 거 없다. 그런 구별이 무슨 소용 있겠노? 놀아보자. 세상살이가 한바탕 즐거운 놀이인 것을 어리석은 내가 허욕에 눈멀고 귀먹어 인상 쓰고 있었구나."

두 사람은 일어서서 마주본 채 덩실덩실 춤을 추었다. 얼굴에선 비 오듯 땀이 쏟아졌고 법당의 공기는 둘의 몸짓이 일으킨 파동에 동심원을 그리며 물결쳤다.

동이 틀 무렵 흥륜사 동자승들이 마당에 늘어서서 비질을 시작했다. 새벽 예불을 알리는 종소리가 울렸고 근엄한 표정의 승려들이 법당을 향해 일렬로 들어섰다. 그들 눈에 기이한 풍경이 펼쳐졌다. 큰대자로 누운 원효가 당항성 근처 토굴에서 의상이 그러했듯 코를 드르렁드르렁 골고 있었고, 그의 배 위에 엎드린 사복이 새근새근 잠들어 있었다. 마치 행복한 여느 아버지와 아들 같았다.

❁

원효와 의상은 불가의 친밀한 선후배 사이로 두 차례 당나라 동행 유학을 시도했던 것으로 보인다. 의상은 두번째 시도에 성공해 당나라 수도 장안에 입성했고 원효는 무슨 이유에선지 중도에 포기했던 것 같다. 이와 연관된 통속적 설화가 다수 존재하며 특히 원효가 해골에 담긴 물을 마시고 득도했다는 고사는 널리 알려져 있다. 이는 실증적으로 사실이 아니며 내용적으로도 불가능한 가설이다. 원효 같은 뛰어난 승려가 고작 그런 사소한 사건에 깨달음을 얻었을 리 없다. 사복과 관련한 불교 설화는 『삼국유사』에 나온다. 원효를 압도했던 영험한 소년인 사복이 실존했는지는 알 길 없으나 원효와 두터운 인연을 맺으며 성장한 불교적 천재였을 것이다.

1241년 신축년, 고려 고종 28년 9월의 어느 깊은 밤, 당대를 대표했던 문호 이규보가 강화도 집에서 숨을 거뒀다. 몽골군을 피해 강화도로 천도해 있던 조정은 이규보에게 문순文順이란 시호를 내렸다. 최씨 무신정권을 도와 높은 관직을 두루 거치며 문명을 떨친 이규보에게 제법 걸맞은 호였다. 하지만 그의 아들 이함李涵은 치욕스러웠다. 그가 아는 아버지는 문학으로 정권에 순종한 비굴한 시인만은 아니었다. 이함은 아버지 시신 앞에서 한참을 오열했다.

이함은 정신을 추스르고서 실권자 최우崔瑀, 그의 정실 하동 정씨, 그들이 낳은 딸 최송이 부부에게 정성을 다한 감사 편지를 쓰기 시작했다. 권력 서열에 따라 최씨 일가붙이 모두에게 감은의 글을 지어 바치는 데 사흘이 걸렸다. 그는 아버지의 생존 방식에 따라 극도로 몸을 낮췄고 최우와 그의 사위 김약선金若先에겐 가산의 반을 들여 선물을 바쳤다. 이함이 아버지를 여읜 슬픔을 비로소 절감한 건 장례가 끝나고 열흘이 지나서였다. 몸과 마음이 무너져내린 그는 아버지 무덤 앞에 앉아 홀로 밤을 지새웠다.

그때 시마가 떠올랐다. 시를 지을 마음을 불러일으키는 마귀 같은 존재인 이른바 시마가 실로 존재했으며 아버지의 삶을 지배했다는 사실은 두려우면서도 행복한 기억으로 남아 있었다. 아버지의 천재성이 시마의 선물이었다면 이함은 자신의 평범함을 용서할 수 있었다. 아들은 아버지가 만든 그늘 속에서 아버지가 남긴 글들을 정리하며 남은 생을 보낼 수 있을 것 같았다. 무엇보다 시마는 난폭한 무인들이 지배하는 야만 세계 밖의 존재였다. 그곳, 시마가 사는 세상에서 마음껏 시를 꿈꾸며 아버지의 기억을 붙들고 살면 그만이었다.

육지 쪽에서 먼동이 틀 무렵 이함은 급히 집으로 돌아와 서재로 들어섰다. 아버지가 남기고 떠난 원고들이 문집으로 완성되기 직전 상태로 잘 정리되어 있었다. 그는 권별로 분류된 원고들을 책상 위에 배열했다. 문집의 편차와 내용은 아버지가 진즉 용의주도하게 확립해놓았고 그는 출간만 하면 되었다. 하지만 무언가 부족했다. 시마가 빠져 있었다. 그는 시마가 빠진 아버지의 삶을 상상할 수 없었다. 그는 태어나 처음으로 아버지의 뜻을 거역하기로 결심했다. 아버지는 세상을 뜨기 직전 아들에게 이렇게 부탁했었다.

"함아, 아비가 만든 원고에서 단 한 글자도 더 넣지도 빼지도 말아라. 뭔가를 더 찾아내 덧붙이지도 말고. 알겠지?"

이함은 망설였다. 추가할 원고를 아버지 몰래 꽤 모아뒀고 어느 것 하나 버리고 싶지 않아서였다. 대답 대신 그저 고개만 끄덕인 그는 한때 신의 선택을 받았던 천재가 의식을 잃고 세상에서 소멸하는 과정을 하염없이 바라봤다.

아버지가 시마 얘기를 처음 꺼낸 건 장남인 그의 형이 요절한 직후였다. 오래도록 슬픔에 잠겨 있던 아버지는 장남을 추억하며 이함에게 속삭였다.

"네 형은 시마의 선택을 받았었다. 넌 시마를 모르겠지?"

멍한 표정을 짓고 있던 이함에게 아버지는 놀라운 얘기를 털어놓았다.

"시인은 누구나 될 수 있다. 하지만 이 세상 너머까지 보려면 다른 눈이 필요하다. 보통 사람에겐 없는 신비한 눈이지. 그건 시마가 주는 선물이다. 불행히도 네겐 그게 없구나."

"그렇다면 아버지께도 시마의 눈이 있었습니까?"

눈을 감고 가늘게 한숨을 내쉰 아버지가, 누구보다 시를 사랑했지만 시를 쓸 천분은 타고나지 못한 둘째 아들의 어깨를 토닥였다.

"있었다. 게다가 네 형은 누리지 못한 긴 수명까지 받았구나. 시마는 그러니까 아비가 벼슬을 얻지 못하고 이리저리 떠돌던 젊은 시절 느닷없이 찾아왔다. 그때 난 개경 천마산 암자에서 방황하고 있었지. 어느 날 밤, 헝클어진 머리와 푸른 눈을 한 괴상한 사람이 내게 다가와 말을 걸었지. 자신을 달단韃靼 사람이라고 하더구나."

"몽골인들인 타타르족 말씀이신가요?"

"둘은 조금 다르다. 다들 저 몽골 침략자들을 달단이라 부르지만, 달단은 본디 몽골인이 멸망시킨 북쪽 초원의 부족 이름이었다. 달단은 고향을 잃은 채 지금도 세상을 떠돌고 있지. 그들이 넘지 못한 산이 없었고 건너지 못한 강이 없었다. 세상의 서쪽 끝까지 말을 달리고 북쪽 사막을 넘어 얼음으로 이뤄진 세계에도 다녀왔지."

"그런데 왜 그를 시마라 부르십니까? 그저 개나 돼지 같은 북방 야만족 아닙니까?"

"그렇지 않다. 함아, 들어보아라. 달단인은 몽골 침략자들에게 멸망당하기 오래전부터 수많은 시련을 겪어내며 살아남은 영혼의 부족이다. 유랑하다 멈춘 곳이 집이 되고 밤하늘 별들이 이불이 되어줬지. 그들에겐 이름도 없었다. 머무는 곳마다 다른 이름을 가지고 살았지. 내가 만난 시마는 고려로 들어오며 고려 이름을 썼지만 그 전까진 톡트마로 불렸다고 했다. 톡트마는 알타이산에서 태어나 천산고원을 누볐고 놉놀호수 물을 마셨으며 마침내 오논강 주변을 산책했다."

"서역 사람이었군요?"

"몽골 오논강에서 살기도 했으니 비록 방계지만 몽골인이기도 했다. 시마는 멈추지 않고 이동하는 자였어. 자기 나이를 기억하지도 못했지. 어쩌면 영원한 삶을 살고 있었는지도 모른다. 부처님만 아실 거다. 톡트마는 저 몽골인들의 왕인 칸이 초원을 정복할 때 살해당했다고 한다. 창에 꿰어져 구덩이에 던져졌지."

"그럼 시마는 귀신입니까?"

"너와 나도 귀신이다. 아직 생명의 기가 뭉쳐 있을 뿐이지. 그게 퍼지면 때로는 사라지기도 하고 때로는 시마처럼 다른 것이 되어 삶을 이어가기도 하는 거지. 시마는 귀신이 아니라 시인이었다."

"도대체 무슨 말씀이십니까?"

"믿지 못하겠지만 톡트마는 시인이었어. 그는 백 가지도 넘는 언어를 말할 수 있었고 끝없이 이어지는 조상들과 신들의 이야기를 열흘 낮 열흘 밤 동안 노래로 불렀지. 그는 시 짓기를 멈출 수 없는 운명에 갇혔고 그 운명을 누군가에게 나눠주며 떠돌았다. 그래서 시마가 됐던 거야. 난 시마의 선택으로 그의 눈을 받았고 그 눈으로 세상 모든 것을 다르게 볼 수 있었어. 한번 본 것을 시로 쏟아내지 않으면 몸이 아프더구나. 난 평생 시에 쫓기며 살아왔다. 이 모진 업보를 네 형은 견디질 못했던 거다."

아버지의 말이 귓가에 다시 울렸고 이함은 책상 위 원고들로 눈길을 돌렸다. 젊은 시절의 아버지에게 시인의 운명을 나눠줬다는 시의 마귀 시마. 시마가 누락된 문집은 아버지의 삶을 제대로 설명하지 못할 것이었다. 천재 시인 이규보는 일개 무인들의 손에 놀아난 존재가 아니라 시마와 거대한 운명의 놀이를 벌인 초월계의 존재여야 했다. 이함은 예부시랑 이수李需가 아버지 생전에 미리 지어 보낸 묘지명부터 손보기로 결심했다.

이수가 보내준 묘지명엔 시마를 연상시키는 어떤 암시도 눈에 띄지 않았다. 이함은 아버지가 태어나자마자 온몸에 퍼진 종기로 죽을 고비를 맞았다는 사실을 묘지명 후반에 끼워넣으며 어린 아버지를 축복해 살려줬다는 신비한 노인 얘기를 곁들였다. 그 신인神人이 바로 시마였다. 시마는 아버지의 탄생과 동시에 이미 그의 삶에 달라붙었다고 했다. 이함은 주저했지만 아버지의 본명이 이인저李仁底라는 사실도 덧붙였다. 그는 아버지가 사마시에 응시하기 직전에 꾼 꿈에서 사람 모습으로 나타난 규성奎星이 급제를 예언했다는 일화를 자세히 소개했는데, 문학을 관장하는 별인 규성 역시 시마였다. 이 때문에 아버지는 '규성이 알려주다'라는 뜻의 규보奎報로 개명했던 것이다. 시마는 이처럼 다양한 모습으로 아버지의 삶 깊숙이 개입해 있었다.

이함은 묘지명을 고쳐쓰고 붓을 내려놓았다. 하지만 여전히 부족했다. 시마의 존재를 더 확고히 만들 방법이 있었지만 그건 아버지를 배신하는 짓이었다. 그는 아버지가 폐기하라고 했던 원고 속에서 글 한 편을 살며시 꺼내들었다. 「구시마문驅詩魔文」이었다. 이함은 이 원고를 유고 20권 '잡저' 편에 끼워넣었다. 시간이 흐를수록 죄책감은 옅어졌고 어쩌면 이것이 아버지의 뜻일지도 모른다는 생각마저 들었다.

「구시마문」은 재미삼아 쓴 글이었지만 아버지가 시마의 존재를 세상에 드러낸 유일한 작품이었다. 아버지는 글 속에서 시마가 내린 운명 때문에 창작의 고통을 겪는 문인의 기괴한 삶에 대해 토로했다.

그건 저주이자 축복으로 묘사되어 있었다. 제목은 '시마를 쫓아내는 글'이었지만 실상은 시마와 함께한 세월을 기념하며 서로 화해하려는 뜻을 담은 글이었다. 이함은 익살맞은 아버지의 글을 새삼 떠올리며 자기도 모르게 미소를 머금었다.

이함은 다음날부터 원고를 재교정하며 침식도 잊어버렸다. 원고가 목판 제작자인 화엄종 승방의 각수刻手에게 넘겨지면 더이상 수정은 불가능했다. 그는 간혹 육지에서 전해오는 몽골 병사들의 약탈 소식에도 귀를 닫았다. 전황은 소강상태였지만 강화도 동쪽 해안에 구축한 방어선이 무너지기라도 하면 잔학한 몽골인들은 섬 전체를 불살라버릴 터였다. 그런데 침략자들은 무슨 까닭에선지 주요 전력을 후방에 배치하면서 장기전을 준비하고 있었다. 강화도엔 이상한 평화가 지속됐고 이함은 때때로 전쟁을 망각하곤 했다. 그는 아버지의 원고 속에 마련된 다른 우주에서 살아갔다.

시마가 느닷없이 출현한 건 원고 교정 작업이 마무리되어가던 이듬해 늦봄이었다. 그즈음 고려 조정은 최우가 완전히 장악했고 왕은 유명무실한 존재로 전락했다. 이함은 최우에게 문집 최종본이 완성됐음을 알렸으나 답이 없었다. 최우는 제왕의 권력을 휘두르며 사치에 탐닉했고 평장사平章事 이규보를 잊은 지 이미 오래였다. 문집 간행 비용이 부족했던 이함은 동생들과 아버지 무덤을 찾아 술을 올려 용서를 빌었다. 깊은 밤, 이함은 언제나처럼 홀로 남아 아버지를 추억했다. 그때 자신 앞으로 걸어오는 낯선 사내가 눈에 띄었다. 울긋

불긋한 마의를 걸친 사내는 산발한 모습이었다.

이함은 상대가 시마임을 곧바로 눈치챘다. 파르스름한 눈동자를 굴리며 시마가 말했다.

"너희가 고려라 부르는 코리 왕국은 곧 망한다. 칸의 소유가 돼. 그래서 조문하려 이렇게 입어봤는데, 어울리나?"

이함은 말없이 고개를 끄덕였다. 돌아가신 아버지를 다시 만난 기분이었다.

"시마시여, 우리 코리 사람들은 몰살됩니까?"

시마가 손가락으로 머리를 긁적였다. 길게 자라 갈고리처럼 굽은 손톱을 천천히 들어 달을 가리킨 시마가 키득거리다가 대답했다.

"저기에 물어봐. 내 소관 아니니까. 노래나 한 곡 부르고 갈까 하는데."

시마가 등에 지고 있던 해금을 바닥에 내려 세웠다. 두 무릎 사이에 해금을 고정한 시마는 연주용 활시위를 꺼내 부드럽게 현에 마찰시켰다. 날카로운 공기의 진동이 한 차례 무덤 주변을 쓸고 지나가자 온 세상이 시마의 연주에 집중하는 듯 고요함이 찾아왔고 이함은 평화로워졌다. 연주는 알 수 없는 가락으로 한없이 이어졌고 시마는 기이한 언어로 속삭이다가 읊조리다가 외치다가 노래하다가 때때로 울었다. 연주를 마친 시마가 속삭였다.

"시라무렌강을 아나? 요하 서쪽 초원을 흐르는 강이다. 해금은 거기서 만들어졌어. 난 알탄산맥에서 태어났지만 초원을 사랑했지. 인

류는 초원에서 처음 시를 만들었거든. 시는 머무는 자들의 것이 아니야. 바람을 봐. 우주를 감미롭게 찬미하지만 형체 없이 떠돌고 있지. 땅에 집착하는 자에겐 시가 없어. 가질 수 없는 걸 사랑해야 시가 찾아와."

몽상에 잠긴 듯한 시마의 눈동자를 바라보던 이함이 물었다.

"당신의 눈을 받을 수 있겠습니까?"

시마가 이함을 오래도록 노려보았다. 다시 달을 올려다보던 시마가 싱긋 웃으며 대답했다.

"너의 형, 이관李灌이 왜 죽었는지 아나? 사랑할 수 없는 걸 가졌기 때문이야. 이 황홀한 저주를 나와 나눌 수 있는 자는 네 아비가 유일했어. 실망은 마. 목숨을 부지했잖아? 아비의 글을 세상에 퍼뜨려. 나와 함께 놀던 기억이 사라지지 않게."

이함이 쓸쓸한 미소를 띠고 다시 물었다.

"저는 왜 안 되는 겁니까?"

해금을 등에 지고 활대를 집어든 시마가 노래하듯 속삭였다.

"가질 수 있는 것만 사랑하거든. 넌 시라무렌강과 그 강 너머 더 먼 곳에서 벌어진 일들을 사랑할 마음이 없어. 넌 집에 집착하지. 나와 계약을 맺는 순간, 넌 천천히 사라지게 될 거야."

"계약?"

"그래, 내 눈을 빌리려면 나와 계약을 해야 해. 믿을 수 없는 것을 믿고, 말할 수 없는 것을 말하고, 봐선 안 될 것을 보고, 미워하고 싶은 것을 사랑하겠다는 계약. 이 계약을 어기면 수명이 줄다가 어느 순간 사라져."

"계약을 지키면?"

"너의 아비처럼 되지. 하지만 그건 네 운명이 아니야. 나와 하룻밤 즐긴 걸로 만족해."

말을 마친 시마가 등을 돌리고 걸으려다 뒤돌아보며 말했다.

"「동명왕편東明王篇」을 읽어봐. 초원에서 펼쳐졌던 너희의 역사를. 실은 나와도 연결되어 있어. 누군가는 땅을, 또 누군가는 시를 선택했을 뿐이야."

문학의 신 시마는 그렇게 사라졌다. 이함은 집으로 돌아와 완성된 아버지의 문집 『동국이상국집東國李相國集』을 펼쳤다. 고구려 건국 시조 동명성왕에 대해 읊은 고려 최초의 서사시 「동명왕편」은 권3에 실려 있었다. 아버지는 시의 서문에서 당송唐宋 문화에 빠진 선배 문인들이 미신으로 치부한 고구려 신화를 귀鬼나 환幻이 아닌 성스러운 역사라고 주장했다. 이는 고려인의 자부심을 드러낸 것이었지만 한편으로는 북방 초원 출신 침략자들이 고려인을 회유하려고 써먹는 수법과 일맥상통하기도 했다. 몽골과 고려가 하나의 뿌리라는 논리는 매력적이었지만 동시에 그만큼 위험했다.

이함은 아버지를 생각했다. 시마가 몽골족이 파견한 밀정일지 모른다는 생각에 이른 그는 자신은 시인이 될 수 없는 운명을 타고났다던 시마의 말을 다시 떠올렸다.

❋

1168년 고려 의종 치세에 태어난 이규보는 불우한 젊은 시절을 보냈다. 그는 빼어난 재주를 지닌 문학 신동이었지만 1170년 정중부의 난이 발생한 이후 고려 문단은 붕괴됐고 문인들은 대수난기를 겪어야 했기 때문이다. 자만심에 차 있던 이규보는 과거에 번번이 낙방한 탓에 긴 방황기를 거쳤다. 그는 뒤늦게 최충헌 정권에 몸담아 출세가도를 달리며 승승장구했으며 고위직을 역임하다 강화도에서 사망했다. 그는 정치적으로는 무인 정권에 빌붙었다는 오명을 입기도 했다. 이 글에 등장하는 이규보 관련 문헌들은 모두 사실에 근거한 것이다. 다만 이함의 문집 개고 과정 및 시마의 정체를 초원의 음유시인으로 설정한 것은 허구다.

# 가수재의 실종

　심재필은 경기도 양성현감陽城縣監으로 부임한 지 두 달 이 지나 왕의 밀지를 받았다. 하지만 젊은 왕은 허수아비이니 안동 김문이나 반남 박문에서 명령을 내렸다고 해야 옳았다. 심재필은 그 내용을 수상히 여겼다. 알아보니 인근 고을 원들도 하나같이 같은 밀지를 받아놓고 고민에 빠져 있었다. 밀지에는 고을을 떠도는 낯선 사람들을 잡아들이고 갑자기 사라진 자들의 명단을 작성해 조정에 올리라는 터무니없는 명령이 적혀 있었다. 양성현은 먹고살기 위해 꾸역꾸역 몰려드는 가난한 유랑민으로 넘쳐났는데 그들은 어느 날 갑자기 사라지곤 했다.

　재필은 엉터리 문서를 꾸미기 시작했다. 지천에 널린 떠돌이들을 잡아들여 명단을 작성한 뒤 곧바로 풀어주고 실종자로 처리했다. 그는 하루 만에 일을 마치고 청사 마루에 앉아 지는 노을을 바라보았다. 그의 뺨으로 눈물이 흘러내렸다. 승하하신 정조 임금을 떠올리면 가슴엔 분이 쌓이고 입에선 탄식이 흘러나오는 게 일상이 된 지 오래였다. 돈이라도 모이면 식솔들을 이끌고 낙향할 심산이었지만 고지식한 그의 수중엔 금전이 모이지 않았다. 11년 전 주군의 죽음과 동시에 힘을 잃은 규장각 출신 문신들은 재필처럼 미관말직을 전전하며 큰 뜻 없이 살아가고 있었다.

보름 후 훈련도감에서 파견한 별장과 초관들이 관아로 들이닥쳐 동원 가능한 의병 숫자를 내놓으라고 으름장을 놓았다. 재필은 불길한 일이 벌어졌음을 눈치챘다. 차출 인원을 못박은 별장 일행이 떠나자마자 재필은 말을 몰아 북쪽으로 오십 리를 내달려 용인현 관아에 도착했다. 규장각 시절 선배였던 용인현령은 서북도 민심이 심상치 않다는 소식을 전했다. 토벌대 본영인 순무영巡撫營을 꾸리려는 조짐이 조정에서 포착됐는데 의병 모집은 더 심각한 사태를 대비한 조치로 보인다고도 했다. 재필은 오래전 자신의 육신에서 빠져나갔던 생기를 되찾은 기분이었다. 용인현령이 재필을 물끄러미 바라보더니 고개를 가로저었다.

"재필이, 부디 딴생각 마시게. 무슨 생각하는지 내 다 아네."

재필은 일어서려다 말고 주저앉으며 낮게 속삭였다.

"형님 걱정 이해하오. 하지만 서북쪽에서 큰일이 벌어진 건 맞지 않소? 조정에서 아무리 틀어막아도 곧 사건의 진상이 드러날 거요. 이게 기회일지 누가 아오?"

재필은 양성으로 되돌아와 밤을 새워가며 고민을 거듭했다. 조정에서 장막을 치고 서북도에서 벌어진 급변 상황을 감추고 있다면 청나라의 침략은 아닐 터였다. 그렇다면 필시 민란 아니면 변방 장수의 반역일 터였다. 그게 의로운 봉기라면 지금이야말로 조정의 부패한 세도가들을 숙청할 천재일우의 기회가 될 수도 있었다.

아침 일찍 등청한 재필은 동헌에 홀로 서서 먼동이 트기 시작한 하늘을 바라보았다. 주군을 잃고 사명감 없이 견뎌온 지난 삶은 스스로 허락한 치욕이었다. 하지만 서북쪽에 대의가 있다면 그곳이야말로 그가 있을 자리이고 이제부터는 존왕尊王의 기치를 내걸 시간이었다. 그가 한숨을 내쉬며 혼잣말했다.

"세상에 아무 일도 벌어지지 않는다면 이 모진 권태를 내 어찌하랴."

집무를 시작하자마자 아전들을 소집한 재필은 최근 현에 나타났던 의심스러운 외지인들을 샅샅이 탐문해 보고하라 명했다. 며칠 뒤 아전들이 제출한 문서를 꼼꼼히 분석하던 재필의 눈에 이상한 인물 하나가 들어왔다. 이름을 알 수 없는 그자는 일 년 남짓 경내의 사찰 청원사淸源寺에 기식하다 탐문 기간에 갑자기 사라진 건어물 장수였다. 장사꾼이라는 뜻의 '가賈' 자를 성으로 삼아 가수재賈秀才란 별명으로 불린 그에게 주목한 재필은 관련 정보를 더 수집하도록 지시했다.

아전들에 따르면 가난한 장사꾼임에도 돈벌이에 뜻이 없던 가수재는 엽전 몇 푼만 생기면 곧장 주막에 들러 탕진해버리고 저물녘에 절로 돌아올 때면 당시 한 수를 읊조리던 기이한 자였다. 키가 매우 크고 피부가 검붉었다던 그를 재필은 대뜸 서역인이 아니었을까 의심했다. 상대를 서역인으로 추정한 이유는 또 있었다. 만취한 가수재가 과거를 준비하던 선비들 방에 난입했던 어느 날, 승려들 손에 내쫓겨 법당에 쓰러져 잠든 그는 이튿날 새벽 모두에게 들리도록 유려한 음률로 이태백의 사詞를 읊었다고 했다. 청나라 말을 할 줄 알았던 것이다. 법당에 몰려든 선비들에게 초서로 한시까지 적어준 그는 그후로 청원사 사람들에게 수재로 통했다.

가수재는 불경에도 식견이 있었다. 하루는 그가 불탁 위에 팔다 남은 복어를 공물로 올려 승려들의 공분을 샀다. 가수재는 부처께서 복어를 좋아하셨다는 증거로 즉석에서 『보리경』 한 대목을 날조해 외웠는데 불경에 익숙하지 않았다면 불가능할 일이었다. 외국어를 잘하고 불경에 능한데도 건어물 장수로 자신을 위장한 서역인이라면 과연 그 정체는 무엇이었을까?

재필은 사라진 가수재를 직접 추적하기로 결심했다. 상대가 서북도의 변고에 연루된 자라면 지름길을 통해 용인현에 도달한 뒤 한양성 우측으로 우회해 개경을 관통하려 들 게 분명했다. 재필은 용인현령에게 전갈해 주요 길목마다 검문을 강화하도록 부탁하고 말을 몰아 송파나루에 이르렀다. 그는 나루에서부터 용인 방향으로 남하하며 북상하는 상인들을 확인해나갈 심산이었다. 먼 인척인 광주유수의 도움으로 포위망을 남쪽으로 바짝 좁힌 재필은 상대를 용인 쪽으로 몰아넣고자 했다.

마침내 남한산성 근처에서 발견된 가수재는 청계산 사면을 따라 양재역 쪽으로 도주했다. 그가 사평나루를 통해 한양에 잠입한다면 도성의 관군에 체포되는 건 시간문제였다. 그건 재필이 바라던 바가 아니었다. 양재역에 먼저 도착해 청계산로에 매복해 있던 재필은 광주유수가 보낸 군졸들의 협조로 끝내 상대를 생포했다. 기진맥진해 있던 가수재는 호송되며 말 한마디 하지 못했다.

광주유수에게 가수재를 도망한 양성현 관노로 보고한 재필은 파발들이 오가다 쉬어가는 양재역참에서 하룻저녁 묵으며 가수재와 단둘이 남게 되었다. 재필이 물었다.

"난 널 놔줄 수도 있는 사람이다. 네 정체가 과연 무엇이냐?"

가수재는 재필을 뚫어져라 쳐다볼 뿐이었다. 고을 원이 공무도 없이 임소를 비워둘 순 없었기에 재필은 날이 밝기 전에 상대에 대한 처분을 결정해야 했다. 재필이 말을 이었다.

"난 정조 임금 밑에서 화성 천도를 도왔던 심재필이다."

재필이 자신의 경력에 대해 다 얘기했을 무렵 역노들의 아우성과 삼남에서 모여든 상인들이 술에 취해 노상에서 다투는 소리로 사방이 어수선해졌다. 상념에 잠겨 있던 가수재가 비로소 입을 열었다.

"절 무슨 연고로 쫓으셨는지는 모르겠사오나 쇤네는 떠돌이 어물장수에 불과합니다. 그러니까 나리는 제가 왜 양성현에 머물렀는지 알고 싶으시단 말씀이신지요?"

재필이 고개를 끄덕이자 가수재가 자신의 두 손에 채워진 수갑을 들어올려 철컥거리는 소리를 냈다. 재필이 수갑을 풀어주고 말했다.

"아침에 지게도 돌려주마. 서북도에서 벌어진 일을 혹 알고 있느냐? 아는 대로 소상히 말해다오."

가수재는 그날 밤 홍경래가 일으킨 민란에 대해 긴 이야기를 들려줬다. 서북도민들은 조선 왕조가 들어선 후로 심한 차별과 멸시의 대상에서 벗어나본 적이 없었다. 서북면 출신 양반들에게는 벼슬길이 제한되었고 평민들은 가혹한 징세와 변경의 부역에 시달려야 했다. 몰락 양반 홍경래는 그런 지역 차별에 대한 불만을 도화선 삼아 새 세상을 열려는 미륵의 화신이자 미래의 태평성세를 이끌 예언자를 자처하고 있었다. 말을 마친 가수재가 덧붙였다.

"팔도를 떠돌며 그저 들은 소식이올시다. 허나 또 누가 알겠습니까? 이 바람이 남쪽으로까지 불어대 천지가 확 뒤집힐지."

말문이 막힌 재필은 속으로 역모라고 되뇌었다. 역모였다. 눈앞에 앉아 있는 자는 역도의 끄나풀로 경기 남부의 동태를 살피러 온 첩자였다. 당장 조정에 발고하지 않으면 재필 자신도 위험에 빠질 수 있었다. 재필이 물었다.

"상감께 살려달라고 일으킨 민란이 아니로구나. 나라를 뒤엎을 셈인 게야. 그렇지?"

가수재가 기묘한 표정으로 얼굴을 일그러뜨렸다. 그가 나지막이 되물었다.

"나리께선 천주의 자식 아니신지요? 요즘 남인들은 죄 그쪽이라 들었습니다만, 만일 그러시다면 우주가 평등해져도 그리 나쁠 건 없지 않습니까?"

한때 재필은 동반同伴이었던 정약용을 따라 천주교에 몸담았다가 개심한 배교자였다. 눈을 질끈 감은 그는 악몽처럼 되풀이되는 기억을 떠올렸다. 그날 밤, 달 없는 깊은 밤, 운명의 주군이 정해지던 불면의 밤, 정약용과 재필을 침전으로 불러낸 정조 임금은 한동안 고개를 숙이고 있다 이렇게 말했다.

"약용아, 재필아. 내 너희가 야소교도임을 이미 알고 있다."

모골이 송연해 온몸을 떨던 두 사람에게 정조 임금이 이어서 한 말을 재필은 토씨 하나 빠뜨리지 않고 기억해냈다.

"어미가 천출이어서 신하들 눈치를 봐야 했던 자가 나의 할아버지요, 패역의 죄명으로 뒤주에서 죽어야 했던 자가 내 아버지니라. 왕좌에 앉아 있지만 가장 무서운 적들이 가장 가까이에서 나를 노린다. 이 세상에 나보다 낮은 자가 있더냐? 야소는 낮은 데로 임한다고 하니 이번 생엔 부디 나를 도와다오."

이를 악물고 한동안 방바닥을 내려다보던 재필이 가수재에게 대답했다.

"남인이라고 다 천주교도는 아니다. 게다가 난 오래전 회심하여 성인의 학문으로 돌아왔다. 너야말로 조선 태생은 아닌 듯한데, 혹

야소를 믿는 서역인이냐?"

가수재는 야소교도는 아니었지만 서역인은 맞았다. 카스피해 남쪽 옛 페르시아 상업 도시 아스트라바드에서 태어난 그는 투르크 무역상을 따라 청나라를 드나들다 북경에서 우연히 만난 개경 상인들과 함께 조선에 들어와 정착한 이민자였다. 호적이 문란하여 양반과 상민의 경계조차 불분명하던 서북도에서나 일어날 수 있는 일이었다. 재필이 물었다.

"조선 이름도 없는 네가 어쩌다 홍경래 무리의 첩자가 된 것이냐?"

"가수재란 성과 이름이 생겼잖습니까? 전 상인으로서 가보지 않은 데가 없습니다. 하늘 아래면 다 제 고향이지요. 첩자라기보다 천하 민심을 살피러 온 서쪽 뜨내기로 봐주십시오."

재필이 보기에 홍경래가 가수재를 양성현에 밀파한 이유는 뻔했다. 서북면에서 반란이 일어나면 임금은 남쪽으로 피신해야 할 터, 근왕병은 당연히 경기 남부에서 소집되어야 했다. 홍경래의 군대가 개경과 한양을 차례로 함락시킨다고 가정할 때 그들이 근왕병과 최후의 일전을 벌여야 할 곳 역시 양성현을 비롯한 경기 남부 지역이었다. 가수재가 장사는 작파하고 고을 구석구석을 쏘다니다 주막에 들러 민심을 살핀 까닭도 거기에 있을 것이었다.

"험한 요새나 단단한 성곽이 없는 용인 이남에서 결전을 치르고 싶었던 게로구나. 널 보낸 홍경래란 자 말이다. 그렇지?"

가수재는 미소만 지을 뿐이었다.

"그런데 이제 어쩐다? 난 너의 정체를 알아버렸고, 널 풀어줬다가 난이 실패라도 하면 나까지 꼼짝없이 역도로 몰릴 판이다. 널 어째야 하겠느냐?"

"풀어주십시오."

"뭐라? 풀어달라?"

"그렇습니다. 제 말씀 좀 들어보십시오. 쇤네는 세상의 꽃가루를 이곳저곳 나르는 꿀벌일 뿐입니다. 딱히 큰 신념도 없습니다. 이미 난은 벌어졌고 전 돌아가 보고 들은 것들을 떠들고 나서 조선을 뜨려 합니다."

"난이 성공해도 돌아오진 않고?"

"그건 모르지요. 성공했단 기별을 듣게 되면 훗날 나리를 다시 뵐 수도 있겠지요. 하지만 전 멀리 떠날 것입니다. 개경 상인들은 홍삼을 더 먼 곳에서까지 팔고 싶어합니다. 힌두신의 사원도 사막의 모래도 이젠 그립군요. 조선 땅에서 하고 싶은 일은 다 해보았습니다."

간밤에 내린 눈이 길 위에 얇게 덮였고 돌개바람이 장지문을 흔들었다. 날이 밝자 역참 주변은 채비하는 상인들로 붐비며 새로운 활기로 넘쳐났다. 지게를 진 가수재는 그들 사이에 섞여 사평나루를 건너겠다고 했다. 가수재가 헤어지기 직전 말했다.

"전 새로 부임한 사또님을 좋은 사람으로 생각했습니다. 산자락에서 잡힐 때 나리를 알아보고 안심했지요. 장사꾼들 마음을 얕보진 마십시오. 우주 안의 물건들은 주인 없이 돌고 돌다 결국 누군가를 돕게 되는 법이거든요."

수수께끼 같은 말을 남긴 가수재는 돌개바람처럼 빠르게 멀어져 갔다. 상인들이 떠나버린 역참에 홀로 남겨진 재필은 문득 마음 한구석이 허전했다. 그는 말에 올라 천천히 움직이기 시작했다. 아마도 가수재는 돌아오지 않을 것이었다. 양성현감 자리는 머지않아 돈 많은 집 자식에게 뺏길 것이고 바칠 뇌물 없는 재필은 언젠가 세상으로부터 버림받을 것이다. 그렇게 쓸쓸히 노년이 찾아오면 끝내 가수재를 따라 조선을 떠나지 못했던 스스로를 원망하게 되리라. 하늘을 향해 그가 조용히 속삭였을 때 과연 정조 임금께선 그 말을 들으셨을까?

"물건이 멋대로 세상 속을 돌다보면 많은 것도 보고 많은 사람들을 돕게 되겠지요? 그 물건에 주인만 없었다면 말입니다."

❁

「가수재의 실종」은 조선 후기 야담 작가 김려金鑢의 「가수재
전」을 토대로 했다. 「가수재전」은 1818년 출간된 『단량패사丹
良稗史』에 수록된 인물전이다. 소설 속 무대인 양성현은 「가수
재전」에선 옛 명칭인 적성현赤城縣으로 나오는데 지금의 경기
도 안성시의 일부다. 1811년 겨울 발생한 홍경래의 난은 5개월
뒤 진압됐다. 1800년 정조를 계승한 순조는 안동 김씨로 대표
되는 외척 세도가들에게 무기력하게 끌려다니다 1834년 생을
마감했다. 양성현감 심재필은 가공인물이지만 정조 사후 규장
각의 규모가 축소되자 각신들이 자리를 잃고 뿔뿔이 흩어졌던
건 역사적 사실이다.

# 칼의 가족

●

1760년 봄, 평양 관기 모란은 들떠 있었다. 그녀가 애호하던 한시창 〈관산융마關山戎馬〉의 작가 신광수가 평양을 방문했기 때문이었다. 평안도관찰사가 베푼 연광정 연회에 불려나간 그녀는 〈관산융마〉를 부르며 상석에 앉은 손님들을 유심히 관찰했다. 그녀가 찾는 신광수는 시문에 능했던 평안도 성천 기생 일지홍을 옆에 끼고 이미 취해 있었다. 모란은 구성지고 처연하게 이어지던 상조商調의 곡조를 씩씩한 우조羽調로 바꿔 소리를 지르기 시작했다. 신광수는 그제야 정색하며 모란에게 눈길을 줬다.

오래도록 선망하던 시인을 본 직후 연정을 품게 된 모란은 신광수가 묵던 객관으로 편지를 띄워 독대를 간청했다. 답신이 없었다. 모란은 관찰사가 사사로이 아끼던 기녀였다. 제아무리 서도 지역을 풍미하던 〈관산융마〉의 작가라도 함부로 그녀를 취할 순 없었다. 소외

받던 남인 출신 신광수는 과거에 합격하고도 변변한 벼슬을 받지 못해 이리저리 떠도는 신세였다.

모란은 꾀를 냈다. 관찰사가 대동강 뱃놀이를 하던 날, 일지홍을 대동해 나타난 신광수의 배에 슬쩍 올라탄 것이다. 관찰사는 대수롭지 않게 여기고 부벽루 쪽으로 앞서 나아갔다. 모란이 일지홍에게 빠르게 속삭였다.

"홍이는 잠자코 있거라. 선비님과 내 잠시 마음이라도 나누려 한다."

일지홍이 모란을 뚫어지게 쳐다보더니 가볍게 고개를 끄덕였다. 신광수 앞자리에 마주앉은 모란은 흔들리는 배의 움직임에 가락을 맞춰 나지막이 〈관산융마〉를 불렀다. 그녀가 부르는 〈관산융마〉는 평양 제일의 서도창으로 정평이 나 있었다. 소리는 넓게 퍼져나가며 강물소리마저 잠재웠다. 신광수가 물었다.

"당돌하다. 저번에는 상조 아닌 우조로 부르더구나?"

모란이 웃음기를 거두고 멀리 모란봉을 바라보며 대답했다.

"관산은 변방을 뜻하는데 평양이야말로 조선의 변방 아니겠습니까? 씩씩하게 불러봤습니다. 이제 다시는 가까이 모실 수 없겠사오니 한 번 더 부르고 배를 갈아타겠습니다."

모란은 혼신을 다해 연거푸 두 번 창한 후에 목례했다. 따사로운 햇살을 타고 온 봄바람이 그녀의 귀밑머리를 가볍게 흔들었다. 모란이 관찰사가 승선해 있던 배로 옮겨 타며 마지막으로 돌아보며 말했다.

"강녕하소서. 인연이 있다면 죽기 전에 뵙겠습니다."

신광수는 모란을 보내고 나서 전에 겪어보지 못했던 쓰라린 슬픔에 휩싸였다. 조선 팔도 제일의 명창을 마주하고도 그녀의 손목조차 붙잡지 못했던 것이다. 그는 분노와 질투로 뒤범벅이 되어 술에 만취해버렸고 한동안 객관 밖으로 나오지 않았다. 신광수가 기력을 되찾고 평양을 떠나려 할 즈음 모란이 보낸 기녀가 밤에 찾아왔다. 추강월秋江月이라는 검무기劍舞妓였다.

추강월의 검무는 '가을 강의 달'이라는 그녀 이름처럼이나 아름다웠다. 다만 그녀가 구사하는 보법이 매우 특이했다. 신광수가 물었다.

"네 검의 놀림은 우아하지만 발걸음은 난폭하다. 살기가 있구나. 모란이 널 보낸 뜻이 그것이더냐? 날 베어 갖고 싶다는 것이겠지?"

신광수가 내민 술잔을 받아 단숨에 마신 추강월이 잔을 올리며 대답했다.

"선비님 떠나시기 전 쓸쓸한 밤 건너시도록 재밌는 얘기 한 자락 펼쳐 보여드리라는 난이의 부탁이 있었습니다. 들어보시려는지요?"

신광수가 고개를 끄덕였다. 추강월이 주안상 앞으로 바싹 다가앉으며 속삭였다.

"이 이야기는 임진왜란이 끝나고 수십 년 흐른 어느 해, 강원도 외딴 절을 찾은 한 과객이 겪은 실화입니다. 웃지 마시고 들어주소서."

신광수가 다시 고개를 끄덕이자 추강월은 다음과 같은 신기한 사연을 펼쳐냈다.

강원도 외딴 절에서 글을 읽던 과객 옆엔 밤마다 노승 한 명이 따라붙어 시중을 들곤 했다. 노승은 과객의 글 읽는 소리 듣기를 무척 좋아했다. 늘 자기 곁을 지켜온 노승이 딱 한 번 자리를 비운 날, 과객은 밤새 흐느끼는 곡소리에 잠을 설쳤다. 다음날 노승의 목소리는 쉬어 있었다. 과객이 물었다.

"불가는 제사는 지내되 곡은 하지 않는다 들었거늘, 그대의 지난밤 통곡 소리는 어찌된 건가? 남모를 비밀이라도 있는 것인가?"

노승이 한참을 망설이더니 길게 탄식했다.

"어제는 제 스승님의 제삿날이었습니다. 소승 나이 이제 여든을 바라보니 언제 죽을지 알 수 없습니다. 내년 이날 울고자 한들 그럴 수 있겠습니까? 그래서 그리 애통히 울었던 것입니다."

과객이 연민의 빛으로 바라보자 노승이 말을 이었다.

"이 나이에 무얼 더 숨기겠습니까? 소승은 일본 사람입니다. 저의 기구했던 과거 얘기 들어보시렵니까?"

읽던 책을 덮은 과객이 고개를 끄덕이자 호롱불 심지를 돋운 노승이 다음과 같은 신기한 이야기를 펼쳐냈다.

노승의 본명은 사토 아키에佐藤秋江. 임진년 조선 전쟁 당시 가토 기요마사加藤清正 예하 특수부대 소속이었다. 사토는 엄혹한 검술과 격술 시험을 통과해 가토 부대의 선봉대에 선발됐다. 선봉대는 함경도로 침투해 한반도 이북을 유린했고 의주로 몽진한 조선 왕의 목을 노리고 있었다. 비극은 사토가 소속된 부대가 해안가를 통해 북상하던 어느 날 일어났다.

도롱이를 걸친 조선 검객이 바닷가 높이 솟구친 암석 위에 앉아 있었다. 왜병들은 검객을 향해 욕설을 퍼부었으나 검객은 꿈쩍도 하지 않았다. 그는 왜병들이 조총을 난사하고서야 칼을 빼 들었다. 한 마리의 학이 내려앉듯 지상으로 낙하한 검객은 왜병들 어깨를 타고 움직이며 그들의 목을 베기 시작했다. 그 모습은 마치 농부가 낫으로 잡초를 베는 것처럼 보였다. 참수를 끝내고 착지한 검객 앞엔 단 두 명의 왜병만이 생존해 있었다. 사토는 그중 한 명이었다.

살아남은 사토와 다른 왜병은 검객이 적에게 베푼 작은 온정의 표시이자 살육의 전리품이었다. 고민 끝에 두 왜병을 제자로 거둔 검객은 그후 이십여 년 동안 조선 전역을 정처 없이 떠돌았다. 한 지역에서 반년 이상 머물지 않던 검객은 흡사 쫓기는 자처럼 보였으며 달밤에 나무를 베고 바위를 내리칠 때는 영락없이 원한에 찬 광인이었다. 그렇게 셋은 차츰 친밀해져갔고 검객은 사토와 다른 왜병에게 자신의 검술까지 전수했다. 세 사람은 진짜 가족이 되었다.

사토의 스승은 검객의 본능으로 누구에게도 절대 등을 보이지 않았다. 그는 어느 날 아침 단 한 번 방심하여 신발끈을 묶으려다 제자들 앞에서 몸을 숙였다. 스승이 손에서 칼을 놓은 일순의 공백을 파고든 다른 왜병이 칼집에서 칼을 뽑아 스승을 참수한 건 순식간의 일이었다. 스승을 살해한 왜병이 소리쳤다.

"사토, 이자는 우리 원수다. 이제 고향으로 돌아가자."

왜병의 말이 끝나자마자 사토는 망설임 없이 칼을 빼 상대 목을 끊어버렸다. 스승과 벗을 동시에 잃은 사토는 오래도록 생각에 잠겼다. 밤이 왔고 아침이 왔으며 또다시 사방에 노을이 졌다. 쏟아지는 핏빛 햇살 속에서 그는 갈 곳이 없었다. 사토는 고향 가까이에서 죽고자 동해안으로 이동했다. 바다에 몸을 던졌지만 파도가 사토를 바닷가로 밀어냈다. 죽지 못할 운명이었다. 그는 강원도 산골 암자로 숨어들어 삭발하고 중이 되었다.


긴 이야기를 마친 사토 아키에는 흐느꼈다. 그를 물끄러미 바라보던 과객이 물었다.

"자네 스승은 누구였나?"

고개를 숙인 노승이 눈을 감은 채 대답했다.

"성도 이름도 모릅니다."

한참 침묵이 흐르고 호롱불에 비친 상대의 얼굴을 자세히 관찰하던 과객이 속삭였다.

"내 나이 아직 젊지만 왜인들 풍속은 좀 알지. 이름이 아키에라고 했나? 그건 남자 이름이 아닌데?"

과객의 말을 들은 사토는 바닥에 얼굴을 파묻고 전날 밤처럼 통곡하기 시작했다. 잠시 후 사토가 마저 털어놓은 사연은 더욱 슬프고도 기이했다.

사토 아키에는 가고시마 출신 무장의 딸로 태어났다. 가고시마는 당시 일본에서 천주교가 가장 활발히 전파된 지역으로 사토 집안은 아키에가 태어나기 전 이미 개종한 상태였다. 그녀의 아버지는 같은 천주교도였던 고니시 유키나가 휘하로 들어가며 일곱 살 난 딸 아키에를 여성 사무라이로 주군에게 바쳤다. 그로부터 십 년 뒤, 고니시 부대 예하 온나부게이샤女武芸者로 성장한 아키에는 임진년 조선 전쟁에 출정하기 직전 남장하고 주군 고니시의 경쟁자인 가토 기요마사가 창설한 특수부대에 잠입했다. 아키에는 그 부대의 조선 내 동선을 정탐하고 보고할 임무를 부여받은 첩자였다. 아키에가 첩자로 선발된 건 마지막 항전 수단으로 미인계를 쓸 수 있기 때문이었다.

낯선 조선 검객에게 부대가 몰살되던 운명의 날, 사토 아키에는 전투에 소극적이었던 덕분에 가까스로 생존했다. 신묘한 검술을 지닌 조선 검객은 그녀와 그녀의 동료 이시다를 살해하지 않았다. 그녀는 살아서 귀국하기 위해 기꺼이 최후의 수단을 사용했다. 아키에는 검객의 연인이 되었고 조금씩 상대의 검술을 사랑하게 되었으며 마침내 제자가 되었다. 어릴 때 즐겨 읽던 군담소설 「헤이케모노가타리平家物語」의 여전사 도모에 고젠巴御前을 숭상하던 그녀는 도모에가 주군 미나모토노 요시나카源義仲를 따르듯 검객에게 충성했다.

문제는 이시다였다. 질투에 눈이 먼 이시다는 스승의 검법은 물론 그의 정부까지 독차지할 야심을 오랜 세월 간직하고 있었다. 이시다의 야욕은 칼로 맺어진 가족을 몰락시켰다. 끝내 모든 걸 잃어버린 아키에는 돌이킬 수 없는 고독에 빠져 다시 남장한 채 승려가 됨으로써 과거와의 유일한 연결고리를 잘라버렸다.


강원도 외딴 절에서 어떤 과객이 들었다는 일본 승려에 대한 이야기는 여기서 끝났다. 추강월은 말을 마치고 사뿐히 일어나 한 번 더 검무를 췄다. 그녀의 유연한 동작과 폭발적인 보법을 주시하던 신광수가 춤을 중지시키고 물었다.

"네 본명이 무엇이냐?"

추강월이 신광수 곁에 다가앉았다. 그녀가 맑은 눈망울로 신광수를 한참 바라보다 살며시 웃었다.

"추강월입니다."

상대의 당돌한 대답에 한숨을 내쉰 신광수가 얼굴을 대동강 쪽으로 돌리고 콧노래를 흥얼거리기 시작했다. 콧노래는 이윽고 절주를 갖춰가며 여음을 획득했고 〈관산융마〉로 변해갔다. 〈관산융마〉를 작자의 육성으로 듣게 된 추강월은 감격하여 숨을 멈췄다. 그녀는 노래가 끝나길 기다려 세 번 절하고 거듭 헌수의 잔을 올렸다. 전국의 이름깨나 있는 기녀 모두가 흠모하던 풍류가객은 마침내 취기가 돌아

속삭였다.

"모란을 처음 보고 놀랐지. 이상한 기녀였어. 나를 노려보며 우조창을 할 땐 심장에 화살이 꽂힌 것 같더군. 내 안을 들여다보고 있었어."

추강월이 말없이 잔을 다시 올렸다. 신광수가 그녀를 주시하며 다시 물었다.

"네 본명이 추강월이라면, 그렇다면 넌 사토 아키에의 후손이겠구나?"

추강월은 대답 대신 이별 노래인 서도민요 〈배따라기〉를 구성지게 뽑았다. 노래를 마친 그녀가 달을 바라보며 슬픈 얼굴로 말했다.

"맞습니다. 사토 아키에가 이시다를 살해할 때 그녀는 이미 스승의 아이를 잉태하고 있었습니다. 끝내 자살에 성공하지 못한 이유였지요. 늦은 나이의 난산이었지만 그녀는 용감하게 홀로 아이를 낳아 함께 데리고 출가했습니다. 아들이었답니다. 그 아이는 환속하여 어머니의 이름 추강을 성으로 썼지요. 그가 제 아비입니다."

"줄여서 추씨가 되었겠구나?"

추강월이 고개를 끄덕였다. 묵묵히 추강월을 바라보던 신광수가 재차 물었다.

"그럼 모란은 누구냐?"

추강월이 두 손을 가슴에 모으고 대답했다.

"〈관산융마〉의 작자를 연모해온 기녀 모란은 제 여동생입니다. 추

모란. 저희는 사토 아키에가 조선에 남기고 간 흔적들이지요."

　신광수는 더이상 말하지 않았다. 그는 자신들의 정체를 밝힌 사토 아키에의 후손들을 동정하지도 혐오하지도 않았다. 〈관산융마〉를 듣고 그 노래를 사랑해버린 자매는 어쩌면 〈관산융마〉의 작자야말로 자신들을 이해해줄 유일한 조선인으로 여겼을지도 몰랐다. 그는 취했고 그 와중에 대동강 물결소리가 그의 온몸을 휘감았다. 변경의 삶을 이해한 자이자 전란 속 고독을 노래한 시인 신광수는 임진년 조선 전쟁의 상흔인 사토 아키에의 기억을 품고 쓰러져 잠들었다.

　그로부터 십여 년이 흐른 1772년 임진년, 환갑을 넘긴 신광수는 탕평책을 펼치던 영조의 눈에 들어 기로과耆老科로 늦은 급제를 했다. 비로소 당상관이 된 그는 한양에 와 있던 평양 기생 모란을 만나 회포를 풀었다. 모란은 그녀가 사랑했던 남자 앞에서 다시 한번 〈관산융마〉를 불렀다.

❀

1746년 한양에서 치러진 과거에 응시한 삼십대의 석북石北 신광수는 자신의 인생작을 답안으로 제출했다. 후대 한시창의 대명사가 된 〈관산융마〉였다. 두보의 「등악양루登岳陽樓」를 원용하며 변경의 전란을 다룬 이 아름답고 처연한 시는 곧바로 서도 지역까지 퍼져나가 평양 기녀들의 애창곡이 되었다. 하지만 남인 출신 신광수는 진사시에 합격하고도 변변한 벼슬을 받지 못해 이리저리 떠도는 신세로 전락했다. 「검승전劍僧傳」은 신광수가 이 시기의 불우함을 무명의 조선 검객과 일본인 제자의 이야기로 가탁해 지은 소설이다. 이 글은 신광수의 실제 생애를 그가 지은 소설과 결합시킨 팩션이다. 본문에 등장하는 성천 기생 일지홍, 평양 기생 모란, 검무기 추강월은 실존 인물이다. 특히 신광수와 모란의 이루지 못한 사랑과 1772년의 재회는 사실에 따른 것이다. 하지만 이 작품에 등장하는 일본 출신 검승의 실체가 남장여자 사토 아키라는 설정은 허구다.

# ● 비밀서가

오랜 유배에서 풀려난 정약용은 고향인 경기도 마재 여유당에서 글을 쓰며 시간을 보내고 있었다. 평화롭게 끝날 것 같았던 그의 삶은 사망하기 한 해 전인 1835년, 예기치 않은 혼란 속으로 빠져들게 된다. 문제는 그의 유별난 호기심이었다.

정약용은 어휘집 『아언각비雅言覺非』를 교정하며 자료 부족에 시달릴 때 문득 한 인물을 떠올렸다. 한양 돈의문 밖 책쾌 조통술이었다. 신통한 기억력으로 각종 분야 서책 목록을 꿰고 있는 그라면 정약용이 필요로 하는 자료들을 쉽게 구할 수 있을 터였다. 하지만 정약용이 유배 가기 전 이미 고령이었던 조통술이 여태 살아 있다는 보장이 없었다.

조통술은 나이를 먹지 않는 신기한 재주 때문에 조신선으로도 불렸다. 정약용은 오랜만의 한양 나들이를 헛수고로 만들지 않으려면 그의 생존 여부부터 확인해봐야 했다. 그리하여 1835년 을미년 봄, 정약용은 한양 이화방에 살던 먼 처족 윤시춘을 통해 조신선의 근황을 탐문했다. 놀랍게도 조신선은 살아 있었다. 정약용은 그건 불가능하다고 생각했지만 일 처리가 깐깐하고 주도면밀하기로 정평이 난 윤시춘을 의심하긴 어려웠다.

그로부터 정약용의 관심은 온통 조신선에게 쏠렸다. 조신선을 처음 만났던 건 정약용이 열다섯 살 되던 1776년 병신년 봄이었다. 소년 정약용이 선망하던 성균관 견학을 마치고 마포나루로 가기 위해 창덕궁 돌담길을 걷고 있을 때 육 척 장신의 사내가 산더미 같은 책갑을 지게에 지고 그의 앞으로 걸어오고 있었다. 정약용은 그가 저 유명한 책쾌 조신선임을 바로 알아봤다. 조신선은 책 구경이나 하자는 꼬마 선비의 간청에 못 이겨서라기보다 곰방대나 한 모금 빨 생각에 짐을 부리고 궁궐 담장 아래 주저앉았다. 그 당시 그는 오십대로 보였다. 그런데 윤시춘이 최근에 만났다는 조신선 역시 오십대로 보였다고 했다. 불사신이 아닌 한 있을 수 없는 일이었다.

정약용은 한양 지인들에게 연통하여 조신선에 대해 알아보았다. 정보를 종합하면 이러했다. 조신선이 한양 서책가에서 최초로 목격된 건 1756년 병자년인데 그는 그때 이미 오십대 얼굴을 하고 있었다. 그후 이십여 년을 한결같은 얼굴로 살아가는 그를 사람들은 신선이라 부르기 시작했다. 윤시춘을 제외하고 조신선을 마지막으로 만난 사람은 홍문관 정자正字 이세필로, 시점은 1820년 경진년이었다.

경진년 이후 조신선은 외부 활동을 거의 끊고 소수의 사람들에게 희귀본을 납품하며 살고 있다고 했다.

조신선이 최초로 목격됐을 때의 나이를 쉰 살이라 가정하면 1835년 그의 나이는 129세였으며 그 가운데 오십대 얼굴로만 79년을 산 셈이었다. 생각할수록 괴이쩍고 신비로웠다. 혼란에 빠진 정약용은 그와 마지막으로 만났던 기억을 되살리려 노력했다. 이상하게 기억해낼 수 없었다. 어지간한 단권 서책 정도는 한 식경 안에 암기할 수 있는 그였지만 몇 차례 만나지도 않았던 조신선과의 마지막 대면은 구체적으로 떠올릴 수 없었다.

조신선을 만나보기로 결심한 1835년 늦봄 어느 초저녁, 강가를 산책하던 정약용은 벼룩나물 사이에 핀 노란 씀바귀꽃을 꺾다가 문득 조신선과의 마지막 만남을 기억해냈다. 그는 너무 통쾌해 콧노래까지 흥얼댔다. 그러다 자신이 왜 그토록 해당 기억을 떠올릴 수 없었는지 깨달았다. 그건 그러니까 경신년, 한때 천주교도였던 정약용에게 익숙한 서력西曆으로는 1800년의 일이었다. 정조께서 승하하신 해였다.

정조가 갑자기 사망한 지 넉 달이 지난 경신년 가을밤, 정약용은 남몰래 돈의문 밖 조신선의 책방을 찾았다. 종이 이불로 몸을 감싼 채 서고 귀퉁이 좁은 침상에 누워 있던 조신선은 머리맡 등잔대 위 호롱에 불을 켜고 일어나 앉아 갑자기 들이닥친 정약용을 멀뚱히 바라보았다. 갸름한 얼굴에 풍성한 검붉은 수염을 한 그는 정약용에게 위로의 말을 건네고 싶은 듯했다. 정약용은 상대를 바라보지 않은 채 짧게 물었다.

"그 책, 다시 돌려주실 수 있소?"

부탁받은 책명을 확인한 조신선은 한참을 망설였다. 푸른 기운이 감도는 눈빛이 정약용을 한 차례 쓸고 지나갔다. 조신선이 서고 뒤편으로 걸어가면서 정약용에게 따라오라고 손짓했다. 서고 뒤엔 주의 깊게 살피지 않으면 눈에 띄지 않을 작은 서가가 놓여 있었다. 조신선이 서가를 옆으로 밀자 직사각형 통로가 나타났다. 큰 덩치를 간신히 입구로 밀어넣은 조신선은 이내 어둠 속으로 사라졌다. 잠시 후다시 나타난 그의 손엔 라틴어 성서가 들려 있었다.

정약용은 저물어가는 남한강을 바라보며 탄식했다. 기억은 그 지점에서 그쳤다. 1800년 경신년 밤의 기억은 철저히 봉인되어 있었다. 아니, 전남 강진에서 파란만장한 유배 생활을 하면서 절로 잊혔는지도 몰랐다. 정조의 죽음은 정약용의 젊음과 활기를 한꺼번에 앗아갔고 노년의 그는 아주 다른 사람이 되어 있었다.

다음날 새벽, 정약용은 한강 양화진으로 향하는 여객선에 올랐다. 조신선이 운영하는 책방에 이르는 동안 그는 정조와 관련된 기억들로 우울했고 그냥 돌아가버릴까 수없이 망설였다. 그러다 그는 어느새 목표 지점에 도착했다. 책방은 규모가 조금 확장되어 있었고 예전엔 없던 점원까지 두고 있었다. 그는 내실로 안내되어 조신선을 기다렸다.

조신선은 발음이 약간 어눌해졌을 뿐, 오래전에 정약용과 처음 마주쳤을 때의 그 모습 그대로였다. 하지만 뭔가 이상했다. 품위 있고 예의바른 그의 태도는 옛 고객을 알아보고 반갑게 대하는 태도와는 거리가 멀었다. 조신선의 표정 속엔 추억이 없었다. 순간 정약용은 상대가 가짜일지 모른다는 불안감에 사로잡혔다. 정약용이 물었다.

"우리 둘이 경신년 마지막 만났던 날을 기억하시오?"

조신선이 말없이 고개를 끄덕였다. 정약용이 다시 물었다.

"그럼 나전어羅甸語로 쓰인 그 책도 기억나시오?"

조신선은 대답 대신 한참 동안 정약용을 쏘아보았다. 긴 한숨을 몰아쉰 그가 붉은 수염을 쓸며 나지막이 속삭였다.

"기억을 못 하는 건 당신 같군요. 따라오십시오."

조신선은 수십 년 전 경신년 가을밤에 그랬듯이 정약용을 데리고 서고 뒤편 작은 서가 앞으로 다가갔다. 조신선이 서가를 옆으로 밀자 직사각형 통로가 나타났다. 오랫동안 막혀 있던 탁한 공기가 조금 새어 나왔다. 정약용은 전율했다. 그는 자신이 감쪽같이 파묻어둔 기억의 유물들을 마주하고 있었다. 그 중요했던 날의 기억을 남김없이 청산했다는 게 믿기지 않았다. 두 사람은 조심스레 통로 안으로 들어섰다.

조신선이 시렁 위 등잔에 불을 붙이자 제법 큰 밀실의 모습이 희미하게 드러났다. 먼저 눈에 띈 건 벽에 설치된 정교한 감실龕室들이었다. 감실마다 관들이 안치되어 있었다. 조신선이 그중 하나로 다가서서 정약용을 돌아보았다.

"그날 밤 당신에게 성서를 돌려준 건 이분이었습니다."

정약용은 떨리는 손으로 관을 쓰다듬으며 눈을 감았다. 경신년 가을밤, 그는 천주교도이기를 포기하고 배교하기로 결심했다. 정조가 세상을 갑자기 뜨자 정약용의 삶은 파국에 직면했고 빠른 배교만이 살길이었다. 배교한 그날 밤, 정약용은 라틴어 성서를 되찾으러 조신선을 방문했다. 조신선이 다시 말했다.

"당신은 그날 밤 이곳까지 들어왔습니다. 이분과 제가 함께 있었는데, 기억하십니까?"

그랬다. 그날 정약용은 두 명의 조신선과 마주했다. 아니, 관 속에 누워 있는 여러 조신선과 마주했다는 게 더 정확하리라. 그들은 삼십 년 주기로 파견된 예수회 선교사들이었다. 전임과 신임이 오랜 시간 공존하도록 설계된 엄격한 예수회 규칙을 지켜야 했던 그들은 붉은 수염 속에 정체를 감추고 한 인물로 살아왔던 것이다. 정약용이 말했다.

"기억하오. 이분이 했던 말도 기억하오. 강인한 기억은 쉬운 망각 때문에 가능하다."

기억력 천재인 정약용은 망각의 대가이기도 했다. 그건 초인적인 암기력과 외국어 학습 능력을 갖춰야 했던 선교사들의 특징이기도 했다. 선교사들은 예수회에 제출할 보고서를 작성할 때를 제외하면 과거를 잊은 완벽한 조선인으로 살았으며 외모조차 조선인을 닮아 갔다. 조신선이 물었다.

"이제 와서 왜 다시 오신 겁니까? 그 성서는 어떻게 하셨습니까?"

정약용은 대답하지 못했다. 그가 도려냈다 되찾은 과거는 아직 완전하지 않았다. 내부의 무언가가 기억을 완강히 거부했다.

정약용이 조신선과 작별하고 책방을 나설 때 점원이 다가와 지팡이를 건넸다. 정약용이 무심결에 라틴어로 감사를 표하자 상대도 놀란 표정으로 라틴어로 대답했다. 정약용은 점원의 얼굴을 그제야 주의깊게 바라봤다. 조선의 비와 바람에 풍화되어 밋밋해진 젊은 서양인의 얼굴에 미래의 조신선이 숨어 있었다.

저물녘, 양화진 인근 객점에 여장을 푼 정약용은 계속 라틴어로 생각하려 노력했다. 그러다 어느 순간 그는 라틴어로 말하고 생각할 수 있게 되었다. 마침내 기억의 폭풍이 그를 휘몰아 열다섯 살 때의 창덕궁 담장 아래로 데려갔다.

소년 정약용이 처음 본 조신선의 외모는 특이했지만 그렇다고 서양인 같지도 않았다. 정약용에게 흥미로웠던 건 상대가 구사한 매우 생소한 조선어 억양이었다. 그는 조신선의 정체를 곧바로 알아챘다. 조신선은 서양어에 엄청난 흥미를 보인 어린 천재와 헤어지면서 자신의 라틴어 성서를 선물했다. 정약용의 기억은 이 지점에서 다시 좌초됐다.

다음날 마재로 돌아가는 여객선 위에서 졸고 있던 정약용은 자신이 왜 이 시점에서야 조신선을 만나려 했는지 비로소 깨달았다. 그건 『아언각비』 때문이었다. 조선어 어휘를 정리하던 그의 무의식 속에 낯선 라틴어 어휘를 배웠던 기억이 슬쩍 끼어들었고 그게 망각의 늪에 빠져 있던 조신선을 불러냈던 것이다. 정약용은 혼신을 다해 다음 단계로 넘어가고자 했다. 어릴 때 받은 라틴어 성서가 어째서 다시 조신선 손에 들어간 것일까? 조신선은 왜 그 성서를 돌려받으려 했을까? 정조의 갑작스러운 죽음과 무슨 연관이라도 있었단 말인가?

마재로 돌아온 정약용은 여유당으로 곧장 들어가지 못하고 강가를 이리저리 거닐었다. 그러다 그는 또다시 씀바귀꽃을 봤다. 『아언각비』가 실마리였다면 씀바귀꽃에도 무슨 의미가 있어야 하지 않을까? 그는 지는 해를 보면서 깊은 생각에 잠겼다. 마침내 밑바닥에 방치되어 있던 기억이 떠오르자 정약용은 강변에 주저앉아 통곡하기 시작했다.

규장각에서 근무하던 젊은 시절, 정약용은 정조에게 자신을 서학으로 이끈 라틴어 성서를 진상했다. 천주교에 빠져 있다는 정적들의 공격에 시달리던 정약용으로서는 목숨을 걸어야 하는 행위였다. 정조는 한동안 정약용을 따로 부르지 않았다. 그리고 정조와의 비밀스러운 독대가 있던 날, 정약용은 선비의 신념으로 천주교를 믿을 권리를 허락받았다. 정조는 정약용의 믿음을 허용했다. 대신 정조는 서학을 활용해 거대한 개혁을 완수할 사명도 정약용에게 부여했다.

천주교도 가운데는 정약용이 속한 남인들이 많았다. 기득권 세력인 노론에게 남인은 가장 위험한 저항 세력이었다. 끝내 무자비한 탄압이 잇따랐고 남인들은 서학을 끝까지 수호한 신서파信西派, 노론에 붙어 천주교 탄압에 앞장선 공서파攻西派로 쪼개졌다. 남인 내부 실정에 밝은 공서파는 노론보다 더 두려운 대상이었다. 정약용은 자신의 라틴어 스승이었던 조신선, 또 그가 이끄는 지하조직과의 모든 인연을 끊었다. 대신 노론과 최후의 대결을 준비하던 정조의 팔다리가 되었다.

정조는 화성 천도를 통해 기성 관료들을 제거하고 그들의 간섭 없이 백성과 직접 소통하고자 했다. 정약용은 그런 왕을 모시고 서양의 과학기술과 평등사상에 대해 열정적으로 토론했다. 하지만 너무 무모한 계획이었다. 정조는 수구 세력에 가로막혀 길을 잃었다. 어느 날 정조는 라틴어 성서를 숨길 것을 명했고 개화의 비밀스러운 상징이었던 책은 원래 주인인 조신선에게 되돌아갔다.

씀바귀꽃은 바람에 날려 사라지고 여유당 앞 강변은 완전히 어둠에 잠겼다. 지팡이를 짚고 천천히 몸을 일으켜세운 정약용은 멀리 정조가 묻혀 있는 건릉 쪽을 향해 고개를 숙였다. 그가 속삭였다.

"레퀴에스카트 인 파체requiescat in pace!"

이번엔 조선어로 속삭였다.

"평화롭게 잠드소서!"


1800년 경신년의 가을밤, 정약용은 조신선으로부터 라틴어 성서를 되찾아 건릉으로 향했다. 정조가 세상을 뜨자 정약용과 그의 형제들의 목숨은 경각에 달려 있었다. 어쩌면 장렬히 순교해야 할 시점이었다. 정약용은 배교를 택했다. 그는 주님은 물론 주군마저 가슴에 묻고 개혁가로서의 이승의 소임을 더 이어가기로 결심했다. 그리하여 그의 삶에 기적처럼 펼쳐졌던 두 번의 은혜를 잊기 위해, 배교와 배덕으로 이루어진 망각의 강을 건너기 위해 성서를 파묻어야만 했다. 정약용은 어두운 건릉 한가운데 서서 주군에게 속삭였다. 레퀴에스카트 인 파체! 그의 기억과 함께 성서는 보이지 않는 곳에 매장됐다. 조선 최초의 개화 군주가 될 뻔했던 왕이 잠든 건릉의 씀바귀꽃 아래.

❀

　개혁 군주 정조의 총애를 받으며 승승장구하던 다산 정약용은
정조가 사망한 직후인 1801년, 역모를 꾀했다는 구실로 천주
교도에게 가해진 정치적 탄압 사건인 신유사옥에 연루되어 유
배형에 처해졌다. 1818년 해배된 정약용은 남양주시 여유당으
로 귀환한 후에 관직을 단념한 채 저술가로서의 삶을 살았다.
이 작품은 해배 후 노년의 정약용이 지은 『아언각비』라는 어학
관련 저서와 「조신선전」이라는 산문 그리고 젊은 시절 천주교
도로서의 그의 이력을 한데 결합시킨 팩션이다. 조선 후기 실
존했던 책쾌 조신선은 장수한 것으로 유명했으며 그와 관련한
다양한 기록물이 세상에 전한다. 이 작품에 등장하는 조신선
의 정체와 개화 군주로서의 정조 이미지는 상상에 기초한 소설
적 가설이다.

쿠랑이 한양 명례방 언덕에 위치한 뮈텔 주교의 저택 문을 다급히 두드린 건 한밤중이었다. 쿠랑이 프랑스 외교관의 특권을 내세워 야행까지 결심한 데엔 이유가 있었다. 그건 그를 휩싸고 있는 의혹을 어떻게든 해결하지 않고는 잠을 이룰 수 없어서이기도 했지만 무엇보다 주교에 대한 혐의를 명확히 확인해야만 자신의 다음 계획을 정할 수 있어서였다.

"모리스 쿠랑 통역관이로군. 이 야심한 시간에 무슨 일인가?"

주교는 흰 잠옷을 걸친 채로 현관 앞에 서서 쿠랑을 지그시 노려보았다. 쿠랑이 어깨를 움찔하고는 나지막이 속삭였다.

"주교님, 잠이 안 와 며칠 전 벌어진 살인사건을 처음부터 다시 복기해보았습니다. 그러다 어떤 깨달음이 생겨 이 시간에 찾아오게 됐습니다."

주교의 얼굴이 미세하게 떨렸다. 쿠랑이 안으로 들어가고 싶다는 뜻으로 거실 안을 손으로 가리키자 그제야 주교는 문을 활짝 열어주었다. 램프에 불을 붙인 주교가 미지근한 홍차를 잔에 따라 탁자 위에 내놓고 의자에 앉아 다리를 꼬며 근엄한 말투로 물었다.

"쿠랑 통역관은 생각보다 참을성이 없군그래. 하긴 갓 스물다섯 살인가? 이곳에 부임한 지도 얼마 되지 않았고. 모든 게 신기할 때지."

"올해가 1891년이니 조선인의 계산법으론 벌써 이 년째입니다."

"아니지. 조선인들은 음력을 쓴다네. 자넨 부임한 지 아직 일 년도 안 된 햇병아리일세. 통역 업무 숙달하기도 바쁠 텐데 왜 그리 사소한 사건 하나에 집착하나?"

쿠랑이 홍차를 홀짝대면서도 날카로운 눈빛으로 주교를 응시했다.

"처음엔 저도 사소한 건 줄 알았지요. 그런데 말입니다. 비슷한 살인사건이 몇 건 더 일어났다는 사실 알고 계십니까?"

주교는 자신을 뚫어지게 바라보는 쿠랑의 시선을 회피하고는 한참 뜸을 들였다.

"혹시 자네가 뭔가를 알아냈다면 말이야. 그렇다면 그냥 덮어두게. 쿠랑 자네는 동아시아에서 해야 할 일이 산더미 같네. 그때가 되면 더 큰 그림을 보게 될 걸세. 지금은 덮어두는 게 좋아."


쿠랑은 작년 1890년 봄 프랑스 공사관 통역관으로 조선에 부임하던 때를 떠올렸다. 증기선 보나파르트호에서 내린 그는 제물포에서 마차를 타고 한양성 서쪽 성곽의 간문인 서소문까지 이동했다. 쿠랑이 마차에서 내려 공사관으로 이어지는 성곽길을 걸으려 하자 동승했던 공사관 직원이 말했다.

"조선은 위험하지는 않지만 곧 없어질 나라입니다. 우린 정보를 수집해 그 쇠멸 시점만 본국에 알려주면 됩니다. 별로 할일이 없다는 뜻이죠."

직원의 만류에도 아랑곳하지 않고 마차에서 내린 쿠랑은 흰옷 입은 조선인 사이를 천천히 걸어 황화방 소정동계에 위치한 공사관에 도착했다. 그때 맡았던 조선의 공기 냄새와 눈에 들어온 조선인의 표정은 같은 시기의 파리 외곽 농촌의 분위기와 크게 다르지 않았는데, 세상에 쇠멸해도 상관없는 문명이 존재할 수 있을까, 문득 의문이 들었다. 그 의문은 쿠랑이 파리대학교 선배이자 조선 주재 프랑스 공사인 콜랭 드 플랑시를 처음으로 대면했을 때 공사가 그에게 건넨 말 때문에 더욱 증폭됐다.

"외진 동방으로 오느라 수고했지만 자넨 동쪽으로 더 멀리, 그러니까 도쿄로 가야 할 거야. 조선어보다는 일본어를 더 연마하게. 여긴 프랑스 동방 외교의 징검다리일 뿐이니까."

쿠랑은 공식적으로는 현대 동방어를 전공한 언어학자 출신 통역관이었지만 실은 외교부 소속 말단 스파이이기도 했다. 그는 조선, 일본, 중국의 문화와 풍습을 현지에서 연구하고 문화재와 서책을 수집해 본국에 보내는 임무를 맡고 있었다. 그런데 쿠랑 앞에 정체를 온전히 드러낸 조선 문명은 조만간 사라질 것이라던 말과 달리 훨씬 위대한 광휘를 발산할 정도로 심오했다. 그건 쉽게 사라지지 않을, 아니 사라져선 안 될 아름다운 유산으로 보였다. 쿠랑은 그렇게 친조선파로 빠르게 변해갔다.

"쿠랑 통역관, 왜 대답이 없나? 덮어두라는 내 말이 거북한 건가?"

현실로 되돌아온 쿠랑은 고개를 기울이며 말했다.

"하나만 확인하고 싶습니다, 주교님."

"하나?"

"네, 단 하나요. 혹시. 살인사건에 연루되신 겁니까?"

주교는 대답하지 않았다. 대신 그는 벽장에서 술병과 잔 두 개를 꺼내들었다. 주교가 잔에 술을 따라 쿠랑에게 건넸다.

"아르마냐크일세. 다들 와인을 좋아하지만 난 이게 좋아. 영혼이 정화되는 기분이랄까. 게다가 파리에 있는 기분도 든다네. 난 종교인으로서의 열정으로 이곳 생활을 견디고 있다네. 솔직히 조선인 목숨 값이 우리와 동일하다고 보나?"

주교가 던진 질문의 의미를 파악하느라 입을 다물고 있던 쿠랑이 격앙되어 말했다.

"신 앞에서 누가 감히 사람의 값을 매길 수 있겠습니까?"

"물론 그렇지. 하지만 속세에선 신도 어쩔 수 없는 혼탁한 질서가 엄연히 존재하네. 우리 프랑스인이 동방에서 저지른 만행을 생각해 보게. 신이 그걸 묵과하지 않으셨다면 징벌이 따라야 했을 걸세. 하지만 신이 벌을 내리셨나? 분노를 표하셨나? 우리 유럽인은 신의 소명을 받들도록 선택된 존재로 특별한 지위를 갖고 있는 거네."

"하고 싶으신 말씀이?"

"내가 조선에 처음 온 게 1881년이었네. 얼마나 큰 야만과 무지가 이 땅을 휩쓸었는지 자넨 모를 걸세. 자연에 약육강식의 법칙이 있듯 문명세계에도 그런 게 있네. 조선은 조만간 사라질 나라고 우린 그 이후 벌어질 일에만 집중하면 돼. 이젠 한두 명의 죽음이 의미를 갖는 시대가 아니야."

쿠랑이 주교의 입가를 노려보더니 소파에 깊숙이 몸을 기대앉으면서 물었다.

"주교님을 처음 뵈었던 때가 떠오르는군요. 기억하십니까?"

쿠랑과 주교는 1885년 파리대학교에서 학장과 대학생 신분으로 처음 만났다. 당시 삼십대 초반의 뮈텔은 조선에서 오 년간의 선교 활동을 마치고 막 귀국한 상태였다. 동방 언어에 관심이 많던 쿠랑은 뮈텔에게서 한문과 아시아의 여러 언어를 배우고 졸업 후에는 그의 추천으로 조선 주재 외교관으로 발탁되었다. 그런데 쿠랑이 조선 공사관 통역관으로 부임했던 작년, 때마침 조선 교구장이 사망하고 뮈텔 주교가 그 뒤를 이어 8대 교구장으로 임명되자 둘은 조선에서 다시 재회했던 것이다.

"기억하네. 동방 문화의 가치에 대한 아름다운 수업을 한 학기 동안 함께했지."

"그렇습니다. 조선의 서지 문화에 대해서 열강을 하셨습니다. 조선의 놀라운 인쇄 기술과 엄청난 양의 서적들을 사진으로 직접 보여주셨지요."

"그래, 자넨 뛰어난 학생이었어. 조선 교구를 담당하러 이곳에 다시 오면서 자넬 만날 생각에 몹시 기뻤다네."

"저도 마찬가지였습니다. 파리에서 헤어진 지 일 년도 채 안 되어 주교님을 다시 만난 데는 신의 뜻이 있다 여겼습니다. 부임 후 짧은 시간 사이 제가 이룬 서지학적 성과도 보여드리고 싶었고요."

"놀라운 수집 능력이었어. 조선 시장터를 누비며 그 잡다한 서책들까지 수집하다니."

주교를 바라보던 쿠랑의 눈빛이 조금씩 차갑게 바뀌었다.

"운종가에서 조선 책쾌들을 살해하고 있는 자는 누굽니까?"

취기로 볼이 발그레해진 주교가 두 손을 깍지 끼며 낮은 어조로 되물었다.

"그걸 왜 내게 묻나? 좋아, 기왕 이리됐으니 내가 그걸 안다고 생각하는 이유나 한번 들어볼까?"


1890년 조선에 막 도착한 쿠랑은 조선어 실력도 늘릴 겸 한양 저잣거리를 누비며 다양한 골동품과 희귀본 서책을 수집하기 시작했다. 그러다 운종가에 밀집해 있던 대형 세책방들을 발견하고 조선 특유의 독서 문화에 매료됐다. 세책방을 운영하는 책쾌들은 소설가들을 양성하며 더러 직접 한글소설을 짓거나 문식 있는 몰락 양반들을 동원해 중국소설을 번역시키기도 했다.

쿠랑은 아시아 특유의 목판본 서책들을 닥치는 대로 구입했고 주로 필사본으로 유통되던 인기 소설들도 즐겨 수집했다. 그 무렵 쿠랑은 운종가 최고의 세책방이었던 고담서사古談書肆에서 박판수라는 인물을 만났다. '판수'는 눈먼 사람을 이르는 조선어였지만 박판수는 장님이기는커녕 세필로 순식간에 인기 작품을 베껴내는 눈 밝은 필경사였다. 엄청난 문장 암기력과 신속한 필기력을 고루 갖춘 박판수는 한양 최고의 인쇄 기계인 셈이었다.

고담서사 마루에 앉아 장님 행세를 하던 박판수는 외국어 억양으로 조선어를 어눌하게 구사하는 쿠랑에게 흥미를 느껴 한두 마디 말을 붙여왔다. 쿠랑이 프랑스인임을 확인한 그는 프랑스가 1866년 병인년 강화도를 침략해 외규장각 도서들을 약탈해간 사건을 상기시키며 이렇게 놀렸다.

"그대들은 불적이야, 불란서 도적! 남의 것을 어찌 함부로 가져간다냐?"

그렇게 말문을 튼 두 사람은 서책 이야기로 점점 친해졌다. 마침내 박판수는 검은 안경을 벗고 자기 정체를 드러냈다.

"내가 요래 뵈도 장님은 아니오만. 이래 뵈도 한양 최고 세필가라이 말씀이지."

이후 박판수는 방심했는지 쿠랑에게 끝없이 신세타령을 늘어놓았다. 놀랍게도 가톨릭 신자였던 그는 관가의 감시를 피해 한글 성경 요약본을 보급하는 지하조직의 일원이었다. 상대와 종교로 우정을 쌓은 쿠랑은 청나라에서 수입된 한문 전도서를 번역하는 집단과도 선이 닿아 서로 도움을 주고받기에 이르렀다. 어쨌든 박판수 덕분에 쿠랑은 조선 서지 연구에서 장족의 성과를 거뒀고 프랑스 선교사들을 안전하게 보호할 수 있는 밀선까지 확보할 수 있었다. 드 플랑시 공사는 대만족했다.

문제의 사건은 뮈텔 주교가 교구장으로 부임한 지 한 달 가량 지난 시점에 벌어졌다. 그때부터 운종가 책쾌들이 의문의 죽음을 맞기 시작했다. 쿠랑은 공사관 사무실에 틀어박혀 고서 목록 정리 작업에만 매진했기에 이를 까맣게 모르고 있었다. 그는 며칠 전 박판수가 돌연사했다는 소식을 접하고서야 저간의 상황을 인지했다.

박판수의 장례식에 문상을 간 쿠랑은 망자의 동료들로부터 이상한 얘기를 들었다. 박판수의 시신 상태로 보아 독살된 것 같으며 살해범이 서양인일 수 있다는 것이었다. 장례식장의 어수선한 분위기에서 막걸리 몇 잔으로 취하기까지 한 쿠랑은 이 문제를 의식의 한 귀퉁이에 밀어두었다. 대신 쿠랑은 망자의 동료들에게 관련 증거를 빠른 시일 안에 알려달라고 부탁했다.

쿠랑이 그 다음날 오전 먼저 달려간 곳은 조선 주교관이었다. 박판수를 잘 알고 있던 뮈텔 주교는 피살 가능성에 대해 강하게 부인했다. 주교는 조선인을 죽이는 서양인은 상상할 수 없다고 강조하기도 했다. 별 소득 없이 공사관으로 돌아온 쿠랑 앞에 박판수의 동료 한 명이 찾아온 건 초저녁 무렵이었다.

"어제저녁 누가 자넬 찾아왔다고? 그게 누구였나?"
주교가 쿠랑의 말을 가로채며 물었다.
"박판수의 동료 임달성이란 자입니다. 아마 모르실 겁니다. 주교님께서 조선에 계시지 않았을 때 입교한 신자입니다."
쿠랑이 당황한 빛이 역력한 주교의 표정을 살피고는 말을 이어 갔다.
"임달성은 말하자면 박판수의 비밀 경호원입니다. 그런데 그가 봤다는 겁니다. 살인자를."
"누굴 봤지?"
"검정 후드 때문에 얼굴은 못 봤지만 분명 서양인 체구였답니다. 독극물을 구할 수 있고 박판수에게 쉽게 접근할 수 있는 서양인이라면 누굴까요?"
주교는 대답하지 않았다. 쿠랑이 말했다.
"더구나 비슷한 살인사건이 이미 여러 차례 있었다더군요. 피살자는 모두 박판수와 거래하던 동료 책쾌였습니다. 공교롭게도 사건들은 주교님께서 교구장으로 부임한 이후에 벌어졌습니다. 이 모든 게 사실이라면, 저보다 이들과 먼저 거래해오신 주교님께서 아시는 바가 전혀 없다는 게 말이 됩니까?"

쿠랑의 두 눈은 붉게 충혈되었다. 창밖엔 어슴푸레 아침빛이 번져오고 있었다. 깊게 한숨을 몰아쉰 주교가 골똘히 생각에 잠겼다가 천천히 입을 뗐다.

"그토록 진실을 알아야 하겠다면, 좋아, 말해주겠네. 대신 프랑스 정부의 이익과 가톨릭 외방전교회의 안전한 포교가 우리 모두의 최우선 관심사여야 한다는 걸 명심하게."

쿠랑이 고개를 끄덕이자 주교가 천천히 말을 시작했다.

"난 프랑스 정부에 조선 정세를 매주 보고해왔네. 알다시피 정부가 보호해주지 않으면 우리의 선교는 불가능해. 그런데 어느 날 박판수가 연루된 비밀 조직에 대해 자세히 보고하라는 지령이 도착했어. 난 당연히 자네에게 관련 정보를 캐물었네. 기억하지? 우리의 선교 활동에 유익한 그들을 해칠 의도는 애초에 없었어. 하지만 책쾌로 위장한 해당 조직원들이 차례로 제거되다가 최근엔 박판수까지 처리된 모양일세. 자네가 내게 이름을 알려주지 않은 임달성이란 인물이 유일한 생존자야."

주교가 아르마냐크 한 잔을 들이켜고 말을 이었다.

"살인자는 프랑스인이 아닐세. 일본 측에서 고용한 러시아 용병이네. 난 중간에서 러시아 암살자에게 박판수 조직을 연결해주기만 했어. 책임을 회피할 생각은 없네만 이게 이곳의 냉혹한 현실일세."

뮈텔 주교가 아는 사건의 진실은 거기까지였다. 쿠랑은 공사관으로 돌아가려다 길을 우회해 육조로를 걸었다. 그는 깊은 상념에 잠겼다. 분명한 건 일본 정부가 자국에 방해가 되는 박판수 조직을 프랑스 정부의 협조로 궤멸했다는 사실이었다. 쿠랑은 뮈텔 주교가 멈췄던 지점에서 한발 더 나아가야 할지, 아니면 주교의 충고에 따라 여기서 멈춰야 할지 고민에 빠져들었다.

드 플랑시 공사는 말이 없었다. 테이블 위 찻잔에서 피어오르던 김이 사그라질 무렵에서야 그는 천천히 입을 뗐다.

"쿠랑 통역관, 이건 우리 프랑스 정부와 일본 정부 사이의 문제일세. 조선인 몇 명이 죽었다고 해서 감정적이 될 필요는 없어."

쿠랑은 고개를 끄덕이면서 자리에서 일어섰다. 더이상 공사와 시간 낭비할 필요가 없어 보였다. 일개 통역관 주제에 정부의 비밀외교에 접근한다는 건 애초에 불가능했다. 공사관을 벗어난 쿠랑은 박판수와 연관된 인물 중 유일한 생존자인 임달성을 다시 만나러 운종가로 향했다.

임달성은 생명의 위협을 느끼고 세책방 지하 서고에 숨어 있었다. 쿠랑은 그에게서 살인자에 대한 구체적 정보를 얻어낼 수는 없겠다고 판단하여 질문을 바꿨다.

"임, 죽은 자들은 모두 뮈텔 주교님 소개로 누군가를 만났다고 했지?"

임달성이 낮은 목소리로 대답했다.

"추측이지만 그런 것 같소. 지금 생각해보니 다들 주교님과 연관된 누군가에게 살해당한 거요. 얘기했잖소? 판수 행수가 죽기 직전에 차를 같이 마셨던 자는 주교님이 보낸 양인이 틀림없소."

"그럼 박판수는 그 살인자를 왜 만났지? 이유가 있었을 텐데."

"판수 행수는 뭔가를 받으러 갔던 거요."

"살해된 다른 책쾌들도?"

임달성은 대답을 오래 망설였다. 쿠랑은 상대가 중요한 사실을 숨기고 있음을 직감했다. 조선인의 조심스러운 품성을 잘 아는 그는 무작정 기다리기로 했다. 떨리는 손으로 곰방대에 불붙인 임달성이 연기를 길게 내뿜고 말을 시작했다.

"모든 걸 얘기해줄 순 없소. 하지만 이건 말할 수 있소. 우리 조선은 강해지려면 자금이 많이 필요하오. 판수 행수는 돈 때문에 나간 거요. 다른 책쾌 행수들도 그랬을 거고."

"돈을 받으러 나갔다? 그런데 동료들이 이미 살해당했는데 왜 의심하지 않았지?"

"범인을 직접 목격하기 전까지 그 누가 노서아인을 의심했겠소? 다들 설마 하다 당한 걸 거요."

쿠랑의 눈빛이 매섭게 빛났다. 그가 팔짱을 끼고 빙그레 웃으며 물었다.

"지금 노서아인이라 했지? 러시아 사람. 그렇지?"

눈이 휘둥그레진 임달성이 곰방대를 땅에 내려놓으며 고개를 떨궜다. 쿠랑이 다시 말했다.

"모두 러시아인에게 당한 거야. 임은 그걸 알고 있었던 거고. 모두 털어놓는 게 어때? 난 뮈텔 주교 편이 아니니까."

임달성이 잠시 상투를 만지작거리더니 처량한 눈빛으로 천천히 말했다.

"우린 오래전부터 노서아인에게서 은밀하게 자금을 지원받아왔소. 판수 행수가 그 노서아인과 만날 때도 난 당연히 그런 접선일 거라 믿고 멀리서 지켜보고 있었던 거요. 근데…… 행수가 갑자기 각혈하는 거였소. 그 용의주도한 사람이 맥없이 죽어버리더란 말이오. 그러고 보니 다른 행수들 죽음도 노서아인 짓이란 깨달음이 오지 뭐겠소?"

"그런데 어제 러시아인 얘기를 왜 내게 말하지 않았지?"

"우리가 노서아 자금을 받아온 건 아주 중요한 비밀이요. 쿠랑 통역관도 알아선 안 되는."

"그 자금 말이야. 어디로 가는 자금이지?"

임달성이 고개를 가로젓고는 입을 닫았다. 더이상은 아무 말도 하지 않겠다는 표정이었다. 한숨을 내쉰 쿠랑은 임달성의 어깨를 어루만지고 비밀 서고에서 몰래 빠져나와 운종가를 가로질러 걸었다. 박판수의 조직은 가짜 러시아 자금책에게 몰살당한 게 분명했다. 그렇다면 진짜 자금책을 찾아가 알아보는 게 먼저였다.

러시아 공사관은 프랑스 공사관을 굽어보는 언덕 꼭대기에 자리 잡고 있었다. 조선 왕과 왕비의 마음을 사로잡은 베베르 러시아 공사는 한성 외교가의 떠오르는 별이었다. 러시아가 청나라와 일본을 견제하며 대조선 외교전에서 신흥 강자로 떠오를 수 있었던 게 모두 그의 공이었다. 쿠랑의 예고 없는 방문을 기꺼이 수락한 베베르는 접빈실 소파에 앉아 다리를 꼰 채 시가를 물고 있었다. 쿠랑의 장황한 질문이 끝나자 베베르 공사가 자리에서 벌떡 일어나 창가를 거닐더니 러시아어로 말하기 시작했다. 통역관이 이를 번역했다.

"러시아가 조선에 관심을 갖고 도움을 주고 있음을 감출 이유가 없다. 다만 이번 살인사건에 우리 러시아는 전혀 무관함을 밝히는 바이다. 정보에 따르면 그대의 나라 뮈텔 주교에게 혐의점이 있으니 그를 먼저 조사해라."

쿠랑은 러시아 암살자 배후에 일본이 있다는 사실은 감추고 박판수 조직에 전달된 자금의 최종 목적지가 어디였는지 물었다. 베베르가 크게 소리 내 웃고 말을 길게 했다.

"드 플랑시 공사에게 묻는 게 빠르겠지만 자네가 조선을 아직 모르는 것 같으니 말해주겠다. 조선엔 두 명의 권력자가 있다. 민 왕비와 왕의 아버지 대원군. 왕은 허수아비다. 왕비는 청나라의 도움으로 여러 차례 위기를 벗어났지만 한 나라에 의존하는 바보는 아니다. 매우 영리하다. 그녀는 조선을 삼키려는 일본과 대원군을 수중에 넣고 자신을 견제하는 청나라에 대항하고자 남편을 조종해 우리 러시아와 우호 관계를 증진시켜왔다. 민 왕비와 나 베베르는 정치적으로 밀월 관계다. 이번 사건은 우리 관계를 훼방하려는 세력의 짓이 분명하며 프랑스인인 뮈텔 주교가 간여했다는 사실에 깊은 유감을 표하는 바이다."

베베르가 비서에게 손짓하고 벌떡 일어서서 자리를 뜨려고 하자 쿠랑이 급히 물었다.

"그렇다면 이번 일은 민 왕비의 라이벌인 대원군 짓인가?"

자리를 떠나려다 뒤를 돌아본 베베르가 음산한 표정을 하고 대답했다.

"극단적 수구파인 대원군은 개화파 민 왕비의 후원자였던 일본과 청나라를 모두 증오한 인물이다. 하지만 민 왕비가 두 나라, 즉 일본과 청나라를 견제하자 대원군은 한때 자신의 적이었던 자들과 손을 잡았지. 오직 숙적인 왕비에게 복수하기 위해서."

쿠랑은 러시아 공사관을 나와 서소문 성곽길을 산책하며 생각을 정리했다. 암살 배후엔 일본 정부가 있겠지만 그 매개로 대원군이 큰 역할을 했을 가능성이 높았다. 사건의 진상에 접근하려면 반드시 그를 만나야 했다.

흥인문 부근 옛 훈련도감 터에는 하도감下都監이라 불리는 신식 군대 훈련장이 있었다. 청나라에서 파견한 군벌 위안스카이袁世凱는 그

자리에 대규모 병영을 건설하고 왕처럼 군림하며 살고 있었다. 대원군은 바로 그곳에서 기거했다. 프랑스 공사관에 들러 관용 마차를 빌린 쿠랑은 급히 홍인문 쪽으로 출발했다.

하도감은 조선 궁궐을 방불케 할 만큼 으리으리했다. 위안스카이를 만나려면 조선의 왕을 만나는 수준의 까다로운 과정을 거쳐야 했다. 위안스카이는 민 왕비와 연관된 문제로 대원군을 인터뷰하겠다는 쿠랑의 요청을 처음엔 강력하게 거부했다. 하지만 러시아 암살범이 저지른 살인사건에 대한 설명을 듣자마자 태도가 돌변한 그가 말했다.

"러시아 녀석들이 일을 저지를 줄 내 진즉 알고 있었다. 우리가 보호하고 있는 대원군이 이 사건에 가담했을 리는 없지만 취조를 허락한다. 나중에 결과를 내게도 꼭 보고하도록."

위안스카이와의 짧은 접견을 마치고 대원군이 묵고 있다는 숙소로 안내된 쿠랑은 너무나 허름한 시설에 무척 놀랐다. 대원군은 두 칸짜리 장교 숙소에 청나라 감시병 한 명과 동거하고 있었다. 쿠랑이 자초지종을 설명하자 대원군이 긴장한 듯한 표정으로 말했다.

"난 여기서 거의 유폐 상태요. 운현궁 집으로 갈 때조차 감시병이 따라붙소. 1884년 갑신년 친일 개화파들이 정변을 일으켰을 때 청군을 끌어들여 그들을 진압한 게 민자영 그 계집이었지. 표독한 그것이 나를 청군의 인질로 넘겨버렸고. 그후로 나는 이리저리 끌려다니며 살아왔소."

"하지만 당신은 한양으로 돌아왔고 그녀를 여러 차례 공격한 무리의 배후로 의심받고 있습니다."

"불란서 양반, 북경에 압송된 나를 청군이 왜 한양으로 다시 데려왔겠소? 위안스카이가 그 악녀를 견제하는 데 필요해서가 아니요? 내 쓰임새는 딱 거기까지요. 물론 민씨들의 전횡을 막는 데엔 나도 뜻을 같이하지만, 노서아 것들과의 문제까지는 난 모르오."

"그럼 일본 정부와는 협조한 게 없습니까?"

"가지야마 데이스케梶山鼎介 일본 공사가 얼마 전 위안스카이를 만나러 왔소. 나도 배석했지."

"뭘 의논했습니까?"

"악녀 민자영의 제거. 여우 사냥이라고 들어봤소?"

쿠랑이 상대를 말없이 응시하며 고개를 가로저었다. 대원군이 말을 이었다.

"그년은 조선의 골칫거리요. 청과 일본조차 이를 갈 정도지. 지금 노서아를 뒷배 삼아 버티고 있지만 곧 횡액을 면치 못할 거요."

"그렇다면 민 왕비의 제거에 청과 일본이 협력하고 있다는 말입니까?"

대원군이 고개를 끄덕이고 나직이 속삭였다.

"여우를 잡는 데까진 그럴 거요. 그러기 위해선 노서아와 여우를 떼놔야 하겠지."

대원군과의 만남을 마친 쿠랑은 마차를 몰아 남산 아래 왜성대로 향했다. 예장골과 회현방이라 불리는 지역의 중간에 위치해 있던 일본 공사관에 들르기 위해서였다. 프랑스 공사와 우호 관계를 맺고 있던 가지야마 공사는 쿠랑의 방문을 기꺼이 환영했다. 일본식 다과를 잔뜩 차려낸 가지야마 공사는 쿠랑의 질문에 거침없이 대답했다.

"이미 많은 걸 파악하고 오셨군요. 드 플랑시 공사님의 대학 후배라 들었습니다만. 아무튼 일본과 프랑스는 같은 배를 탄 동지입니다. 서로의 이익이 일치하지요."

"궁금한 게 있습니다. 일본 측에서 굳이 박판수 조직까지 없앨 필요가 있었습니까? 민 왕비에게 흘러드는 러시아 자금만 끊어도 될 것이었는데."

가지야마가 쿠랑의 질문에 잠시 생각에 잠겼다. 그는 군인 출신 특유의 과감하지만 다소 경솔한 어투로 대답했다. 곧이어 통역관이 이를 번역했다.

"그들 박판수 무리는 민자영에게 러시아 자금만 전달한 게 아니었습니다. 그들은 더 중요한 일을 하고 있었습니다. 이를테면 여우를 영웅으로 탈바꿈시키는 요술 같은 거랄까."

"여우를 영웅으로?"

"쿠랑 통역관께서도 잘 아시지 않나요? 조선의 저급한 소설들 말입니다. 내용은 저급하지만 무지한 조선 백성들은 엄청나게 빠져 있지요."

"대중소설 말입니까?"

"그렇습니다. 민자영 그 여자는 왕비이면서 실은 여왕이라고나 할까…… 요망하기 그지없는 꾀보 여우년이지요. 자기를 우상으로 만들려면 뭘 해야 할지 우리 일본인만큼 안단 말이지요."

"무슨 뜻인지?"

"한글소설을 만들며 여성 영웅 얘기를 지어 퍼트렸다는 말입니다. 박판수가 그런 일을 하는 악역이었습니다만. 민자영은 조선의 저명한 옛 왕비인 인현왕후 민씨의 후손입니다. 인현왕후는 악녀인 첩 장희빈을 무찌르고 남편 숙종의 사랑을 되찾은 걸로 유명합니다. 사실이건 아니건 소설로는 그렇지요. 또 뭐 『사씨남정기』도 있습니다만."

"박판수가 민 왕비를 여성 영웅으로 만들기 위해 책을 출간해왔다는 뜻입니까?"

"그렇습니다! 그런 방식이 세속에선 꽤 효과가 큽니다. 인기가 대단하지요. 세책 목록만 봐도 금방 알 수 있어요. 조선인은 못난 왕보다 영악한 민자영에게 더 의지하게 된다고나 할까요. 이미 그런 형세가 역력합니다만. 이걸 그냥 놔두면 아주 곤란해질 겁니다."

"박판수는 기독교인입니다."

"알고 있습니다. 그러나 민자영은 종교 그런 거 따지지 않고 자기 정치에 필요하면 활용하는…… 그야말로 여우지요."

쿠랑이 잠시 숨을 고르고는 다시 물었다.

"러시아 공사가 가만히 있을까요? 진짜 암살자를 색출하면 우리 프랑스와 일본은 같이 곤욕을 치르게 될 겁니다."

가지야마가 뒤틀린 미소를 머금고 소리를 낮췄다.

"암살자는 이미 러시아로 돌아갔습니다. 베베르는 절대 체포할 수 없는 곳으로. 뮈텔 주교님만 얌전히 계시면 됩니다. 물론 쿠랑 통역관님은 절대적으로 믿습니다만."

쿠랑이 일본 공사관을 나올 무렵 해는 이미 져서 사방엔 어둠이 깔리고 있었다. 마차를 프랑스 공사관으로 돌려보낸 탓에 도보로 의금부 방향으로 이동하던 그는 문득 왕비를 구해야겠다고 생각했다. 왕비가 어떤 여성인지 알 수 없었지만 자신을 연상시킬 여주인공이 등장하는 소설을 통해 정세를 뒤집으려 했다면 매우 지적인 여성임이 분명했다. 쿠랑은 그런 조선 여성이 살아 있기를, 조선이란 매력적인 나라가 유지되기를 바랐다.

쿠랑이 민 왕비와 은밀히 만나기 위해선 당장 임달성의 도움이 필요했다. 그는 서둘러 임달성이 은신해 있는 비밀 서고로 향했다. 달성은 사라지고 없었다. 그 상황에서 쿠랑이 더 취할 수 있는 조치는 없었다. 드 플랑시의 짜증난 얼굴이 새삼 떠올랐다. 쿠랑은 공사관으로 복귀한 후에도 임달성의 행적을 조사했지만 찾아내지 못했다.

쿠랑은 몇 개월 지나 도쿄로 전보되어 한양을 떠날 무렵에서야 임달성의 소식을 들을 수 있었다. 달성은 쿠랑을 찾아와 뮈텔 주교의 혐의를 고발하기 직전 러시아 공사를 먼저 방문했었다. 그는 베베르의 조언에 따라 쿠랑을 방문해 사건의 정보를 일부러 흘렸던 것이다.

청나라나 일본과의 외교적 마찰 없이 친조선파인 쿠랑을 활용해 진짜 암살자를 찾아내고 동시에 민 왕비의 환심까지 사려던 베베르의 이 계획은 미끼였던 임달성의 소심함 탓에 수포로 돌아갔다. 임달성은 쿠랑과의 마지막 만남에서 겁을 집어먹고 곧장 자신을 사주한 러시아 공사관으로 도주했다. 그후 임달성은 러시아와 일본 간의 정치적 흥정 카드로 몇 번 활용되었고 용도 폐기되자 살해당했다. 그의 시신이 애오개에서 발견된 후에 드 플랑시 공사가 전해준 말에 따르면 그러했다.

❀

박판수와 임달성, 세책방 비밀 조직을 제외하고 작품에 등장
하는 모든 인물과 사건 배경은 역사적 사실에 근거했다. 작품
배경에는 조선 후기의 비극적 사건들, 임오군란과 갑신정변이
있다. 명성황후가 세책방 조직과 연합해 소설을 지어 퍼트렸다
거나 러시아 자금을 운용했다는 건 소설적 가설이다. 독자들
이 이 소설을 계기로 외세에 의해 정치적으로 분열됐던 19세기
조선 역사에 대해 더 많은 관심을 가져주기를 희망해본다.

3 부

●

# 시간을 초월한 사랑

651년 가을밤 샤아드 앗 살림이 당나라 수도 장안에서 사산조 페르
시아의 마지막 왕자 피루즈를 만난 건 기적이었다. 이제 그 기적이
낳은 놀라운 이야기를 시작할 참이다. 당시 부왕 야즈데게르드 3세
가 이슬람 침략자들에 맞서 싸우다 끝내 살해됐다는 비보를 접한 피
루즈는 더이상 망명 왕자 신분을 유지할 수 없었다. 당 황실은 피루
즈를 버렸다. 떠돌이 유민 집단의 족장으로 전락한 왕자는 부왕이 자
신을 피신시키며 했던 당부를 떠올렸다.

"피루즈야, 성스러운 불꽃처럼 살아남아라. 해가 떠오르는 동쪽에
서 위대한 제국을 부활시킬 힘을 얻어 반드시 돌아와라."

장안 이방인 구역에서 눈물로 날을 지새우던 왕자 앞에 샤아드 앗
살림이 홀연 나타났을 때 왕자는 상대가 이슬람 정복자들이 파견한
암살자가 아닐까 의심했다. 샤아드는 왕자의 의심을 풀기 위해 길고

긴 자신의 모험 이야기를 꺼내야만 했다.

"왕자님, 저 역시 페르시아 출신으로 자라투스트라를 믿는 자입니다. 성스러운 사원으로 가서 세상의 동쪽 끝 바실라왕국에서 겪은 일을 말씀드리고자 합니다."

두 사람은 페르시아 골목 맞은편 작은 언덕 위에 세워진 사원 안으로 들어섰다. 제단 가운데 놓인 둥근 향로 속에서 타오르는 지혜의 불꽃이 샤아드의 주름진 얼굴을 환히 비췄다. 왕자는 그제야 상대가 생각보다 늙은 자임을 깨달았다. 두 사람은 양탄자에 꿇어앉아 진실의 서약을 했다. 샤아드가 들려준 이야기는 아름답고도 황홀한 것이었다.

587년 유서 깊은 도시 수사에서 태어난 샤아드는 페르시아 국교인 배화교의 독실한 신자였다. 그는 사원에서 불을 다루며 어린 시절을 보냈다. 청년이 된 샤아드는 입안에 불을 머금었다 내뿜는 재주로 수사 제일의 성전에 고용됐고 사람들은 그를 불의 사람이라 불렀다. 큰돈을 벌게 된 불의 사람은 악의 감옥인 육체를 벗어나 불꽃처럼 순수한 지혜에 도달했던 성자 자라투스트라를 따라 영혼의 순례를 결심했다.

샤아드는 정처 없이 사막을 걸으며 하늘의 별에 진리를 보여달라고 빌었다. 서쪽으로 떨어지는 유성이 갈 곳을 알려주었다. 무작정 서쪽을 향해 걷던 그는 비잔틴제국 코앞에 있던 접경 도시 안티오키아에 이르렀다. 무역의 요충지였던 안티오키아는 네스토리우스파 기독교도의 소굴로 유명했지만 페르시아 배화교도에게도 관용을 베푼 도시였다. 기독교와 배화교 사이의 차이를 찾지 못해 기꺼이 기독교도가 된 샤아드는 불이 붙은 곤봉 다섯 개를 동시에 돌리는 기술로 유명해졌다.

동로마인과 페르시아인 사이의 평화로운 공존이 깨진 건 605년이었다. 페르시아의 호스로 2세는 지중해 동남 해안을 수중에 넣은 기세를 몰아 보스포루스해협 칼케돈까지 진격했다. 이에 격분한 비잔틴제국 황제 헤라클리우스는 안티오키아의 페르시아인을 모조리 추방해버렸다. 피난민 대열에 뒤섞여 아라비아사막을 전전하던 샤아드는 약무아탄이라는 소그드 출신 상인과 사귀는 행운을 잡았다. 약무아탄은 중국에서 호상胡商이라 불리던 네스토리우스파 동방 무역상이었다. 그가 속삭였다.

"형제 샤아드여, 장사꾼에겐 못 믿을 종교가 없지. 우리 소그드인은 본래 불교도라네."

소그드 상인들을 따라 그들의 고향인 중앙아시아 사마르칸트에 도착할 즈음 샤아드는 세 개의 종교를 동시에 믿는 최초의 페르시아인이 되었다. 그는 중앙아시아 네스토리우스파 교도가 하듯 삭발했지만 페르시아 전통을 지키기 위해 수염은 길렀고 불교도처럼 채식은 하되 유목민이 권하는 양고기는 먹었다.

615년 여름 샤아드는 페르시아인이 친 혹은 히타이라 부르던 중국을 처음 방문했다. 당시 중국은 수나라가 멸망하고 당이라는 신흥 왕조가 들어서는 격변기를 맞았다. 샤아드는 중국에서 티베트와 장안을 오가며 차와 소금을 팔았다. 다시 큰돈을 거머쥐게 된 그는 자신이 처음 순례를 시작했던 이유에 대해 생각해보았다. 이유가 떠오르지 않았다. 무력감에 빠진 샤아드는 하늘의 별에 다시 한번 운명을 맡겨보기로 했다. 이번엔 유성이 동쪽으로 떨어졌다.

황하를 따라 동쪽으로 유랑하던 샤아드는 대륙이 끝나는 낯선 항구에서 신라라는 나라의 상인들을 만났다. 페르시아인처럼 머리에 멋진 깃털 장식을 한 신라인들은 유창한 중국어로 자신들의 아름다운 도시에 대해 이야기해주었다. 설렘으로 가슴이 부푼 샤아드는 지혜를 찾는 자신의 여정이 마침내 끝나간다고 확신했다. 630년 봄, 그는 페르시아인이 바실라왕국이라 부르던 꿈의 땅 신라의 왕경인 서라벌에 첫발을 내디뎠다.

샤아드는 모든 재산을 자신이 번 땅에 나눠주고 왔기 때문에 무일푼 신세였다. 그는 돈을 벌어야 했다. 불의 사람 샤아드는 온몸에 불을 붙이는 묘기로 서라벌 사람들을 매료시켰다. 불을 마음대로 다루는 서역 승려에 관한 소문은 돌고 돌아 반월이란 이름의 성에 살던 공주에게까지 흘러들어갔다. 공주의 이름은 덕만德曼. 두 사람은 늦여름 초승달 뜬 밤에 동궁의 월지月池라는 연못가에서 처음 만났다. 놀랍게도 공주가 소그드어로 물었다.

"나의 외할아버지 복승갈문왕福勝葛文王께선 소그드분이셨어요. 덕분에 난 그곳 말을 할 줄 알지만 이렇게 써보긴 처음이랍니다."

샤아드는 별이 맺어준 인연에 숨이 멎는 듯했다. 꽃향기에 취한 나비가 공중을 부유하듯 샤아드는 연못가를 따라 춤추며 공주의 아름다움과 덕성을 찬미했다. 중년에 접어든 공주에겐 남편이 있었지만 둘의 사랑을 막을 순 없었다. 밀회를 나누던 어느 날 공주가 말했다.

"불과 모래의 땅에서 온 사랑이시여, 그대를 왕실에 소개해야겠어요."

샤아드는 고개를 가로저었다.

"지혜의 문을 열어주신 은인이시여, 그대 덕분에 제 가슴속에선 사랑의 불꽃이 타오르기 시작했나이다. 하지만 미천한 저는 왕자가 아닙니다."

공주는 슬픔에 잠겨 탄식했다. 샤아드는 그녀를 달래려 불붙은 곤봉을 돌렸다. 타오르는 곤봉들이 차례로 하늘로 솟구쳐 원을 이뤘고 불의 고리 사이로 달이 빛났다. 공주는 웃었다.

"우주에 사랑의 불꽃을 옮기시는 분이시여, 저는 곧 이 나라의 여왕이 돼야 해요."

"당신이 다스리는 나라에서 불의 사람으로 살겠나이다."

"당신을 계속 곁에 둘 방법을 찾아보겠어요."

벌꿀처럼 달콤한 두 사람의 사랑은 덕만공주가 여왕이 된 632년에 멈추는 듯했다. 반란 세력과 투쟁해야 했던 여왕은 635년이 되어서야 당나라로부터 신라 왕이라는 칭호를 받을 수 있었다. 그사이 서라벌에서 불의 사람으로 살던 샤아드는 지귀志鬼라는 새 이름을 얻었다. 정식으로 신라 왕이 된 여왕은 그를 위해 영묘사靈妙寺를 짓게 했다. 절이 완공되자 여왕은 수시로 지귀를 만나 불이 만들어준 인연을 이어갔다. 배화교의 악신 아리만의 암흑 물질이 아니라면 세상 그 무엇도 두 사람의 환희의 불꽃을 꺼트릴 수 없었다.

독실한 불교도이자 배화교도였던 여왕은 지귀와의 사랑을 영원히 기념하고 싶었다. 그녀는 반월성 북쪽에 작은 배화교 제단도 짓도록 명했다. 별자리 관측에 뛰어난 페르시아 출신 샤아드가 배화교 명절인 동지의 일출선을 따라 제단 위치를 잡았다. 그리하여 배화교 제단, 여왕이 기거하던 반월성 그리고 훗날 여왕이 묻힐 무덤은 동지에 떠오르는 태양의 각도에 맞춰 배열되었다.

"첨성대라 부르겠어요. 이 제단의 이름."

여왕이 완성된 제단을 바라보며 속삭였다. 여왕을 시중하던 지귀 샤아드가 대답했다.

"별들은 하늘의 어둠을 밝히는 횃불입니다. 이 제단은 지상의 불꽃으로 영원히 하늘을 비추며 저 우주에 있을 자라투스트라의 지혜로운 영혼을 부르게 될 겁니다."

첨성대 위로 빛나던 별들은 평소보다 더 밝게 빛나며 두 연인의 행복을 기원하는 듯했다. 하지만 인간의 병은 선한 신 아후라 마즈다조차 어쩌지 못하여 여왕은 647년 반월성 침전에서 고요히 눈을 감았다. 그녀의 시호는 배화교의 종지인 선한 생각, 선한 말, 선한 행위를 의미하는 '선덕善德'으로 정해졌다. 연인을 잃은 샤아드는 자신이 기거하던 영묘사에서 선덕여왕의 영혼을 위해 마지막 불꽃 공연을 펼친 뒤 조용히 바실라왕국을 떠났다. 이 신비로운 페르시아인에 대한 기억은 서라벌 사람들에 전해져 여왕을 사랑한 불의 신 지귀 이야기가 되었다.

샤아드의 이야기에 감동한 피루즈 왕자가 물었다.

"이제 그대는 어디로 가려 하는가?"

샤아드가 여왕에 대한 추억으로 눈물을 글썽이며 대답했다.

"고향인 수사로 돌아가는 중입니다. 마침 왕자님께서 이슬람 침략자들에 쫓겨 장안에 와 계시다는 소식을 듣고 이렇게 찾아뵌 것입니다."

넓은 세상을 떠돌다 당나라 장안이라는 꼭짓점에서 기적적으로 만난 두 사람은 밤새워 대화를 이어갔다. 그날 밤 피루즈 왕자의 운명이 정해졌다. 며칠 뒤 왕자는 페르시아 유민을 이끌고 동방의 바실라왕국으로 떠나며 샤아드의 앞날을 축복했다.

"지혜롭지만 사랑을 잃은 샤아드 앗 살림, 나는 바실라에서 새로운 삶을 살겠다. 언젠가 크테시폰의 궁궐로 돌아가 아버지의 것들을 되찾을 것이다. 그때까지 살아 있어다오."

그렇게 두 사람은 헤어졌다. 물론 이게 끝은 아니다. 늙었지만 여전히 용감한 샤야드는 소그드에 살던 옛 친구들의 도움으로 고향 수사에 도착했다. 그는 폐허가 된 성전을 다시 짓고 그곳에서 바실라 이야기를 하며 102세까지 살았다. 그는 끝내 이슬람교도가 되진 못했지만 숨이 멎을 때까지 사랑을 멈추지 않았으며 어느 종교도 배척하지 않았다.

이제부터는 나와 관계된 이야기를 조금 해야겠다. 영어로 하킴 이란샨 아불 카이라고 발음되는 12세기 이란의 위대한 필사자가 고대 구전 서사시들을 기록하며 페르시아 왕자 아브틴과 신라 공주 프라랑의 사랑 이야기를 남겼다는 건 잘 알려져 있다. 서사시 모음집의 제목은 『쿠쉬나메』로 현재 영국 대영박물관이 소장하고 있다. 이 책이 세상에 알려진 경위를 설명하겠다.

1997년 겨울, 나는 캐나다 밴쿠버에서 낯선 손님의 방문을 받았다. 자랄 마티니라는 이란의 학자였는데 하산 자무드라는 페르시아 고대 종교 연구자를 대동하고 있었다. 한국에선 매우 드물게 이란 고대 문학을 전공한 나는 브리티시컬럼비아대학교에서 연구년을 보내고 있었다. 그날 자랄과 하산은 우리집에 머물며 대영박물관 컬렉션 사이에서 발견한 놀라운 페르시아 문학작품에 대해 얘기했다. 내 운명은 그 순간 정해졌다.

7세기에 나라를 잃은 페르시아 왕자가 바실라로 불린 신라로 망명해 그곳의 공주와 사랑을 나누고, 둘 사이에서 태어난 혼혈 왕자

페레이둔이 페르시아로 돌아가 왕국을 되찾는다는 이야기는 내 혼을 사로잡고 놓아주지 않았다. 연구년에서 복귀해 서울로 돌아온 나는 경주를 오가며 페르시아 문화의 흔적들을 뒤졌다. 그리고 1998년 자무드 박사가 한국을 방문해 테헤란의 자랄 교수가 현대 이란어로 옮긴 『쿠쉬나메』를 내게 선물했다.

그런데 자무드 박사는 공인되지 않은 『쿠쉬나메』 외전을 더 보여줬다. 제목도 없는 필사본은 이란의 배화교도 사이에 전승된 불의 명인에 대한 기록이었다. 그렇다. 바로 샤아드 앗 살림이라는 수사의 배화교도가 102세로 영면하기 전까지 쉬지 않고 말했던 바실라 공주와의 사랑 얘기였다. 여러 판본 중 비교적 상태가 양호한 책을 내게 보내 신라와의 관계에 대해 진위 여부를 물은 인물은 자랄 마티니였다.

나와 자무드는 끈질기게 책을 검토해 샤아드 앗 살림이 실존 인물이라면 신라 진평왕 때 울산을 통해 경주에 입국한 페르시아 상인 중한 명일 것으로 추정했다. 그렇다면 『쿠쉬나메』의 아브틴 왕자의 모델이 된 인물은 사산조 페르시아의 마지막 왕자 피루즈가 아니라 샤아드여야 했다. 놀라운 발견에 자무드와 난 서로를 얼싸안았다.

자무드가 출국하기 전에 우리는 경주로 향했다. 자무드는 영락없는 페르시아 무인인 경주 괘릉의 석상 앞에서 넋을 잃었다. 우리는 반월성을 거쳐 선덕여왕릉도 천천히 거닐었다. 자무드는 샤아드가 여왕을 처음 만났을 동궁의 연못 월지에선 말할 수 없는 감동에 사로

잡혔다. 나는 그에게 물건 하나를 꼭 보여주고 싶었다. 1973년 경주 계림로 건설 현장에서 발견된 황금보검이었다. 국립경주박물관 신라역사관에서 원형 복원중이던 보물 제635호. 기묘하게도 635년은 영묘사와 첨성대가 건축된 해이기도 했다.

자무드는 황금보검을 마주하고 낮은 신음소리를 냈다.

"이건 배화교를 믿던 페르시아 왕실의 의장용 보검입니다. 세 개의 보석은 선한 생각, 선한 말, 선한 행위를 의미합니다."

오랜 의문이 풀린 감흥에 눈을 감은 나는 천 년이 넘도록 이어진 억센 인연에 대해 생각했다. 자무드가 박물관 큐레이터와 영어로 대화를 나누는 동안 나는 황금보검에서 시선을 떼지 못했다. 우리는 오후 늦게 영묘사 터를 방문했다. 하지만 학교 건물이 그 자리를 차지하고 있었다. 자무드의 요청으로 황금보검이 발굴된 장소를 찾아보았다. 대로가 된 발굴 추정지엔 아무런 표시도 없었다. 내가 위로하듯 말했다.

"한국이 IMF 사태로 어지럽습니다. 나중엔 꼭 표지석이 들어설 겁니다."

씁쓸해진 우리는 마지막 방문 장소인 첨성대로 향했다. 이야기를 따라 무질서하게 경주를 이동하며 여러 번 지나친 곳이었지만 자무드는 크게 감탄했다. 나는 여전히 황금보검을 생각하고 있었다. 페르시아 왕실 보검이 어쩌다 그 장소에 묻히게 됐는지 도무지 알 수가 없었다. 하지만 첨성대 앞에 나란히 서서 밤하늘의 별들을 바라보던 자무드와 나는 그게 651년 장안에서 사라진 피루즈 왕자의 흔적일 거라고 짐작해보았다.

❁

페르시아와 신라 사이의 교류를 증명하는 유물들은 경상도 각
지에서 다수 출토되어왔다. 이 글은 대영박물관 컬렉션에서 발
견된 고대 페르시아 구전 서사시 『쿠쉬나메』와 경주에서 출토
된 페르시아 황금보검을 소재로 여러 사실을 직조해 엮은 팩션
이다. 장안으로 망명했던 왕자 피루즈가 새로 들어선 이슬람
왕국과 제휴한 당나라에 버림받았던 건 역사적 사실이다. 그
가 어디로 사라졌는지는 아직도 미스터리로 남아 있다. 진평왕
때 페르시아와 아랍 상인들이 울산으로 드나든 자취는 다양
한 유물과 기록을 통해 확인된다. 페르시아 아브틴 왕자와 신
라 공주 프라랑 사이의 사랑 이야기가 담긴 『쿠쉬나메』를 출간
한 자랄 마티니 교수는 실존 인물이지만 샤아드 앗 살림과 하
산 자무드는 가공인물이다. 지귀 설화는 『삼국유사』에 남아 있
는데 영묘사를 태운 불귀신에서 선덕여왕을 사랑한 화마로 이
미지가 변화했다. 첨성대, 반월성, 선덕여왕릉이 동지 일출선
을 따라 건축된 건 확인된 사실이다.

# 세종, 사랑하는 나의 아버지

공주로 살아온 나의 파란만장했던 삶도 머지않아 작은 봉분으로 남 겠구나. 막내아들 빈세貧世야. 오래전 세상을 뜬 너의 아비이자 나의 남편 안맹담安孟聃이 네 이름을 왜 그리 지었는지 아니? 부처님처럼 가난한 마음으로 세상을 살다 가라는 뜻이었단다. 나 또한 그이의 유 언대로 왕실이라는 덧없는 허울일랑 훌훌 벗어버리고 있는 듯 없는 듯 살아왔구나.

빈세야, 사랑하는 막내야. 나는 이제 곧 부처님 품으로 떠나 모자 로서 너와 맺은 이승의 연을 끊게 될 거야. 너의 아비 맹담이 그러했 듯, 너의 형들이 그러하듯, 너도 욕심 없이 숨죽이며 살다 어미 곁으 로 와주련? 설령 벼슬을 받는다 해도 궁궐엔 입조하지 말고 그저 왕 실붙이로 태어난 죄려니 여겨 불가 생활에나 마음을 쏟았으면 한다. 너의 외숙 세조가 벌인 무도한 살육 속에서 너의 아비와 나도 그렇게 살아남았단다.

　일국의 공주로 부족함 없이 산 내가 죽음에 임박해 무슨 여한이 있으랴마는 유독 막내인 네겐 형들만큼 사랑을 주지 못해선지 널 두고 떠나기 이리도 애틋하고 미안하구나. 빈세야, 어미 마음은 갓 태어난 너에게 있었으나 몸을 네 옆에 둘 수 없었고 밤조차 낮 삼아 일을 했으니 잠시도 널 품고 누워보질 못했어. 모두 네 외할아버지이자 나의 아버지, 세종 임금님 때문이었단다. 너를 가슴에만 품고 산 어미 얘길 한번 들어보련?

　언니 정소공주가 일찍 죽는 바람에 난 졸지에 집안 맏딸이 되었단다. 아버지께선 유독 딸들을 아끼셨는데 언니가 사라지자 그 애정이 내게 곱으로 몰려 어느덧 주체할 수 없을 지경까지 이르렀지. 그 살뜰했던 자상함을 어찌 잊을까? 오빠와 바로 아래 남동생, 그러니까 돌아가신 문종 임금님과 세조 임금 얘기란다. 우리 삼남매는 터울도 얼마 나지 않아 항상 몰려다녔는데 더러 아버지와 식사 자리를 함께하기도 하였지. 그때마다 아버지께선 날 무릎에 앉히고 어찬 가운데 맛난 것들을 골라 직접 입에 넣어주셨어. 네 외할아버지는 엄숙하신 분이 아니었단다. 이렇게 말하다보니 먼저 저승으로 떠난 똑똑했던 오빠 그리고 욕심쟁이 남동생마저 그리워지는구나. 그때 우리는 그저 다정하기만 한 여느 남매였단다.

　아버지께선 주무시기 전에 침전으로 나를 불러 이것저것 말도 붙이시고 글도 가르쳐주시기도 하셨지. 쌓인 정이 하도 많아 내가 궐

밖으로 시집가던 날 눈이 퉁퉁 부으시도록 우셨어. 네 아비는 야심은 없었지만 제법 남자다웠고 풍류를 즐기되 내겐 담뿍 정을 주었단다. 그렇게 사이좋은 우리 부부를 보시겠다고 아버지께선 몇 번이나 궁 밖으로 행차하셨어. 사위랑 한잔하고 싶다는 둥 딸이 아프다는 둥 갖은 핑계로 우리집을 찾곤 하셨지. 사간원 관리들이 정의공주 궁가로 방문함이 너무 잦다는 상소를 올릴 정도였단다.

어느 날부터인가 궁에서 내시들이 찾아와 나를 가마에 태워 궁으로 데려가곤 했는데 그때마다 아버지께선 경회루에서 날 맞이해 오래도록 이리저리 함께 산책하시곤 하셨어. 하루는 은근한 표정으로 이런 말씀을 하셨단다.

"아가야, 넌 누구보다 총명하여 수리에 밝고 언변도 뛰어나 조리가 있으니 내 하는 일을 돕자꾸나."

난 처음에 그 말씀의 뜻을 알아듣지 못해 당황했단다. 그런 나를 이끌고 경회루 연못을 허위허위 지나 집현전에 당도하신 아버지는 무슨 비밀 계획이라도 꾸미는 사람처럼 조심스레 말씀하셨어.

"지금부터 너와 난 한패가 되는 거다. 말인즉슨 우린 동지라는 것이다. 알겠지?"

나는 고개를 끄덕이고 아버지 등을 보며 집현전 구석 작은 방에 들어섰어. 아버지께서 오른쪽으로 몸을 옮기자, 세상에나 오빠랑 젊은 학사들 대여섯 명이 등잔불 두 개를 켜놓고 그 으슥한 곳에서 공부를 하고 있었지 뭐냐. 이를 드러내며 히죽 웃던 오빠 얼굴이 지금도 생생하구나.

당시엔 아버지께서 선위하지 않으신 때여서 오빠는 동궁 신분이었는데 아무리 그래도 그렇지, 나이 어린 학사들과 무릎을 맞대고 책을 검토하면서 가끔 서로의 어깨를 부딪치는 것이 마치 친구 사이 같더구나. 참으로 이상한 아버지와 오빠셨단다. 그때 내가 만나 인사했던 젊은이들은 훗날 네 둘째 외숙이 요절내버릴 사람들이었어. 성삼문, 박팽년, 아 그리고 신숙주도 끼어 있었구나. 그 사람들은 아버지와 오빠를 도와 새로운 나라말을 만들고 있었어. 아버지께서 의자에 털썩 앉으셔서는 내 손을 쥐시고는 이렇게 말씀하셨단다.

"나이 많은 신하들은 이 일을 죄 반대하는구나. 특히 최만리와 정창손은 집현전을 책임지는 부제학이면서도 한사코 내게 대들었다. 이제 믿을 건 동궁과 너뿐이다. 도와줄 테냐?"

나는 고개를 크게 끄덕였고 그때부터 겁없이 그 일에 뛰어들었단다. 최만리가 상소까지 올려가며 언문 창제를 반대하자 아버지는 나를 핑계로 삼으셨어. 어차피 새 글자는 공주 같은 여자들이나 까막눈인 아랫것들을 위한 것이니 선비들에게 해될 게 전혀 없다고. 언문을 암글이라 부른 게 아마 그때부터일 거야. 아버지는 대신들 반대에 굴하지 않으셨고 네가 태어나기 두 해 전 마침내 신자 창제를 마치셨어. 문제는 그다음이었지.

새로 만든 정음 문자를 반포하시려던 아버지께선 예상치 못한 어려움에 봉착하셨어. 신하들이 동궁이었던 오빠의 자격 문제로 시비를 걸었던 거지. 천한 것들에게 글자나 가르치려는 훗날의 군왕이 과연 사농공상의 반상 질서를 존중할 것인지 의심했던 거란다. 아버지는 격노하셨지만 참고 또 참으시며 새로운 국자 제정을 미루셔야만 했어. 나는 늘 아버지 편이었지만 아버지께서 그 일에 왜 그리 골몰하시는지는 끝내 알 도리가 없었지. 그러던 어느 날 나는 널 회임했고 경기도 양주에 있던 시댁에서 꼬박 한 해를 지내야 했단다.

네 아비와 서촌 궁가로 돌아온 지 이틀 뒤, 아버지께선 널 보고 싶다 하시며 궁으로 부르셨어. 강보에 싸서 가슴에 품었던 네 모습이 어찌나 귀엽던지. 오랜만에 아버지와 경복궁 정원을 거닐며 이야기꽃을 피웠는데 갑자기 주변 사람들을 물리신 아버지께선 이런 말씀을 하셨단다.

"아가야, 임금 자리가 얼마나 외로운지 아느냐? 사방을 둘러봐도 말 나눠줄 이가 없는 이 자리가 쓸쓸하구나."

마침 가을바람 서늘하여 풍광도 좋았건만 달빛을 받으며 서 계시던 아버지 모습은 무주공산에서 외로이 꼴 베는 필부처럼 처량해 보였단다. 임금이야 그 위에 아무도 없는 독존의 지엄한 자리인지라 아니 외로울 수 없으셨겠지만 그날의 아버지는 뭔가 더 특별하셨어. 그러시더니 이러한 말씀을 내게 하셨단다.

"아가야, 난 네가 하는 영특한 생각들을 항상 들어왔다. 아주 어렸을 때부터 여태껏 나는 쉬지 않고 남들의 마음을 들어왔지. 그게 이 아비의 고달픈 삶이었다."

처음엔 그 말씀이 무슨 뜻인지 도통 몰랐고 늘 하시던 농이려니 여겼다가 골똘히 헤아려보니 이게 보통 일은 아닌지라 이렇게 여쭈었지.

"아버지, 그렇담 남의 속을 귀로 들으시는 양 다 들어오신 것이어요?"

아버지께서 비감하신 표정으로 고개를 끄덕이시더구나. 아뿔싸, 그랬어! 세종 임금님께선 청각이 트이시자마자 남들의 마음을 꿰뚫어 들으실 줄 아는 비범한 능력을 갖게 되셨던 거야. 딸인 나는 물론이고 궁궐을 오갔던 수많은 사람들이 속으로만 중얼대던 생각을 다 듣고 계셨던 거야. 처음엔 퍼뜩 두렵더구나. 혹시나 불경한 생각을 품지나 않았는지, 그리고 앞으로 품게 되지나 않을는지. 그런 나를 물끄러미 바라보시던 아버지께선 강보 속의 너를 힐끗 보시곤 이렇게 말씀하셨어.

"빈세가 배고프다 하는구나."

그날 이후 아버지가 두려워진 나는 궁궐 발걸음을 끊었고 아버지께서도 더는 불러주지 않으셨어. 나는 아버지에 대해 생각하고 또 생각하고 다시 생각했단다. 내가 말하기도 전에 약과를 넌지시 집어주시거나 신하들이 어전에 들기가 무섭게 뜬금없이 화부터 내셨던 이유를 그제야 알게 되었지. 남의 마음을 읽는 삶이란 어떤 것이었을까? 나는 감히 상상도 할 수 없었어. 그리고 아버지를 연민하게 되었고 마침내 그 쓸쓸함을 두려워하지 않게 되었을 때 서둘러 입궐하여 아버지 품에서 한참을 울었단다.

아버지께서 왜 사람들 만나시기보다 책을 더 가까이하셨는지, 노련한 원로대신들을 멀리하시고 하필 나이 어린 집현전 학사들이나 욕심 없는 딸들을 유독 아끼셨는지 나는 비로소 깨닫게 되었지. 빈세야, 너는 기억하지 못하겠지만 오빠 문종대왕께선 혼이 맑은 분이셨단다. 그래서인지 오직 오빠와 나만이 아버지 곁을 오래 지킬 수 있었어. 우리 둘만이 아버지의 비밀을 알고 있었고 그분이 국자를 제정하시려는 참뜻을 이해하고 있었어. 한번은 우리 남매를 편전으로 불러 자리에 앉히시곤 이러시더구나.

"말을 마음에만 품고 산다면 그게 지옥인 거다. 말로 못 할라치면 글로라도 써서 뜻을 전해야 할 것 아니겠느냐? 글이 사람을 해치기라도 한다더냐? 짐승 아닌 사람일진대 아무리 어리석어도 글을 쓸 줄은 알아야 하는 법이다. 백성들이 갇혀 있는 무명無明의 지옥을 우리가 깨트릴 것이다."

그날 이후로 어미의 삶은 바뀌었단다. 나는 새로 만들어진 국자를 다듬고 시험하는 일에 혼신을 다하느라 어린 널 돌볼 틈도 없었어. 그리고 빈세 네가 돌이 되던 해 가을, 마침내 아버지께선 훈민정음이란 이름으로 국자를 반포하셨지. 어땠는지 아니? 아무도 관심을 두지 않았단다. 조정 신료와 재야의 선비 모두 아버지의 업적을 철저히 무시했고 몰래 경멸했어. 그냥 그렇게 내버려두다보면 아버지께선 언젠가 붕어하실 것이고, 착하지만 여린 오빠는 어차피 강성한 남동생들과 훈구 권신들 손아귀에 놀아날 거란 계산속들이었겠지. 못난 자들 같으니라고.

절망하신 아버지께선 오빠에게 왕위를 선위하시고 다시 책 속에 파묻혀 사셨단다. 한동안 훈민정음에 대해선 까맣게 잊고 사시는가 싶었지. 허나 웬걸, 그게 아니었단다! 아버지께선 당신을 따르던 유일한 원로대신 정인지를 이용해 정음을 널리 퍼뜨리려 남몰래 혼신의 노력을 하고 계셨던 거야. 정인지는 오빠와 아버지 사이를 수없이 오가며 정음과 관련한 많은 사업을 도모해야 했어. 그 와중에 아버지께선 병이 깊어지셔서 덜컥 세상을 뜨셨단다. 새로 만들어진 국자마저 세상에서 아예 사라질 판이었지.

아버지께서 세상을 떠나시기 직전, 그러니까 빈세 네가 네 살 때란다. 오래전 내가 네게 물려준 한강 저자도 말이다. 그건 본디 아버지께서 우리 부부에게 선물로 하사하신 섬이었단다. 네 아비와 나는 그 섬에 작은 별장을 지어 머물고 있었지. 그 저자도에 아버지께서 들르셨어. 정인지도 함께였지. 아버지께서 한참을 내 얼굴만 바라보시다가 이렇게 말씀하셨단다.

"정 공과 우리 왕가는 한몸이다. 내가 사라지더라도 정음까지 사라져선 아니 된다. 아가야, 아무래도 정 공과 네가 나의 비밀 유업을 이어받아야겠다."

그랬단다. 정인지 아들과 네 누이가 혼인한 건 세종 임금님 뜻이었단다. 우리 안씨 집안과 정씨 집안은 사돈으로 묶여 한 가족이나

다름없게 됐지. 아버지께선 그걸 누누이 확인하시더니 내게 말씀을
이어가셨어.

"아가야, 내가 죽고 나면 정음청은 유명무실해질 테고 네 오빠는
권신들에게 휘둘릴 게 뻔하다. 바쁜 집현전이 정음청을 대신할 수도
없겠지. 그리된다면 아가야."

그 당시엔 아버지께서 그토록 빨리 돌아가실 줄 몰랐어. 그래서
그다음 말씀을 자세히 기억할 수 없구나. 정 공조차 기억이 흐릿해져
훗날 물어봐도 고개만 갸웃거릴 따름이었어. 어쩌면 그 순간 난 너무
불안했는지도 몰라. 내 속마음을 다 알고 계실 아버지의 시선을 피하
기에만 급급했지. 아무 생각도 하지 않으려고 너무 안간힘을 썼던 걸
까? 그래도 이 말씀만은 확실히 기억이 나는구나.

"암글이라 놀림받으면 또 어떠냐? 아가야, 네가 정음으로 많은 글
을 써서 퍼트리거라. 반가 부녀자들 서신이면 어떻고 상민들 읽는 잡
서면 뭐 어떠하냐? 공주가 즐겨 쓰는 글이라 하면 아무도 무시하진
못할 것이다."

빈세야, 이 어미가 밤마다 정음으로 편지를 쓰고 패설을 베끼다
새벽을 맞곤 하던 것을 기억하니? 남편 맹담조차 고개를 설레설레
저을 정도로 난 그 일에 열심이었단다. 그리 살다보니 어느새 네가
훌쩍 커버렸더구나. 다정한 어미가 되지 못했기에 이제야 후회가 밀
려들지만 그땐 그리하지 않으면 도저히 아버지를 보내드릴 수 없었
단다. 이 어미는 슬픔의 힘으로 붓을 꽉 부여잡고 돌아가신 아버지의

따스했던 애정에 보답해야 했단다.

되돌아보면 딸로서도 어미로서도 부족하고 엉뚱한 삶을 살았구나. 허나 아버지께서 승하하시자마자 정음청이 상의원尙衣院 재봉소로 전락하는 꼴을 보고는 분노를 참을 수 없었단다. 오빠에게 대들어 봤지만 돌아온 건 신하들의 삼엄한 눈초리에 어쩔 수 없다는 대답뿐이었어. 나는 아버지께서 마지막에 남기신 말들을 벗삼아 내 사명을 다하며 별도리 없이 늙고 말았구나. 이제 다정했던 네 아비 곁으로 돌아가 공주 아닌 지어미로 다시 살아보련다.

입으로 하지 않은 말은 잠꼬대와 같아서 한을 남길 뿐이고 글로 쓰지 않은 말은 봄기운에 녹아버릴 고드름처럼 허무한 것이란다. 아버지께서 만드신 글자로 어미의 마지막 마음을 이렇게 너에게 건넨다. 말로는 전해지지 않을 남은 마음일랑은 부디 다음 생에서 나누자꾸나. 자중하고 자애하여 극락에서 만나자꾸나.

❀

세종대왕이 창제한 훈민정음은 그 역사적 의의를 인정받기까지 참으로 오랜 세월이 걸렸다. 창제 직후 정음은 당시 지식인들에게 철저히 무시당했고 정음 보급을 위해 설치된 정음청은 긴 세월 유명무실한 채로 방치됐다. 오빠인 문종을 도와 정음 창제에 크게 기여한 정의공주는 왕가로부터 극진한 예우를 받으며 천수를 누리다 성종 8년인 1477년 사망했다. 그녀는 오늘날 서울 도봉구 방학동에 소재한 남편 묘지에 합장되어 잠들어 있다. 그녀의 남편 안맹담의 묘비명을 지은 이는 사돈 정인지이며 글씨는 막내아들 안빈세가 썼다. 안빈세는 모친 사후 부모 묘소 곁에서 시묘살이를 하다 그 이듬해에 33세의 나이로 사망했다.

# 공주는 왜 바보를 사랑했을까?

홀몸으로 궁 밖에 나온 건 처음이었다. 평강은 쉼없이 눈물 흘리며 정처 없이 걷고 또 걸었다. 비단이나 모직물로 된 화려한 의상들에 익숙했던 그녀 눈에 칡으로 만든 갈옷을 걸친 평민의 세계는 무채색이었다. 색이 사라진 세상 안에서 오직 자신만 빛나고 있다는 사실이 그녀를 더욱 두렵게 했다. 그렇게 공포와 호기심으로 뒤범벅된 혼돈 속에서 그녀의 발걸음은 마침내 온달 집 앞에서 멈췄다.

온달 어미는 장님이었다. 장님인 그녀는 수상쩍은 소녀의 방문에 경계부터 잔뜩 했다. 그녀는 평강의 몸에 코를 들이대고 냄새를 맡더니 곧이어 상대의 손을 쥐고 꼼꼼히 어루만졌다. 온달 어미가 말했다.

"내래 이런 귀한 향내는 처음 맡시우다래. 보들보들한 손은 또 어떻고? 비단 아임메? 집을 잘못 찾은 모양이니 어여 돌아가심둥."

평강은 온달 어미 옆에 바싹 다가앉아 자신이 찾아온 경위를 대충 말해주었다. 말하다보니 그녀 눈에선 다시 눈물이 샘솟기 시작했다. 거친 손으로 공주의 눈물을 닦아주던 온달 어미가 긴 한숨을 몰아쉬고 속삭였다.

"마이 운다고 귀한 딸아를 버리는 아비가 있음메? 울지 마우다. 공주님 울지 말기요."

울음을 멈춘 평강은 부왕이 자신을 내쫓은 게 아니라고 설명했다. 그녀 스스로 궁을 나왔고 돌아가지 않을 거라고, 어려서부터 듣던 바대로 온달과 혼인해 보란듯 잘살겠다고 힘줘 말했다. 자초지종을 듣고 한참 고개를 숙이고 있던 온달 어미가 슬픈 목소리로 대답했다.

"공주님 말은 내 알아들었음둥. 그치만 온달 간나가 안 받아주믄 어쩔라 그럼메? 온달이 산에 갔으니 우선 쫌 기다립세."

평강은 햇볕 잘 드는 마루 귀퉁이에 다소곳이 앉아 온달 오기를 기다렸다. 온달 어미는 능숙한 걸음으로 마당을 돌아다니며 집안일을 시작했다. 온달 어미가 마당에 자란 푸성귀를 훑어 뽑더니 이리저리 다듬은 뒤 솜씨 있게 볶아 반찬을 만들었다. 온달 어미가 조밥까지 짓고 평강을 불렀다.

"이리 앉아 이거라도 드시기요."

밥상을 마주한 평강은 푸성귀 반찬에 조밥 한 그릇을 뚝딱 비워냈다. 옆에 앉아 밥 먹는 소리를 듣고 있던 온달 어미가 해맑게 웃으며 말했다.

"공주가 맞음메? 씩씩하이 잘 드시우다래. 우적우적 씹는 소리가 온달 간나 같슴둥."

햇살이 힘을 잃고 산에 푸르스름한 남기가 퍼질 무렵이 되어도 온달은 집에 돌아오지 않았다. 조바심이 난 평강이 온달이 올랐다는 산으로 마중을 나갔다.

평강과 온달은 산 초입 대장간 마을에서 마주쳤다. 종일 모은 느릅나무를 지게에 진 온달은 자신을 막아선 소녀를 우두커니 바라보기만 했다. 평강은 낮에 온달 어미에게 했던 말을 똑같이 반복한 뒤 뒷짐을 지고 온달을 노려보았다. 마침내 온달이 지게를 땅에 부리고 평강 앞으로 천천히 다가와 상대의 볼을 꼬집었다. 평강이 깜짝 놀라 팔을 뿌리치며 뒤로 물러나자 온달이 말했다.

"니래 이매망량魑魅魍魎 같은 도깨비나 여우 귀신이 아니람 뭐간? 내래 죽은 아비가 돌궐족 장수였댔어. 튀르키라고 들어봤갔지? 내 아주아주 무서운 사람이니 건들지 마라."

다시 지게를 진 온달은 성큼성큼 걸으며 뒤따라오는 평강을 돌아보지도 않았다. 집으로 들어선 온달은 평강을 방안으로 들이자는 어미의 청을 한사코 거부하더니 그냥 잠들어버렸다. 온달 어미가 사립문 밖에 쪼그리고 앉아 졸고 있던 평강 옆으로 살며시 다가와 속삭였다.

"조 간나 아비가 튀르키 장수였음둥. 우리가 돌궈르라고 부르는 그 사나운 것들 우두머리가 아니었겠음둥. 얘기를 함 들어보겠슴메?"

고개를 끄덕인 평강의 머리를 제 어깨에 기대게 한 채 온달 어미는 오래된 이야기를 꺼냈다. 온달 어미가 꽃다운 처녀였을 때, 그녀 가족은 두만강 너머 국내성에 살고 있었다. 서쪽에서 전쟁이 터지자 군인인 그녀의 아비는 요서 땅으로 떠나 돌아오지 않았다. 그녀 앞에 아비 대신 나타난 사내는 고구려군에 투항한 젊은 돌궐족 장수였다. 여기서 말을 멈춘 온달 어미가 촉촉해진 눈빛으로 나지막이 말했다.

"알타니까시크였음둥. 그 사람 이름. '알타이산의 떠돌이'라는 뜻입지비."

먼 서쪽에서 태어난 알타니까시크는 아주 어렸을 때부터 전쟁터에서 단련된 전사였지만 평화를 찾아 탈영하여 하염없이 동쪽으로 달렸다고 했다. 그는 돌궐족 정보를 고구려군에 넘기고 평민이 되었고 온달 어미와 눈이 맞아 국내성에 정착했다. 짐승 가죽을 무두질해 돈을 번 두 사람은 훗날 국내성마저 전란에 휩싸이자 아예 두만강을 넘어 남하했다.

"두만강 이름이 어데서 왔는지 공주님은 암메? 돌궐족 말로 족장을 '투만'이라 합지비. 돌궈르, 아니 튀르키 사람들이 그 강을 넘어 고구려 사람들이 됐습지비."

튀르키의 젊은 투만이었던 알타니까시크는 그렇게 고구려인이 되어 두만강 남쪽에 정착했다. 하지만 세월은 점점 모질어져 서쪽 초원의 전쟁은 잦아들 기미가 보이지 않았다. 알타니까시크는 끝내 고구려군에 징집되어 집을 떠난 뒤 돌아오지 않았다. 온달 어미는 아비와 남편 모두를 전쟁으로 잃고 절망했다. 하지만 얼마 후 그녀에게 세번째 남자가 찾아왔다. 알타니까시크가 떠나기 전 그녀에게 남겨준 유복자, 온달이었다.

"온달이는 제 마지막 희망이었지비. 저 간나 아니었음 벌써 죽었지비."

신음처럼 속삭인 온달 어미는 평강을 힘껏 껴안고 잠시 말을 멈췄다. 평강 역시 상대 가슴에 얼굴을 깊이 묻고 눈을 감았다.

공주로서 평강이 겪은 삶은 온달 어미의 삶보다 훨씬 화려했지만 더 공허했다. 평강은 태어나자마자 유모에게 맡겨져 가족들과 분리된 채 길러졌다. 왕위를 계승할 수 없는 공주는 궁궐의 그림자에 불과했으며 전술과 무예를 익히는 오빠들에겐 방해꾼에 지나지 않았다. 그래서 그녀는 힘차게 우는 것으로 자신을 증명하려 했다. 그녀는 아기 때부터 울고 또 울었다. 울고 있을 때에야 사람들은 그녀를 공주로 대접했고 부모가 있는 궁성 내실로 데려가쳤다. 하지만 전쟁과 교역에만 정신이 팔려 있던 부왕은 늘 이렇게 말했다.

"자꾸 이러면 온달이한테 시집보내버리갔어. 그만 좀 울라."

열 살이 넘었을 때, 평강은 온달이 평양성 최고의 바보라는 사실을 비로소 깨달았다. 그녀는 모두가 멸시하는 모자란 자를 자신의 남편 이름으로 듣고 자랐다는 사실에 엄청난 충격을 받았지만 이를 결코 내색하지 않았다. 그 대신 부왕의 권위에 도전하기로 결심한 평강은 오빠들과 어깨를 나란히 하고자 무예를 익히고 말을 타고 병서를 탐독했다. 그녀는 가죽 바지를 입고 피투성이가 되도록 온종일 격구를 하며 자신도 어엿한 왕족임을 주장했다. 하지만 부왕은 그녀를 면전에 앉혀놓고 이렇게 말했다.

"니래 시집가 남편을 만나봐야 순해지갔구나? 당장 날 잡을 테니 기다리라우."

격노한 부왕은 귀족 집안 자제와 혼인 날짜를 잡아버리고는 저항하는 딸을 방에 가두었다. 평강은 또 끝없이 울기 시작했다. 우는 공주를 혼인식에 내보낼 순 없었기에 부왕은 이번엔 그녀를 구슬리기 시작했다. 귀족 아내의 멋진 삶에 대해, 온갖 보석과 장신구의 화려한 치장에 대해 장광설을 늘어놓았다. 차분해진 평강은 부왕의 속내를 꿰뚫어보았다. 공주의 혼인이란 왕가와 귀족의 연대를 공고히 하기 위한 수단에 불과했다. 평강은 자신이 그런 허튼 존재임을 인정할 수 없었고 무엇보다 부왕의 거짓말을 용서할 수 없었다. 평강은 오직 온달만이 자기 배필이라고 외쳤고, 궁을 떠나라는 부왕의 명령에 긴 머리를 자르는 것으로 응수했다.

"공주님 참 독함둥. 기렇다고 그 좋은 궁을 바리고 요래 초라한 곳으로 왔슴메?"

온달 어미가 사연을 다 듣고 평강을 보며 말했다. 고개를 끄덕인 평강은 시력을 잃은 온달 어미의 퀭한 눈동자를 올려다보며 온달은 어쩌다 바보가 되었냐고 물었다. 킬킬대며 웃던 온달 어미가 갑자기 정색을 하고는 대답했다.

"저 간나 실은 바보 아임둥. 멀쩡한 사내지비. 들어보기요. 내래 마지막으로 남은 아들마저 잃을 순 없지 아이함?"

이어 온달 어미가 하는 말을 듣던 평강은 조금씩 몸을 일으키다 나중엔 꼿꼿이 앉았다.

지아비를 잃은 온달 어미는 갓 태어난 온달을 데리고 두만강을 벗어나 평양성으로 흘러들어왔다. 평양성은 매우 안전했지만 먹고살긴 더 힘들었고, 기골이 장대하고 털이 무성한 돌궐족 혈통에 그리 관대하지도 않았다. 온달 모자는 구걸로 연명하는 거지 신세로 전락했고 온달은 특이한 외모 때문에 저잣거리의 놀림감이 되었다. 바보 온달이라는 유명세는 그렇게 얻어졌던 것이다.

온달 어미는 아들의 비범함과 용력 그리고 제 아비를 닮은 전사 기질을 잘 알고 있었다. 그래서 그녀는 아들이 바보 소리를 들을수록 오히려 마음이 놓였다. 바보라면 군대에 끌려가지도 않을 것이고 배불리 먹진 못하지만 천수를 누리는 덴 아무 지장이 없을 것이었다. 대신 아들이 언젠가 아비의 고향을 찾을 것을 대비해 돌궐어를 남몰래 가르쳤고 북쪽 초원의 지리를 익히게 해두었다.

"그칸 뒤에 두 눈을 찔러 장님이 되었지비. 어미 살아 있을 때까진 어델 떠나거나 먼저 죽지 못하게시리."

온달 어미의 말을 끝까지 들은 평강은 우두커니 상대방을 응시했다. 제 손으로 자기 눈동자를 찔러버린 어미 마음이 애달파서만은 아니었다. 바보의 아내로 살아남아야 할 날들을 막연히 염려하던 마음이 눈 녹듯 사라져버렸기 때문이었다. 평강의 몸은 차츰 뜨거워졌고 그만큼이나 그녀 마음은 투지로 채워지기 시작했다. 평강은 흥분으로 떨리는 목소리를 감추고자 짐짓 나른한 말투를 흉내내면서 온달이 가진 재주에 대해 물었다.

"공주님처럼 고운 분은 알기도 어려운 재주지비. 짐승들과 같이 뛰고 구르고 잘 싸우지비. 산에 웅크리고 숨었다 곰도 때려잡았지 아임메?"

평강은 입가에 번지는 웃음을 감출 길이 없었다. 그녀의 속내를 아는지 모르는지 온달 어미는 평소와 달리 달뜬 마음에 하지 않아도 좋을 말까지 하기 시작했다.

"온달 뜻이 뭔지 암메? 돌궐족 가운데 잘 싸우는 남자들을 타르타르라 부름둥. 여기선 탈탈達達이라 하지? 온달은 다른 데서 온 탈탈이란 뜻이지비. 온달 아비가 초원에서 제일 용맹한 탈탈이었지비."

새벽이 다가오고 있었다. 조금씩 트는 먼동을 바라보던 평강은 잠에 빠진 온달 어미 품을 벗어나 살며시 일어섰다. 그녀는 잠깐 망설이다 온달 어미에게 세 번 절하여 며느리로서의 예를 갖추었다. 방 쪽을 바라본 그녀는 곯아떨어진 온달을 향해서도 아내의 예를 갖추고 읍했다. 이제 평강은 온달의 아내였고 고구려 최고의 전사를 조련해낼 스승이었으며 세상으로부터 바보라 불리며 은신해 있던 누군가의 아들을 전쟁터로 불러낼 장수였다. 사명감과 자부심으로 그녀의 몸이 사정없이 떨렸다.

평양성 기병대가 공주를 찾으러 온달 집으로 달려온 건 온달 어미가 아들을 깨우려고 방안으로 막 들어서던 무렵이었다. 평강은 기병대가 코앞에 다가올 때까지 집 앞에 서서 기다리고 있었다. 말에서 내린 기병대장이 평강 앞에 다가와 고개를 숙였다.

"폐하께서 기달리십네다. 이만 저희를 따르심이 어떻습네까?"

코웃음친 평강이 뒷짐을 진 채 고개를 쭉 빼고 소리쳤다.

"내래 이제부터 온달 지어미가 됐어. 글케 전하라. 딴소리 일없다."

기병대장이 고개를 돌려 부하들에게 공주를 잡으라고 신호를 보내자 평강이 주먹을 불끈 쥐고 속삭였다.

"어이, 기병 아바이들. 내 성질 잘 알믄서 꼭 그케 해야갔어? 모조리 포를 떠버려야 알아듣갔니? 부왕께 가서 전하라. 딸은 이미 온달이랑 잤으니 상부 고썬지 뭔지랑 혼인하는 일은 발써 날 샜다. 알간?"

평강의 거친 목소리를 듣고 밖으로 튀어나온 온달 어미가 공주 옆으로 다가서며 말했다.

"공주님, 어서래 돌아가시기요. 어젯밤 얘긴 매우 즐거웠슴둥. 자, 돌아가시기요. 어서."

미소를 머금은 평강이 온달 어미 팔을 붙잡고 말했다.

"어마이래 가만히 있으셔도 되갔습네다. 이제 내래 이 집에서 살다 이 집에서 죽갔시오. 그리 아시고 딴말 마시라요."

머리카락이 엉망으로 헝클어진 온달도 소란에 놀라 방에서 나왔다. 그는 평양성 백성이 두려움에 벌벌 떠는 기병대를 향해 겁도 없이 소리치는 작은 소녀를 향해 다가갔다. 어젯밤 불현듯이 나타났던 맹랑한 여우 귀신이었다. 온달과 눈이 마주친 평강이 환하게 웃으며 말했다.

"기병 아바이들 여 보라우. 여가 내래 지아비 온달. 어이, 온달 지아비. 말만 잘 들으믄 내래 패진 않갔어. 이제 이 집은 내 땅이니 내 맘대로 할 거이고 누구도 낼 못 건드려."

❀

온달에 관한 전래 이야기는 대부분 신빙성이 희박한 전설이
다. 정사 기록으로는 『삼국사기』의 「온달전」이 유일하다. 그런
데 책의 편찬자 김부식은 온달의 실제 삶보다는 충忠과 열烈이
라는 이념을 드러내는 데 역점을 두고 그의 아내 평강공주에
관한 내용을 많이 끌어들였다. 결국 「온달전」은 전사를 길러
낸 나라의 충신이자 남편을 잘 섬긴 열부인 평강공주에 초점
이 맞춰졌다. 이 글은 「온달전」을 바탕으로 하되 작품 이면에
담긴 캐릭터의 특징을 재해석했다. 충북 단양까지 남진했던 온
달은 지금의 서울 아차산으로 추정되는 아단상성에서 벌어진
신라군과의 전투에서 전사한 것으로 보인다. 그의 시신이 담긴
관이 꿈쩍도 하지 않다가 평강공주가 직접 찾아와 어루만지자
그제야 움직였다고 한다.

미륵사 서탑에 사리를 봉안한 젊은 왕비는 바로 사비성으로 돌아가지 않고 절에서 며칠 더 묵었다. 그녀는 주지에게 부탁해 승사 한 채를 통째로 빌리고 자신을 찾는 금마 땅 백제 백성들을 일일이 친견하며 복을 빌고 상을 내렸다. 왕비는 금마 지역 최대 호족인 사택씨沙宅氏 출신이었기에 선물을 손에 쥔 백성들은 기쁨에 겨워 '금마 백제 만세'를 외치고 또 외쳤다. 사비시대를 끝내고 금마로 도읍지를 옮겨 백제를 부흥시키려는 염원은 왕비와 그녀의 남편 무왕을 연결시켜주는 질긴 끈이었다.

남편 무왕이 기다리는 사비성으로 출발하기 전날, 왕비는 미륵사 근처 암자에 기거하고 있던 늙은 비구니를 성대히 예를 갖춰 맞이했다. 보살로 불린 비구니는 불당에 정좌해 경을 염송했고 왕비는 말없이 그 곁을 지켰다. 새벽녘 비구니가 발원을 마치고 비로소 입을 열어 왕비에게 물었다.

"그분께선 잘 계시니껴? 마이 늙었지예?"

왕비가 상대 옆모습을 뚫어져라 바라보더니 속삭이듯 대답했다.

"선화보살님 야그를 여태 하지유. 보고프시믄 사비로 같이 가셔도 되는데."

선화보살이 미묘하게 웃음을 머금다 이내 정색하고 갓 스물을 넘긴 왕비의 고운 피부를 찬찬히 뜯어보고는 말했다.

"이 큰 가람을 지어주신 것만도 황송하니더. 여기서 살다 조용히 사리지는 게 제 운명이라예. 오래 살다보믄 천도하는 모습까진 보지 않을까 싶기도 하고."

왕비는 당장 천도는 어려울 거라 대답했다. 사비 귀족들의 반대가 격심한데다 강력한 후원자였던 사택씨들도 화려한 사비 생활에 젖어 고향인 금마 땅을 잊은 지 오래이며, 무엇보다 왕이 노쇠하여 패기를 상실했다고 했다. 선화보살이 깊게 한숨을 몰아쉬고 슬픈 표정으로 말했다.

"왕비님 성명이 사택지란이라 했지예? 예쁜 이름이니더. 백제에 국모 자리가 비어 있다고 얼마나 말이 많았어예? 그분과 혼인한 게 벌써 삼 년인데 후사 소식은 왜 안 들리니꺼?"

왕비 사택지란이 대답 대신 환한 웃음을 머금고 대답했다.

"실은 저 회임했어유. 며칠 전 서탑에 사리 봉안한 것두 다 뱃속 아이 복덕을 빌려고 한 건디. 친정아부지 성화가 심해 조금 노력해봤어유. 선화보살님껜 죄송하기두 하구."

왕비의 말을 전해들은 선화보살은 잠깐 얼어붙은 듯 침묵했지만 곧이어 상대 손을 꽉 움켜쥐고 다정히 말했다.

"축하하니더. 진정 감축드리니더. 이제 백제 부흥은 왕비님 손에 달렸다 아입니꺼?"

두 사람은 서로를 위로하며 오래 마음을 나눴다. 하지만 얼마 지나지 않아 밝아온 먼동은 각자의 다른 운명을 결코 감추진 못했다. 선화보살은 미륵사 앞 당간지주까지 왕비 행차를 배웅 나왔다. 보살은 가슴속에 감추고 또 감춰둔 말을 왕비에게 하지 않고는 배길 수 없었다.

"우리 의자를 부탁하니더. 그 아이 미워하지 마입써. 부디 어여삐 챙겨주시소."

왕비는 마차 밖으로 나와 선화보살의 손을 잡고 대답했다.

"제 뱃속 아기가 사내아이라믄 의자가 든든한 형 노릇 할 것인디 저가 왜 미워해유? 염려 마세유. 보살님은 여 큰 도량서 불덕 잘 닦으시며 안분자족하시면 될 것인디 자꾸 사비 걱정은 왜 하신대유? 속세 일은 속인들이 알아서 할 것인디."

멀어져가는 왕비 일행을 하염없이 바라보던 선화보살은 참았던 울음을 터뜨렸다. 그녀는 찬란했던 자신의 젊음과 그 젊음이 가져다준 행과 불행 그리고 눈앞에 닥칠 고독한 미래에 대해 생각했다. 그녀에게 미륵사는 여생을 마칠 감옥이었다. 하지만 혹시 금마가 새 도읍지가 된다면 아들인 부여의자를 죽기 전 만날 수 있는 유일한 곳이기도 했다.

신라 진평왕의 셋째 딸인 선화는 다른 공주들과 달리 자유분방했다. 그녀는 언니들처럼 왕궁 행사에 참여하는 대신 궁복들과 어울려 서라벌 저잣거리를 쏘다녔고 포구를 드나드는 외국 상인들 구경하기를 즐겼다. 부처께서 태어나셨다는 천축국과 그 너머에 있다는 신비한 서역 나라들을 선망하던 그녀는 자신의 끝없는 호기심을 채워줄 누군가 나타나기를 막연히 기다렸다. 남몰래 여왕 수업을 받고 있던 큰언니 덕만은 그런 여동생을 나무랐다.

"세상에, 니 또 저자 이야기꾼들 만나고 다녔나? 들키기 전에 당장 안 그만두나? 우린 성골인 기라. 왕가에 아들 하나 없다고 망조 들었다고 다들 난리 안 치드나? 선화 니 조신해야 한데이."

큰언니가 그러거나 말거나 선화는 고집을 꺾지 않았다. 유난히 덥던 어느 여름날 선화는 황룡사 대웅전 앞에서 운명의 사내를 만났다. 사내는 백제에서 건너온 삯꾼으로 기초공사가 한창이던 분황사에서 노역하는 중이었다. 달변인 그는 예불을 마친 일꾼들을 모아놓고 자신이 가본 서쪽 나라들에 대해 한참 이야기하고 있었다. 먼발치에서 그 모습을 물끄러미 바라보던 선화는 언제나 그러듯 시종들의 보호에서 빠져나와 군중 사이로 슬쩍 끼어들었다.

"내 야그가 재밌는가배. 저그 귀족 아가씨가 왔구먼. 진짜 재밌는

가유?"

　얼굴이 붉어진 선화는 주변을 돌아보며 고개를 끄덕였다. 신라 출신과 백제 출신이 뒤섞여 있던 일꾼 무리는 귀족 소녀의 등장에 개의치 않았다. 자신의 이름을 일기사덕이라 소개한 백제의 이야기꾼은 분황사로 떠나기 전에 선화에게 속삭였다.

　"우리 예쁜 공주님은 뉘 집 따님이신가유?"

　선화는 말없이 상대를 바라보다가 침을 꼴깍 삼키고 대답했다.

　"내는 진짜 이 나라 공준데. 이름은 선화라 카고."

　일기사덕은 한참 동안 선화를 응시한 채 움직이지 않았다. 황룡사 옆에 붙어 있던 분황사 일터 쪽에서 동료들이 자신을 부르는 소리를 듣고서야 그는 입을 뗐다.

　"진짜 공주님이라 이 말이지유? 선화공주님?"

　선화가 힘주어 고개를 끄덕였다. 그녀는 뾰로통한 표정으로 일기사덕의 잘생긴 얼굴을 찬찬히 살피며 물었다.

　"그 많은 나라들을 다 가봤단 게 사실이가? 내는 부럽데이."

　일기사덕이 희미한 미소를 흘리며 선화 앞으로 다가섰다.

　"거짓말만 들어왔는가배. 배를 타고 서쪽으로 가면 엄청스리 큰 땅이 나오지유. 거서 강을 타고 한없이 올라가면 별의별 나라들이 수두룩이 나온다니까유. 백제 상단에 끼면 못 가볼 데가 세상에 없시유."

　그날 이후 선화는 황룡사를 뻔질나게 드나들었다. 그때마다 일기사덕을 만나 그녀가 가보지 못한, 아니 어쩌면 영원히 가볼 수 없을 곳들에 대한 이야기를 들었다. 이야기는 친밀함을 낳고 친밀함은 연모의 정을 낳았으니 말괄량이 선화는 급기야 일기사덕과 야합하기에 이르렀다. 그녀는 열렬한 정애에 빠져 물불을 가리지 않았다. 일기사덕이 보고 싶은 밤이면 사다리를 타고 궁궐 담장을 넘었고 그의 품속에서 달콤한 잠에 빠져들곤 했다. 그런 그녀에게 큰언니 덕만은 이렇게 말했다.

"어디 한번 신나게 놀아봐라. 사내가 다 거기서 거긴 기라. 고마해라 쫌."

선화는 그 말이 들리지 않았다. 일기사덕이 보이지 않으면 심장이 찢어지는 슬픔이 찾아왔고 행여 그가 백제로 떠나버릴까 밤잠도 편히 이룰 수 없었다. 선화가 영혼이 소진되어 죽을 것 같던 무렵 일기사덕이 말했다.

"선화, 난 거짓말쟁이여. 어린 너한테 못할 짓을 한거."

선화는 상대가 하는 말을 머리로는 이해했지만 가슴으론 도저히 받아들일 수 없었다.

"바다 건너 돌아댕겼다는 얘기가 다 빈말이었다고? 속였다는 기가? 내를?"

선화는 악을 쓰며 울다 지쳐 잠들었다. 그녀는 잠에서 깨어났을 때 일기사덕이 옆에 있어 안심했다. 그녀가 신음하듯 말했다.

"이제 낸 어쩔 수 없데이. 어차피 니랑 살기다. 어데 다른 방법 있드나?"

두 사람은 야반도주를 감행했고 일기사덕의 고향인 백제 금마 땅에 이르렀다. 진평왕은 이 사실을 접하고 노하는 대신 얼굴을 찡그렸다.

"딸내미는 똑똑한 덕만이로 충분하데이. 선화 갸는 지금부터 내 딸아가 아이라."

진평왕의 뇌리에서 셋째 딸의 기억은 그렇게 지워졌다. 한편 서라벌 사람들 사이에서 선화공주가 마 캐는 뜨내기와 눈이 맞아 사라졌다는 풍문이 퍼지기 시작했다. 풍문이 노래를 낳아 유행하자 진평왕은 이를 부르는 자들을 옥에 가뒀다. 하지만 노래는 바람과 강물을 타고 흘러가다 백제 금마까지 전해졌다. 일기사덕의 아이를 회임한 선화는 노랫말을 전해듣고 폭소를 터뜨렸다.

"하필이면 마가 뭐꼬? 내 낭군은 마가 아이고 내를 캤던 기라."

금슬이 좋다 못해 한시도 떨어지지 않고 붙어다니던 부부는 큰돈을 벌기 위해 사비로 이주했다. 입담 센 일기사덕은 밤마다 사람들을 만나러 다니면서 선화를 외롭게 했다. 선화는 처음으로 서라벌을 떠올렸고 언니들과의 추억에 잠겼다. 그녀는 어릴 적 부르던 자장가를 되뇌곤 했다.

"월성의 연못은 몰라. 계림의 나무들도 모르긴 마찬가지. 부처님만 아시네, 내가 잠들 시간을."

선화가 사비 생활에 지쳐갈 무렵이었다. 오랜만에 집에 들른 일기사덕은 뜬금없이 이렇게 소리쳤다.

"선화, 내가 백제 왕족 혈통이란 걸 얘기했던가? 내 이름은 본디 부여장이여. 이자 우리 고생도 끝인겨."

선화는 남편 얼굴을 멍하니 바라보더니 얼핏 웃음을 지어 보였다. 그녀는 일기사덕의 뺨을 천천히 쓰다듬었다.

"우리 의자 아부지, 당신이 그렇다면 그렇게 믿어봅시다. 어쩌다 부여장이 되셨소?"

흥분에 얼굴이 상기된 일기사덕 부여장은 자신이 금마 땅에 버려진 백제 왕족이었고 이를 증명해줄 귀족을 사비에서 만났다고 했다. 그는 그 사실에 추호의 의심도 품지 않은 사람처럼 보였다.

"사택적덕이란 인물이여. 나랑 같은 금마 출신 좌평 어른이신디, 좌평이라고 아는가? 엄청 높은 벼슬인 줄만 아시게. 암튼 그 좌평이 왕도 좌지우지한다면 말 다한 거 아녀? 날 참으로 좋아하는가벼. 보자마자 생긴 게 귀상이라더니만 글쎄 내 본명이 부여장이라는 거 아녀?"

선화는 눈을 감고 자신의 삶을 담담히 받아들이기로 결심했다. 지금의 백제왕이 금마 땅에 내다버렸던 아이가 일기사덕이라면 뭐 어떤가? 사비 귀족들을 거느리며 왕마저 손아귀에 쥐고 흔드는 좌평이 남편을 선택했다면 무슨 이유가 있었을 것이다. 굶어죽는 것보단 낫지 않은가?

"당신 뜻을 마음껏 펼쳐보이소. 왕이라면 더 좋고."

그날 이후 부여장은 집에 들어오지 않았다. 아들인 의자는 아버지를 찾겠다며 사비성 궁궐에 들르곤 했지만 번번이 흐느끼며 돌아올 뿐이었다. 그런 아들도 갑자기 사라져 소식이 끊겼다가 어느 날 왕자 부여의자가 되어 갑자기 나타났다. 모자는 서로 부둥켜안고 한참 통곡했다. 아들이 말했다.

"어무이, 살고 싶으시면 머리 깎고 비구니나 돼버리셔유. 아부진 혼인 같은 건 안 하고 혼자 사신답디다. 그리 아시구 참구 기다리면 언젠간 나가 왕이 돼서 어무이 모실라니까."

선화는 남편과 아들을 한꺼번에 잃고 지옥 같은 삶을 살았다. 왕이 된 일기사덕은 아내 선화의 아버지 진평왕이 다스리던 신라에 맹공을 퍼부으며 입지를 다져나갔다. 백제와 신라는 원수지간이 되었고 신라 출신 공주가 나설 틈은 보이지 않았다. 그녀는 남편 고향인 금마로 숨어들어 비구니가 되었다.

어두운 미륵사 대웅전 뜨락에 우두커니 선 늙은 선화는 구부정한 허리를 펴려다 도로 주저앉았다. 그나마 그 오랜 세월 왕비 자리를 비워두었던 남편이 대견하기도 했다. 무왕은 사택씨의 집요한 요구에도 정비 자리를 채우지 않고 머뭇대다가 삶의 끝자락에서야 사택지란을 아내로 맞이했다. 그 우유부단함, 그게 사랑이었을까?

심장께에 극심한 통증을 느낀 선화는 비스듬히 쓰러졌다. 삶의 권능이 천천히 그녀 몸에서 사라져가며 풀무질 소리를 냈다. 아득히 먼 어린 시절, 선화가 햇살 가득한 월성 후원을 뛰어다닐 때도 그런 소리가 났었다. 또 일기사덕을 처음 만난 순간에도 그녀 심장은 풀무처럼 요동쳤었다.

그날 황룡사에서 콧날 오뚝한 젊은 미남이 선화의 눈에 들어왔다. 무슨 말인가를 열정적으로 하던 그는 선화 쪽을 힐끗 쳐다봤다. 짙은 눈썹 아래 샛별처럼 영롱한 눈동자가 빛났다. 선화는 그가 무슨 말을 하는지 들리지 않았다. 그녀는 무작정 그가 있는 곳으로 다가갔다. 자기 얘기가 재밌느냐는 그의 질문에 선화의 얼굴이 발갛게 달아올랐다. 그가 무슨 말을 했는지는 정말 중요하지 않았다.

❀

백제 무왕은 귀족들이 왕권을 넘보던 사비 시기 말엽에 왕위
에 올라 전성기 때의 국력을 회복하고자 노력한 현군이었다.
그는 신라와의 투쟁을 통해 내부 안정을 도모하며 익산으로의
천도를 추진했지만 끝내 실패했다. 천도를 위해 건축된 궁궐터
가 익산에 남아 있는데 특히 미륵사는 미래의 왕사로서 거대
한 규모로 축조되었다. 무왕의 왕비는 신라 진평왕의 딸 선화
공주로 알려져 있었는데 이를 부정하는 사리봉안기가 미륵사
지 서탑을  복원하던 중 발견되었다. 이에 따르면 무왕의 비는
익산 지역 토호인 좌평 사택적덕의 딸이다. 한편 무왕의 아들
의자는 중년의 나이에 왕위에 오르자마자 사택씨 세력을 제거
하는 일에 전념했다.

# ◉ 왕자 호동에게 고함

낙랑국 공주인 나 최이란은 고구려 왕자 호동에게 이 답신으로 영결을 고한다. 왕자는 이 글을 다 읽기 전 한 번은 기쁠 것이며 다른 한 번은 슬플 것이다. 나아가 이 모든 일이 왕자가 자초한 것임을 깨닫는다면 그대는 끝내 내 시신 앞에서 통곡하리라.

왕자가 옥저의 들에서 나의 부왕을 만난 건 결코 우연이 아니었다. 부왕께선 그대가 사냥 나온다는 사실을 미리 알고 함정을 팠던 것이다. 그건 왕자도 마찬가지였을 테니 과연 함정이라 불러도 좋을지는 잘 모르겠다. 그대는 낙랑을 차지할 기회를 엿보고자 부왕에게 접근해왔고 교활하게도 함정 안으로 한쪽 발을 슬쩍 집어넣었다. 그대는 살해당할 수 있음에도 부왕을 따라 낙랑 궁성에 들어왔다.

왕자를 위한 연회가 벌어지기 직전, 부왕께선 두 개의 잔을 들고 고민하셨다. 그중 하나는 독배였다. 부왕께선 독살한 왕자의 목을 고구려로 보내 우리의 의지를 천명하고 오래지 않아 벌어질지 모를 전쟁에서 승기를 잡을 셈이었다. 참수된 왕자의 목보다 쓸모 있는 게 어디 있겠는가? 나머지 하나는 최면제를 탄 잔이었다. 부왕께선 잠자리에 능한 궁녀들로 그대를 농락하고 타락시킬 만반의 준비를 갖춰놓고 계셨다.

그날 밤, 쾌활하고 씩씩한 왕자에게 매료된 부왕께선 두 개의 잔을 모두 포기하셨다. 나는 더없이 절망했다. 우리 집안은 딸들만 여섯이요 배가 다른 막내아들은 태어날 때부터 백치였다. 똑똑한 아들에 목마르셨던 부왕께선 왕자의 매력에 흔들려 아무런 결단도 내리지 못하셨다. 그대를 살해하려는 뜻을 마지막까지 굽히지 않았던 건 바로 나였다.

주방으로 달려간 난 독배를 들고 그대 앞에 다가서서 고구려와 고구려왕의 장수를 빌었다. 기억하는가? 왕자는 술에 반쯤 취해 내가 건넨 잔을 받아들었지만 부왕께서 잔을 치는 바람에 아까운 독주는 바닥만 적시고 말았다. 부왕을 노려본 나는 포기하지 않고 이번엔 최면제를 잔뜩 탄 잔을 기어코 그대 입안에 쏟아부었다. 과음하신 부왕께서 졸기 시작하실 무렵 그댄 이미 깊은 잠에 곯아떨어졌고 난 수월하게 그대를 내 침실로 옮길 수 있었다.

그렇게 그대 목숨은 잠시 내 손에 놓여 있었다. 나는 궁녀들을 내보내고 왕자의 목에 날카로운 검을 갖다대었다. 고구려가 우리 낙랑을 얼마나 괴롭혔던가? 잘 생각해보라. 우리는 한나라 무제가 파견한 요동 낙랑군 유민 출신이다. 낙랑군이 해체되자 이미 반쯤은 고구려화된 우리는 중원으로 되돌아갈 수 없었다. 우리가 반도로 옮겨와 삶의 터전을 일군 것은 예전 낙랑군처럼 한나라 첨병 기지가 되기 위한 것이 결코 아니었다. 우린 그저 조용히 지내며 우리의 정체성이 소멸해갈 시점까지 연명하면 그뿐이었다. 우린 고구려에 일말의 위협조차 되지 않았다.

한데 그대들은 우리 낙랑을 빼앗으려 온갖 패악과 모략을 일삼았고 그대의 부왕은 노골적인 협박도 서슴지 않았다. 우린 고구려의 위협 탓에 하루도 편히 잔 적이 없었다. 그 순간 나는 그대 목을 벨 뻔했다. 칼을 거두게 한 이는 겨우 술에서 깨어나 혼비백산 달려오신 나의 부왕이었다. 그분께선 이상한 말로 날 설득하셨다.

"이란아, 네가 호동왕자와 혼인하면 우리 낙랑은 고구려의 동맹국이 되는 거다. 생각해보아라. 훗날 왕자가 고구려왕이 된다면, 고구려는 낙랑의 부마국이니 어찌 우릴 함부로 대하겠니? 이보다 슬기로운 꾀가 있으면 말해보아라. 영특한 넌 알아들을 게다."

그러니까 부왕께선 나보고 그대를 홀려 통혼의 허락을 받아내라고 한 것이었다. 처음엔 내가 뭘 잘못 들었나 의심했고 그다음엔 딸의 재능과 포부도 몰라보는 부왕께 분노했으며 마지막엔 한없이 슬퍼졌다. 부왕께선 나 최이란을 그 어떤 왕자보다 용맹하고 현명하게 키워놓으시고는 정작 당신의 왕위가 누란지위에 처하자 친딸을 버리고 적국의 아들에게 눈길을 주셨다. 나는 아버지의 연약한 셈법이 초래할 결과를 꿰뚫어보았지만 부왕의 말씀을 따랐다. 내가 순종하는 공주라서? 천만에 그 반대였다.

나는 굳게 결심했다. 어차피 고구려군과 최후의 일합을 겨뤄야 한다면 여자로서 지닌 내 모든 걸 무기로 쓰겠다고. 내가 아는 고구려는 통혼한 국가라고 봐줄 그런 나라가 아니므로 차라리 우리 낙랑이 통혼을 빌미로 고구려를 방심하게 만든 뒤 먼저 공격하면 될 일이었다. 난 그날 새벽 그대 옆에 누워 아침을 맞이했다.

아침햇살에 눈뜬 왕자는 간밤의 일을 기억하지 못했다. 그저 자기 옆에서 잠든 내 얼굴을 바라보는 데 여념이 없었다. 그대는 나를 깨웠고 지난밤 자신이 실수한 건 없었는지 물었다. 나는 없었다 대답하며 거짓 눈물을 흘렸는데 믿을 수 없게도 눈물은 그치지 않았다. 나는 정말 스스로 왜 그러는지 알지 못한 채 서럽게 울고 말았다. 왕자여, 그날 아침의 눈물을 기억하는가? 난 까닭 없이 찾아온 슬픔의 광기에 당황해 공주로서의 위엄을 잃고 말았다.

사람은 왜 다른 이를 연모하는 걸까? 다른 사람을 좋아하고 그 때문에 멈출 길 없이 고뇌하며 때론 자기 삶마저 파괴하는 이유는 무얼까? 왕자는 그 이유를 아는가? 나는 안다. 너무나 소중한 게 내가 닿을 수 없는 곳에 있기에 마음이 병드는 것이다. 난 열일곱 해를 낙랑성 안에서만 살아왔다. 내게 정녕 귀중하고 가치 있는 것은 모두 성에 있었다. 성만 지키면 내가 아끼는 세상을 지키는 셈이었다. 왕자는 나의 것을 훔치려 성에 잠입한 낯선 도둑인데도 난 그날 아침 그

댈 미워하기 힘들었다. 그대가 그냥 낙랑성에 계속 머물러도 좋겠다고. 그래서 내가 지켜줄 것 중 하나여도 좋겠다고 생각했다.

눈 감으면 연못 위로 불던 바람의 속삭임이 들려온다. 꽃말을 처음 외며 정원을 달릴 땐 우주가 너무 작을까봐 걱정했다. 달리고 달리면 달의 여신 항아가 사는 궁궐에 닿을 줄 알았다. 온갖 아름다운 것은 왜 내게만 보였을까? 달콤한 향초 냄새는 어찌 내 코에만 이르렀을까? 그럴 수만 있다면 고통 없던 열 살 그 시절로 돌아가고 싶다. 아무것도 그대와 나누지 않고 추억도 나 혼자만 간직한 채 살고 싶다.

우리 둘이 궁궐을 산책할 때 그대가 내 귓가에 입을 대고 속삭였던 언약들을 기억하는가? 난 그대가 한 약속을 믿지 않았지만 그 말을 지어낸 그대 정성에 즐거워했다. 세 치 혀의 솜씨만으로 날 어찌지 못할 줄 알았을 텐데도 왕자는 무던히 우리의 앞날을 기약하기 바빴다. 문득 나는 왕자 역시 결코 찾아오지 않을 미래를 덧없이 그리는지도 모른다고 생각했다. 그제야 그대 눈빛이 슬퍼 보였고 그대의 화려한 말에 담긴 진심을 느낄 수 있었다. 왕자여, 그댄 자신에게 속지 말라고, 자신의 거짓말로부터 빨리 달아나라고 내게 외치고 있었다.

나는 운명의 눈빛을 피하는 사람이 아니다. 날 아껴 놓아주려던 왕자뿐 아니라 날 이용해 낙랑을 함락시키려는 왕자도 내가 아는 그 사람이기에 난 둘을 분리할 수가 없다. 왕자가 낙랑을 지키는 열두

가지 방어 장치들과 그것들에 연결된 자명고 얘기를 꺼냈을 때, 실은 그대가 내 답을 기다리고 있지 않음을 나는 이미 잘 알고 있었다. 평소의 나라면 화제를 돌려 다른 얘기를 꺼냈겠지만 그날은 그러고 싶지 않았다. 우리의 거짓말 놀이는 어차피 언젠간 끝나야 했다. 내가 자명고의 비밀을 말하려 하자 그댄 어두운 표정으로 날 말렸다. 내가 목청을 돋워 자명고를 부수겠다고 외쳤을 때 왕자의 얼굴은 하얗게 질려 있었다.

우리에게 다른 방법이 있었을까? 자명고 이야기를 머나면 뒷날의 일로 미룬 채 부부처럼 살 수 있었을까? 왕자는 고구려를 버리고 내 옆에서 늙어갈 마음이 있었을까? 그렇지 않았다면 그대는 후회하지도 미련을 갖지도 마라. 나는 거짓으로 쌓은 성에선 행복하게 살 수 없다. 차라리 진실 앞에 정직한 영혼으로 죽고 싶다.

고구려로 돌아가던 날, 그대는 하루빨리 청혼하러 돌아오겠노라 약조했다. 하지만 난 묻고 싶다. 왜 날 데리고 떠날 생각은 하지 않았는가? 왜 낙랑을 버리라 권하지 않았는가? 한족 여인과의 국혼이 힘들다면 함께 멀리 도망가자는 얘긴 왜 하지 못했단 말인가? 그대가 떠나고 성문이 닫힐 때 내 마음의 문도 닫혔고 겁 없던 젊음도 끝나 버렸다. 그대가 사라진 성의 뜰을 홀로 지키며 난 노심초사하는 사람이 되었고 하루에도 몇 번이고 자명고가 안전한지 살피지 않곤 버틸 수 없었다.

왕자가 보낸 전령이 도착하던 밤, 목간을 펼치던 내 손은 사정없이 떨렸고 마침내 그대 속마음을 확인하고는 자결을 결심했다. 그대는 이렇게 말했다. "공주여, 자명고를 찢고 기다려라. 고구려 선봉장이 되어 그대를 아내로 맞이하러 달려가리라. 이는 나의 뜻이자 부왕의 뜻이기도 하니 부디 금석의 언약을 지켜주기 바란다." 그대에게 나의 가치란 고작 자명고를 찢는 데 있었더란 말인가? 왕자여, 말해봐라. 고구려군 말발굽에 폐허가 된 낙랑을 바라보며 내가 그대와 행복하게 지낼 수 있겠는가?

목숨을 끊고자 성루 꼭대기에 올라섰을 때 나는 무한한 허전함에 내가 태어난 의미를 물었다. 하늘의 별자리는 누가 만들었나? 어쩌다 나는 이역만리 외로운 성의 공주로 태어났을까? 내가 사라진 세상에도 여전히 바람이 불고 꽃은 피겠지? 어린 시절 가지고 놀던 한나라 주사위는 누구 품에 들어갈까? 왕자여, 나는 그런 한심한 고민에 젖은 채 지는 놀을 바라보고 또 바라보았다. 그러다 자명고를 부수겠다던 그대와의 약속이 떠올랐고 나는 죽음을 잠시 미뤄야 했다.

오늘밤 나는 아버지 침전 옆에 있는 자명고를 찢고 돌아와 그대에게 이 편지를 쓰고 있다. 왕자는 정녕 기쁜가? 나는 북을 망가뜨린 내 손이 한없이 미우며 이 대역죄를 스스로 용서할 길이 없다. 죽음으로 참회하고 마치 존재하지 않았던 자처럼 세상에서 사라지리라. 다만 왕자에게 부탁할 것이 하나 남아 있나니 혹여 들어줄 수 있겠는가?

나의 아버지 최리崔理는 낙랑국 왕이라 불리셨지만 스스로를 성주라 여기셨다. 낙랑군 태수의 막료인 우리 가문은 이 땅으로 이주해 제후국으로 독립했지만 한나라 황제의 인가를 받지는 못했다. 장안으로 파견된 사신은 돌아오지 않거나, 방어진을 구축하고 칙서를 기다리라는 형식적인 답서만을 지닌 채 돌아오곤 했다. 황제는 요하의 낙랑군과 내지의 낙랑국을 구별조차 못했고 그럴 필요도 느끼지 못하는 것 같았다. 우린 고립무원의 신세로 잊혀갔다.

어릴 적 부왕께선 내 손을 잡고 성곽 주변을 돌며 당신이 만든 목책이며 모래 아래 설치한 철제 가시들의 쓰임새를 길게 설명하셨다. 밤이면 한나라 문자서인 『창힐편蒼頡篇』을 목간에 일일이 적게 하셨는데 덕분에 난 어떤 서기보다 공문을 요령 있게 제대로 쓸 줄 안다. 이런 얘기를 길게 하는 것은 오늘밤 내가 포기한 것들이 나와 내 가문에 얼마나 소중한 것들이었는지 알려주고 싶어서만은 아니다.

왕자여, 우리가 왜 끝까지 성문을 열 수 없었는지 생각해보길 바란다. 난 부왕께서 지키고자 하시는 모든 걸 잘 지켜내고 싶었고 언젠가는 그분이 그토록 원하시던 황제의 분봉 교지를 받아내고 싶었다. 부왕께선 황제가 내린 신임장인 부월이 없었기에 당신이 직접 정성스레 흉내낸 한나라 관인을 사용하셨다. 거기엔 '낙랑성주 최리'라고만 적혀 있었다. 고구려왕은 걸핏하면 우리에게 투항을 요구했지만, 자신을 변방의 일개 성주라 여기신 부왕께는 그럴 권한이 애초에 없었던 것이다.

황제에게 버림받은 낙랑이 오래 버티지 못할 것임을 나는 잘 알고 있었다. 이 부질없는 싸움에 지치신 부왕께서도 고구려와 화친을 맺어 명예롭게 물러나고 싶어하셨다. 이제야 진실을 말하건대 그대에게 줄 독배는 아예 없는 거나 마찬가지였다. 고구려 왕자를 독살하겠다던 부왕의 호기는 식언에 불과했고 막상 그대를 마주하자 증오는 순식간에 호의로 바뀌었다. 그대를 죽이겠다던 나의 용기 역시 알고 보면 절망이었고 그대 목을 겨눴던 칼은 실상 나 자신을 향한 것이었다.

황제는 성을 버리라고도, 그렇다고 끝까지 사수하라고도 하지 않았다. 우리는 엉거주춤 방어진을 구축한 채 언제 올지 모를 교서를 기다리고만 있었다. 내가 부왕을 대신하여 그 미련한 고통을 끝내려 한다. 부왕께 이 행동은 불효일지나 낙랑의 백성에겐 구원일 수도 있으리라. 부디 손쉽게 거둔 대승에 교만하게 굴지 말고 낙랑의 국체와 부왕 최리의 목숨만은 보존해주길 간절히 바란다.

낙랑은 한나라 신민으로 살아남으려 최선을 다했으며 이제 살육 없이 청사에서 퇴장한다. 불효하고 불충한 이 선택은 왕자 없이는 불가능했으니 이는 그대와 부부로서 함께하는 처음이자 마지막 선택이기도 한 것인가? 세월이 좋았다면 난 그대 아내가 되어 매일 서로 검술을 겨룰 수도, 아이 한 명씩을 등에 업고 말달리며 궁술 시합을 할 수도 있었으리라. 아! 세월이 좋았다면 우린 정말 부부가 되어 나랏일일랑 남에게 맡겨두고 천하를 유람하며 애틋하게 어울려 살 수 있었으리라.

이 모든 것이 덧없는 꿈이라는 게 그댄 믿기는가? 다정했던 왕자여, 그대가 이번에 어떤 인생을 살든 내가 그랬던 것처럼 오지 않을 서신이나 이뤄지지 않을 약속에 얽매이진 마라. 나 이란은 다음 생에 남자로 태어나 그대 곁에서 활 쏘고 말달려보리라. 활 쏘고 말달리며 성밖에서 온전히 살아보리라.

✿

「왕자 호동에게 고함」은 낙랑공주의 시선을 통해 고구려 3대 대무신왕 때의 한반도 정세를 조망한 글이다. 대무신왕의 둘째 비 소생인 왕자 호동은 불리한 왕권 경쟁에서 우위에 서고자 낙랑 침략의 최전선에 나섰던 것으로 보인다. 요동 한사군 중 하나인 낙랑군 유민들이 한반도 북부에 건설한 것으로 추정되는 낙랑국은 강력한 요새였고 저절로 울리는 북과 뿔로 방어를 했다고 한다. 소위 자명고와 자명각이 그것들이다. 이 방어 장치들을 풀어 호동왕자의 군대를 불러들인 낙랑공주는 실제로 패전 직후 부왕의 손에 살해당했다. 한편 호동왕자는 훗날 고구려 왕권 경쟁에서 형에게 밀리다 정비의 모함에 빠져 자살로 생을 마감한 것으로 알려져 있다.

그림에도 운명이란 게 있을까? 조선의 떠돌이 화가 최북崔北은 오사카 도톤보리 운하 옆 유곽 거리를 천천히 걸으며 생각했다. 해가 지며 켜지기 시작한 청등과 홍등들로 운하의 물빛이 화려하게 물들 무렵, 포근한 사월의 봄바람이 나뭇가지를 흔들자 사방에 벚꽃잎들이 휘날렸다. 최북이 쓸쓸히 속삭였다.

"사쿠라잎 천지를 채우는데 이름 없는 애꾸눈 화사는 운하 위에 정을 띄우네."

갑자기 그의 등뒤에서 유창한 조선어로 읊조리는 여인의 목소리가 들려왔다.

"요도가와강淀川 위의 조선 사신이었을까? 돌아온다는 약속 없이 에도로 떠나신 분."

최북이 급히 뒤돌아보자 대형 유곽을 대표하는 유녀遊女인 오이란

한 명이 수습 유녀인 가무로 두 명과 경호대원 한 명의 보호를 받으며 서 있었다. 오이란 등급의 고급 유녀가 함부로 외출하는 일은 드물었기에 뭔가 급박한 사정이 있음에 틀림없었다. 화려한 금실 문양이 수놓인 은빛 우치카케를 걸치고 멋들어진 비녀인 칸자시로 머리를 장식한 그녀는 부채로 갸름한 얼굴을 가리며 들릴 듯 말 듯 나직이 말했다.

"조선의 사신들을 모시러 마쓰시마松島 유곽 연회장으로 가는 중 우연히 뵙는군요. 신마치新町 유곽의 하나오기花扇입니다."

마쓰시마 유곽은 오랜 바닷길 여정을 마친 조선 통신사 일행이 잠시 쉬어가는 오사카의 숙소 치쿠린지竹林寺 인근에 있었다. 이 유곽은 사절단이 여독을 푸는 작은 주점으로 시작했다가 사절단 소속 제술관이나 화사들과 교류하려는 오사카 문인 예술가들이 몰려들자 유명세를 타며 점점 규모를 확장해나간 대형 유곽이었다. 최북이 물었다.

"연회는 벌써 시작됐을 텐데, 늦게 참가하려는 이유는?"

하나오기가 부끄러워하는 표정을 부채 사이로 살짝 드러내며 대답했다.

"조선어를 할 줄 아는 선배 오이란이 모조리 에도의 요시와라 유곽으로 옮겨가서. 물론 하나오기가 조선인과 마음을 나누기 좋아하는 품성이기도 하고."

최북은 상대의 순수한 마음과 친절에 감동한 나머지 그녀와 함께 마쓰시마 유곽까지 걸어가기로 했다. 운하를 벗어나 대로에 접어들자 오른쪽 멀리 오사카성이 보였다. 하나오기가 최북에게 어깨를 바싹 붙이며 명랑하게 말했다.

"하나오기는 이제 열여덟 살. 엄마가 조선인. 아빠는 일찍 죽었어요. 화사님은?"

최북이 고개를 끄덕이고 하나오기의 길게 늘어진 귀밑머리를 바라보며 대답했다.

"서른 넘은 가난한 조선 화사. 세상이 싫어 눈 하나를 버렸지. 실은 통신사 공식 화사는 아니고 뇌물을 바쳐 따라붙은 별화사別畵師라네. 그림은 그리지 않을 셈이니 기대는 말고."

"에도막부를 정탐하려는 분? 아니면 천하를 다 보고 남은 눈까지 찌르려는 분?"

상념에 잠긴 최북이 한참 지나 대답했다.

"사흘 뒤 요도가와강을 거슬러 교토를 지나 에도로 갈 사람. 그리고 사쿠라 진 유월 오사카를 다시 지나갈 사람."

문득 걸음을 멈춘 하나오기가 슬픈 표정으로 최북을 쏘아봤다. 그녀는 그렇게 우두커니 서버림으로써 가무로들을 애타게 했다. 의아한 표정의 최북을 향해 하나오기가 한숨 섞인 어조로 말했다.

"지나간다는 말은 싫어요. 어느 누구도 삶을 그저 지나가진 않으니까. 그리고 하나오기의 아빠도 화공이었어요. 제 마음속엔 아빠의 그림이 늘 살아 있습니다."

그날 밤 마쓰시마 유곽의 연회는 새벽까지 이어졌고 도화서 소속 공식 화사 이성린은 스무 폭이 넘는 그림을 그려 번주藩主의 신료들에게 선물했다. 일흔 살이 다 된 오사카의 유명 화가 오오카 슌보쿠大岡春卜는 화첩을 만들기 위해 이성린의 그림들을 따로 받아 모았다. 오오카는 자신을 물끄러미 바라보는 애꾸눈의 수행원이 마음에 걸려 이성린에게 물었다.

"저 말석에 앉은 애꾸눈의 수행원은 누구요? 계속 심통 난 표정으로 날 보는 것 같은데."

이성린이 난처한 낯빛이 되어 대답했다.

"개인 자격으로 따라온 별화사입니다. 주사가 심해 운하 산책이나 하고 오라 했건만 갑자기 돌아와 저렇게 퍼마시고 있군요."

오오카는 흥미를 느끼고 최북 옆으로 다가가 정중하게 그림을 부탁했다. 이미 만취한 최북은 붓을 멋대로 희롱해 좌석의 인물들을 한 명씩 그려나갔다. 기이하게 왜곡된 인물화들을 지그시 감상하던 오오카는 대나무 하나를 그려 답례했다. 그러자 최북이 해당 화폭에 똑같은 대나무를 하나 더 그려 오오카에게 되돌려주었다.

감탄한 오오카가 미농지美濃紙를 잔뜩 가져오게 해 최북 옆에 쌓아 두고 계속 술을 권했다. 하나오기에게 했던 말과 달리 최북은 끝없이 그림을 그렸고 그림마다 '거기재居基齋'라 서명했다. '거기 있다'라는 조선말을 이용한 농이었다. 최북이 술에 취해 쓰러지기 직전에 외쳤다.

"오오카 선생, 오늘밤 하나오기를 내게 주시오."

그리하여 1748년 4월 18일 새벽부터 다음날 새벽까지 하나오기는 최북과 마쓰시마 유곽에 머물렀다. 중인 출신의 가난한 화사였지만 도화서에 소속되길 거부하고 자유인으로 지낸 최북은 교토에 이르기 직전 자신을 알아주는 첫번째 사람을 만났다. 그는 하나오기의 등에 하나오기의 초상을 그려주었다. 그녀가 말했다.

"제가 볼 수 없는 제 초상이란 과연 뭘까요? 하나오기의 실물이 그리 못났나요?"

그녀의 등에 물을 끼얹어 그림을 지우고 이번엔 자신의 초상을 그리며 최북이 대답했다.

"제대로 감상해줄 사람 없는 그림은 쓰레기지. 하나오기 모습은 이미 내 마음속에 있으니까 다른 건 더 필요 없어."

"지금은 뭘 그리시나요?"

"나, 최북."

고개를 돌려 최북을 물끄러미 쳐다보던 그녀가 웃으며 말했다.

"하나오기는 화공이 아니라서 마음속에 당신을 그릴 수 없어요. 화폭으로 남겨주세요. 부탁입니다."

하나오기 등에 입맞춘 최북은 처음이자 마지막으로 자화상을 그려 그녀에게 선물했다. 그림은 에도로 떠났던 최북이 귀국길에 올라 다시 오사카에 들를 때까지 훌륭하게 표구로 만들어져 마쓰시마 유곽 접객실에 내걸렸다.

6월 12일 최북은 치쿠린지 숙소로 되돌아와 하나오기와 재회해 두 번의 밤을 더 보냈고 15일 아침 요도우라淀浦에 정박해 있던 사신 선단의 판옥선에 올랐다. 그는 대마도에 근접한 항구 아카마가세키赤間關로 연결되는 긴 내해內海를 지나는 동안 하나오기를 추억하며 잠 못 이뤘다.

작은 인연으로 끝날 것 같았던 하나오기와의 만남은 귀국 이후 기이한 중량감으로 최북의 내면을 파고들더니 급기야 닿을 길 없는 영원의 사랑으로 윤색되어갔다. 최북은 오사카에서의 마지막 밤에 하나오기가 했던 말을 중얼대며 자신을 스쳐지나간 운명을 애도했다.

"인생의 꽃잎이 지고 있어요. 같은 꽃은 두 번 피어나지 않아요."

최북의 여생은 미친 기행으로 점철된 것이었다. 그는 세상과 화해할 줄 몰랐고 여러 번 자살을 시도했으며 파산한 뒤론 입에 풀칠하기 위해 마구 그림을 팔아야 했다. 한양 부호들 눈 밖에 난 그는 평양에서 산수화를 그려 팔기도 했다. 마지막에는 동래로 흘러들어가 부산포 왜상들의 주문을 받아 닥치는 대로 그렸다. 서명이나 낙관을 거부하던 최북은 딱 한 번 실수로 '거기재'라는 호를 사용했는데 통신사 시절을 떠올리며 통음한 탓이었다.

오오카 슌보쿠의 편지가 도착한 건 1763년 봄이었다. 죽음을 앞둔 일본의 노화가는 지난날의 만남에서 누린 즐거움과 최근 수입된 그림 뭉치 속에서 '거기재'라는 호를 발견했을 때의 놀라움에 대해 술회했다. 최북은 수치심에 온몸을 떨었다. 오오카는 짤막한 추신을 통

해 하나오기의 소식도 전했다. 하나오기는 유곽에서 나지미馴染み라 불리는 고급 단골과의 사이에서 아들을 출산하고 1754년 은퇴했다고 했다. 남자에게 버림받은 그녀는 아들과 함께 에도로 떠나 요시와라 유곽의 관리 일로 생계를 유지하고 있었다.

오오카의 편지를 받은 뒤부터 최북은 그림을 그릴 수 없었다. 그는 산다는 일에 입맛을 잃고 말았다. 한양으로 돌아와 기방을 떠돌며 무절제하게 살던 그가 유일하게 열정을 불사른 건 1764년 통신사행에 다시 합류하려고 동분서주할 때였다. 뇌물로 쓸 변변한 돈도 없는 데다 평판마저 나쁜 그를 어디서도 받아줄 리 만무했건만 최북은 여기저기 선을 대려 폭주했고 끝내 실패하자 다시 술독에 빠져버렸다.

중인 출신의 젊은 여항시인 이단전李亶佃이 최북을 만나 후원자가 된 건 1782년 무렵이었다. 상대의 재능을 아낀 이단전은 최북을 노론 명문가 자제 남공철에게 소개했고 세 사람은 북한산 중흥사에서 만나 밤새워 묵죽화를 그렸다. 창밖에 새벽빛이 비쳐들자 화구를 주섬주섬 챙기던 최북이 말했다.

"부탁이 하나 있습니다. 혹 통신사행이 꾸려지거든 이 노인을 별화사로 데려가주십시오."

하나오기 이야기를 접한 남공철은 쾌히 승낙했지만 통신사행은 없었고 최북의 마지막 바람도 이뤄지지 않았다. 절망한 최북은 1786년 흥인문 밖 주막에서 쓸쓸히 세상을 떠났다.

새 통신사행이 꾸려진 건 그로부터 이십여 년이나 지난 1811년이었다. 같은 노론 시파의 동료 김이교가 통신사 정사로 임명되자 남공철은 오랜 세월 잊고 지낸 어떤 기억을 떠올렸다. 그는 김이교에게 하나오기 소식을 알아봐달라 부탁했다.

같은 해 늦봄 에도의 사신 숙소에 도착한 김이교는 요시와라 유곽으로 사람을 파견해 하나오기의 행적을 수소문했다. 팔십 노파가 됐을 그녀의 자취는 어디에도 없었다. 하나오기의 흔적이 발견된 곳은 뜻밖에도 귀국길에 우연히 들른 오사카 마쓰시마 유곽이었다.

유곽 주인의 설명에 따르면 1780년대 말 어느 날, 한 사내가 어머니의 유품을 찾겠다며 유곽을 찾아왔다고 했다. 그는 하나오기가 급히 떠나며 흘리고 간 애꾸눈의 조선 화가 초상화를 집요하게 요구했다. 초상화는 유곽 창고 구석에서 발견됐는데, 하나오기의 아들을 자처한 그 인물은 비싼 값을 치르고 그림을 챙겨 떠났다.

유곽 주인은 서랍을 뒤지더니 하나오기의 아들이 건넸다는 낡은 명함을 김이교에게 보여줬다. 명함에는 에도 최고의 풍속화가 기타가와 우타마로喜多川歌麿의 이름이 새겨져 있었다. 유곽 주인은 김이교에게 이렇게 덧붙였다.

"그 사람 어미가 죽기 전 유언을 남겼다더군요. 그림을 찾아오라 하면서."

유곽 주인이 천천히 말을 이었다.

"사랑이라면 도톤보리 운하에서."

귀국한 김이교는 이 기이한 이야기를 1748년 통신사행의 공식 화사였던 이성린의 손자 이수민에게 전했다. 도화서 소속 화원인 이수민은 우타마로가 이미 세상을 떴으며 1790년대 후반 요시와라 유곽 유녀들의 초상화를 독특한 화법으로 그려 대성공한 채색 도판 화가라고 설명해줬다.

이수민은 할아버지의 동료였던 최북에게 흥미를 느끼고 백방으로 노력해 마침내 최북의 초상화 사본을 입수했다. 그림 속 최북은 놀라울 정도로 익살맞고 천박해 보였지만 인간미가 넘치는 모습이었다. 품위를 벗어던진 민화적 화법은 일반적인 조선 화원의 솜씨가 아니었다. 길게 왜곡된 얼굴 이외의 묘사를 대담하게 생략한 특이한 화풍은 우타마로의 판화 기법과 흡사했다.

초상화는 세월의 흐름에 따라 돌고 돌다 19세기 중반 궁중 화원 이한철의 손에 들어갔다. 그는 평소 가깝게 모시던 흥선대원군에게 이 그림을 선물하며 자신의 서명을 살짝 적어넣었는데, 언뜻 값싸게 보이는 초상화에 생명력을 불어넣어줄 요량이었다. 그 덕분인지, 아니면 소녀의 첫사랑이 낳은 질긴 업보 덕분인지 그림은 한 세기를 넘어 끝내 살아남았다.

이상의 얘기가 진실이라면, 우타마로의 판화 기법은 우여곡절 끝에 빈센트 반 고흐의 〈탕기 영감의 초상〉에까지 전해졌으니, 최북이 도톤보리 운하에서 그림의 운명에 대해 홀로 되뇌었던 의문은 무심히 떨어지던 벚꽃이 불러일으킨 철없는 기우에 지나지 않았으리라.

❋

「사랑이라면 도톤보리 운하에서」는 1747년 12월에서 1748년 7월에 걸쳐 이뤄진 조선 통신사행을 토대로 한 팩션이며 사행 일정과 인물 모두 사실에 바탕을 둔 것이다. 초상화의 행방과 관련해 글 후반에 등장하는 인물들 또한 역사적으로 실존했다. 최북의 생애는 남공철의 「최칠칠전」을 중심으로 재구성했는데, 그와 하나오기와의 사랑 얘기는 허구다. 따라서 우타마로의 미인도와 최북을 연결한 것은 가설이다. 하나오기라는 이름은 우타마로의 판화에 등장하는 유녀 애칭에서 차용했다. 유녀들을 개성적으로 묘사해 유곽의 화가로도 불린 우타마로는 채색 판화의 명인으로 1790년대 이후 활약하다 1806년에 사망했다. 그의 출생지와 출생연도는 불명확하다. 우타마로의 미인도 연작들은 우키요에浮世畵로 통칭된 다른 풍속화가들의 작품과 더불어 유럽 수출용 도자기 덮개로 쓰였다가 우연히 파리 화가들에게 발견됐다. 이후 일본 판화에 대한 열광으로부터 비롯된 자포니즘Japonism은 19세기 유럽의 인상주의 발전에 큰 영향을 끼쳤다. 일본 판화풍 그림을 즐겨 그린 고흐는 〈탕기 영감의 초상〉 배경에 우타마로의 그림을 배치해 존경심을 표했다.

"나의 여름이 끝났구나."

열린 문틈으로 쏟아져들어오는 석양을 바라보며 한숨처럼 속삭인 황진이는 손가락으로 상자 하나를 가리켰다. 그녀를 시중들던 어린 관기 초옥이 상자를 가져다 황진이 옆에 놓았다. 늦여름 매미 소리가 영통사靈通寺 경내를 채우다 못해 어둠까지 몰아왔다. 등잔을 켜게 한 황진이가 간신히 몸을 구부려 상자를 열었다. 노을 빛깔 비단이 곱게 접혀 있었다.

"초옥아, 내 이걸 자르려는데 가위를 빌려오련?"

방문을 박차고 나온 초옥은 이웃한 방의 행자들에게 가위를 구했 지만 있을 턱이 없었다. 승방에까지 들를 용기가 없었던 초옥은 울상 이 되어 공양간 주변을 헤매다 공양주 보살을 우연히 만나 가위를 얻 었다. 초옥이 급히 방안으로 들어서자 놀랍게도 황진이가 방 중간에 꼿꼿이 서 있었다. 그녀는 비단을 가사처럼 몸에 걸치고 있었다.

"놀랐니, 초옥아? 늙은 기녀의 마지막이 성불이라면 썩 괜찮지 않을까?"

황진이는 말을 마치고 몸에서 풀어낸 비단을 가위로 서걱서걱 잘랐다. 그녀는 며칠째 몸져누워 있던 사람이라 할 수 없을 정도로 활기로 넘쳐 있었다. 밤늦도록 초옥과 대화를 나누던 그녀는 문득 제 할일을 깨달은 사람처럼 초옥에게 말했다.

"오늘밤은 혼자 자고 싶어. 공양주 보살 방으로 건너가 자련?"

초옥은 그렇게 일 년 넘게 모신 병든 선배를 처음으로 홀로 남겨두었다.

다음날 아침 초옥이 황진이가 묵고 있던 행자 숙소 앞에 이르렀을 때 기이한 두려움이 엄습했다. 자신의 문안 인사에 답이 없자 초옥이 방문을 벌컥 열어젖혔다. 인정하고 싶지 않았겠지만 방문을 열기 전 그녀는 사태를 예감하고 있었으리라. 가냘픈 황진이의 몸은 어젯밤 자른 비단으로 목이 매달린 채 옷걸이에 걸려 좌우로 조금씩 흔들리고 있었다.

황진이의 명성을 흠모하여 그녀에게 영통사에 요양처를 마련해줬던 개성유수는 고을 현령을 초검관初檢官으로 임명하여 사건을 각별히 다루도록 지시했다. 시신을 처음 목격한 초옥은 다음날 관아에 끌려가 초검관을 마주했다. 초검관이 한참을 뚫어져라 초옥을 굽어보다가 물었다.

"어린 관기년이 제법이구나. 한시도 지을 줄 안다고?"

초옥이 공포에 손을 벌벌 떨며 대답했다.

"진이 성님께서 가르쳐주셨습네다. 무어이든 다 잘 배우는 거이 제 일이니까요."

볼을 씰룩이며 콧수염을 쓰다듬던 초검관이 초옥에게 황진이가 죽기 전에 원한을 산 자는 없었느냐고 물었다. 초옥은 고개를 세차게 가로저었다. 생전에 소갈증에 걸린 황진이는 물을 자주 마셔 얼굴이 부어 있었고 그 모습을 감추려 방문 밖 출입을 자제했지만 간혹 절에서 누구라도 마주치면 한결같이 상냥하게 대했다.

초검관이 황진이가 죽기 전에 했던 말 가운데 수상한 점은 없었는지 물었다. 초옥은 인생의 여름이 끝났다는 황진이의 말을 전했다. 초검관은 눈빛이 바뀌고 정색하더니 나지막이 속삭였다.

"여름이 끝났다라. 인생의 여름날이 끝났다? 묘한 비유로구나. 가을은 없을 거라는 뜻인 게냐? 그럼 자살하겠다는 말이었을 터, 영리한 네가 그걸 눈치채지 못한 것이냐?"

고개를 숙인 초옥은 온몸을 바들바들 떨며 흐느껴 울었다. 초검관이 한숨을 내쉬며 섬돌 아래로 내려와 초옥의 옆에 쪼그리고 앉았다.

"네가 죽였다고 의심하는 게 아니다. 안심해라. 어차피 이건 자살임이 분명하다. 하지만 유수 어른의 하명이 하도 엄중하여 한 치의 빈틈도 두지 않으려는 것이다. 알겠느냐?"

고개를 끄덕인 초옥이 화장이 번져 얼룩덜룩해진 얼굴을 들며 대답했다.

"제가 죽인 건 아이지만 죽였다 하셔도 할말은 없습네다."

의혹과 호기심으로 얼굴이 일그러진 초검관이 천천히 몸을 일으켜세우며 말했다.

"사연이 꽤 길겠구나. 심리를 빨리 끝내려 했는데 이거 낭패인걸. 시간은 많으니 들어보자꾸나."

개성 관기의 자식으로 태어난 초옥은 어미 신분을 따라야 하는 국법에 따라 진즉 기녀의 길을 걸었다. 그녀는 자신을 세상에 있게 해준 아비에 대해 물은 적이 없었다. 병약했던 어미는 괴질에 걸려 임종할 때가 되어서야 초옥에게 아비 얘기를 들려줬다.

초옥의 아비는 소년이었을 때 옆집에 살던 동갑 소녀를 짝사랑하다 그 마음이 병이 되어 사람으로서의 성정을 상실했다고 했다. 소년은 소녀에게 구애하며 기행을 일삼았지만 상대가 끝내 거절하자 스스로 목숨을 끊어버리겠다고 엄포를 놓았다. 소녀는 냉정했고 눈 하나 깜짝 안 했다. 마침내 소년은 친구들과 짜고 거짓 상여 행렬을 벌이고는 관 속에 드러누웠다. 소녀는 자기 집 앞에 멈춰 선 상여 앞으로 걸어나와 속적삼을 관 위에 덮으며 짧게 통곡했다.

"어리석은 사내여, 이따위 몸뚱이가 뭐라고 이리 쉽게 목숨을 버리는고? 혹시 숨이 붙어 있다면 일어나시오."

관 밖으로 뛰쳐나온 소년은 소녀 발 앞에 엎드려 기만의 죄를 용서해달라 탄원했고 그날 밤 둘은 동침했다. 소녀는 자신의 처녀성을 헌신짝 버리듯 소년에게 적선한 뒤 곧바로 기적妓籍에 이름을 올렸다. 부친은 양반이었지만 어미가 거문고를 타는 관기였던지라 소녀에게 그건 이미 정해진 운명이었는지도 모른다. 하지만 빼어난 미모에 출중한 학식까지 갖춘 소녀로서 고관대작의 첩실이 되어 얼마든지 피할 수 있는 운명이기도 했다.

소녀는 소년에게 자기 옆에서 이십 년만 버텨준다면 혼인하겠다고 단단히 약속했다. 그후 소년이 겪은 삶이란 하나같이 속세 사내가 감당하기 어려운 것이었다. 소녀는 소년을 대동하고 거지 행색으로 전국을 유랑했는데 간혹 먹을 것이 떨어지면 승려들에게 몸을 팔았고 잘 곳이 없으면 노숙을 했다. 몇 해에 걸친 방랑 생활이 끝날 즈음 소년은 몸이 바싹 말라 사경을 헤맸다. 소녀가 말했다.

"자네가 죽으면 내 여정도 여기서 끝이야. 꼭 다시 일어나 날 지켜줘."

소년은 초인적 의지로 건강을 회복해 계속 소녀 곁을 지켰다. 그뒤로 소녀가 벌인 분방한 연애 행각은 차마 입에 올리기 힘들 정도였다. 종실 벽계수와 신분을 뛰어넘는 요란한 교제를 벌이더니 가객 이사종과는 번갈아 서로의 집에 들어가 살며 각각 삼 년씩 도합 육 년을 동거했다. 소년은 소녀의 몸종이 되어 그 모든 광경을 지켜봐야 했다. 질투에 몸을 떠는 소년에게 소녀는 이렇게 말했다고 한다.

"내 몸뚱이에 집착하지 마. 이건 그냥 살덩이야. 내가 만나는 저

남자들을 보란 말이야. 멋진 경치잖아? 우린 여전히 유랑하고 있어."

　소녀는 남자들 몸에 식상해지자 도력으로 명성이 자자하던 지족 선사를 유혹하는 데 열중했고 끝내 선사의 영혼을 제 것으로 만들었다. 그녀는 내친김에 송도 최고의 학자 서경덕에게 접근해 그를 무릎 꿇리고자 했다. 그녀의 도전은 실패했다. 하지만 두 사람은 남자와 여자, 양반과 기녀의 경계를 허물고 벗이 되었다. 덕분에 소년은 개경 화담의 서재에서 서경덕이 설파하는 우주의 비밀에 관해 전해들을 기회를 얻었다. 소녀는 소년을 드넓은 정신의 경지와 놀라운 초월의 기쁨으로 인도했다.

　초옥이 하는 얘기를 여기까지 묵묵히 듣고 있던 초검관이 불쑥 끼어들었다.

　"네 아비가 평생 황진이를 돌보던 비밀의 사내였단 얘기 아니더냐? 그렇지? 그리 헌신했으면 혼인을 했어야 맞겠지? 그러나 그러지 못했음을 너도 나도 다 안다. 혹 황진이 죽음에 네 아비가 연루되어 있느냐? 난 그것이 더 궁금하구나."

　긴 얘기를 전하느라 기진해 있던 초옥은 옆에서 권하는 냉수 한 사발을 벌컥벌컥 마신 뒤에야 간신히 대답했다.

　"제 아비는 이 세상 사람이 아닙네다. 발써 죽었시오. 진즉 말씀드린 대로 진이 성님을 죽인 자가 있다면 바로 접네다. 쉰네의 말을 더 들어주시라요."

　초옥 아비가 황진이와 약속했던 이십 년을 거의 다 채워가던 어느 날, 그들 앞에 관기 한 명이 어린 계집을 데리고 나타났다. 관기가 데려온 계집은 놀랍게도 초옥 아비의 피붙이, 바로 초검관 앞에서 긴 사연을 늘어놓고 있던 초옥이었다. 초옥 어미는 초옥 아비 몰래 초옥을 출산한 뒤 혼자 키워오다 딸의 앞날을 생각해서 굳은 결심을 하고 초옥 아비를 찾아왔던 것이다. 그녀는 딸이 관기가 아닌 양인의 삶을 살게 해주고 싶었다. 부와 명성을 이룬 황진이와 본디 양반 신분인 초옥 아비라면 그리 해줄 거라 순진하게 믿었다.

　황진이는 격노했다. 그녀의 분노는 초옥 아비의 외도 때문이 아니었다. 그런 거라면 황진이가 백 배 천 배는 더 심하게 한 짓이었다. 그녀의 부아를 치밀어오르게 한 건 초옥 아비의 무책임한 처신이었다. 황진이 자신이 팽개쳐둔 외로운 세월 동안 초옥 아비가 다른 관기와 정분이 난 건 어쩔 수 없었다 하더라도 그 관기를 방치하고 심지어 딸이 생긴 줄도 몰랐던 초옥 아비의 무심함을 황진이는 용서할 수 없었다. 황진이는 목소리를 높였다.

　"난 이사종과 그의 집에서 동거할 때 사종의 아내도 극진히 보살폈어. 그의 자식과 첩실까지 다 내 가족이었어. 인연이란 곧 의리이니 의리 없는 인연이란 악연밖에 없겠지. 난 선업만 쌓다가 죽으려 이 세상에 왔어. 그 오랜 세월 나와 함께하고도 그것을 못 깨달았단 말이야?"

황진이는 초옥 아비를 결코 용서하지 않았으니 그는 자신의 소원을 막 이루기 직전 무저갱의 나락으로 떨어지고만 셈이었다. 절망한 초옥 아비는 초옥 어미에게 얹혀살며 술독에 빠져 지내다 급사해버렸고 황진이는 장례비를 대는 것으로 초옥 아비와의 긴 인연을 마감했다. 얼마 지나지 않아 초옥 어미마저 병들어 죽자 황진이는 기꺼이 초옥을 떠맡았다.

"네 어미는 널 양인으로 살게 하고 싶었어. 허나 네 아비와 내가 저지른 모진 업보가 널 가만히 내버려두지 않을 거야. 관기로 살며 아비 업보를 풀어줘. 우리 같은 운명은 평범하게 살자고 들면 주변 사람들을 다치게 하거든."

몇 년이 지났다. 그토록 강건하던 황진이도 소갈증에 걸려 시름시름 앓기 시작했다. 어린 관기로 막 이름을 얻어가던 초옥은 개성유수에게 찾아가 황진이를 병간호할 수 있게 해달라 간청하여 허락을 받았다.

초옥의 말을 잠자코 듣고 있던 초검관이 다시 말을 그치게 하고 입을 열었다.

"그래, 이제 다 알겠다. 그럼 네가 아비의 복수로 황진이를 죽였느냐? 아니면 심약해진 틈을 타 서서히 죽음으로 몰아간 게냐?"

초옥이 고개를 저었다.

"아닙네다. 진이 성님은 제 아비와 어미 무덤도 써주고 가진 재산을 모두 털어 가난한 기녀들도 구원해준 성인이 아닙네까? 여자의 몸이지만 요순 황제만 못하다고 누가 기러겠습네까?"

"그럼 네가 죽였다는 말은 무슨 뜻이더냐?"

초옥이 잠시 눈을 감다 뜨더니 황진이가 죽던 날 밤의 이야기를 시작했다.

석양을 바라보며 자신의 여름이 끝났다고 되뇌기 직전, 황진이는 초옥으로부터 선물 하나를 받았다. 작은 상자였다. 황진이는 누운 채로 초옥에게 상자를 열어 안의 물건을 꺼내 보이라고 했다. 노을빛 자하紫霞 비단이었다. 황진이의 눈가에 슬픔이 감돌았다.

"울고 싶어지네. 그 비단은 네 아비가 나와 첫날밤을 맞을 때 가져왔던 거야. 내가 돌려주며 이십 년 뒤 혼인할 때 다시 달라고 했지. 그때 치마를 만들어 입고 너울너울 춤을 춰주겠노라 말했지."

황진이는 말을 마치고 힘겹게 몸을 일으켜 방문을 열었다.

"나의 여름이 끝났구나."

붉은 햇살이 방안으로 찬란히 쏟아져들어왔다. 초옥이 상자를 구석에 옮겨놓고 황진이에게 다가섰다.

"가을은 아이 옵네까?"

황진이가 고개를 끄덕이고는 초옥을 돌아보았다.

"오지 않아. 내 머리카락이 보이니? 마흔이 다 되어 백발이 나고 있어. 난 남들 몫의 두 배를 누리며 살아왔어. 내 삶은 가을 없이 여름으로 끝날 거야."

황진이의 말에서 이상한 기운을 느낀 초옥은 오늘밤엔 한시도 성님 곁을 떠나지 않으리라 결심했다. 그러나 황진이는 다시 비단을 꺼내들고는 유난히 쾌활해져 이렇게 말했다.

"이걸로 치마를 지어보련다. 더는 미모로 세상을 미혹할 수 없겠지만 옥황상제나 염라대왕 같은 늙은이들이라면 내 못 할까?"

원기를 되찾은 듯한 황진이의 모습에 안심한 초옥은 가위를 구하러 방문을 박차고 뛰어나갔다. 환히 빛나는 달님을 바라보자니 오늘밤은 불길하지 않을 거란 믿음이 생겼다. 아비의 유품이 성님을 기쁘게 했으니 참 좋은 날이었다. 그녀가 황진이를 흉내내어 한양 말투로 하늘을 향해 속삭였다.

"여름은 끝나지 않아요."

❀

「여름 여자 가을에 떠나다」는 『어우야담』이나 『송도인물지』 같은 야사류 기록들을 바탕으로 황진이의 삶을 재구성한 작품이다. 그녀의 일생은 몇 가지 유명한 일화들에 의해 단편적으로만 전해지고 있는데 이 때문에 민담적 성격이 덧붙여진 것으로 보인다. 대표적인 일화가 지족선사와 서경덕을 훼절시키려 했다는 전형적인 남성 훼절담이다. 이는 사실이 아닐 가능성이 높다. 하지만 불교와 유가 지식에 두루 통하며 한 시대를 풍미한 명기의 삶을 압축적으로 상징하는 것일 수 있다. 황진이의 삶은 비범한 인생 통찰과 탁월한 예술적 재능이 결합됨으로써 시대를 초월하는 전위성을 획득했다. 이 글은 그녀의 아방가르드적 천재성을 초옥이란 인물의 시선으로 드러내 보이고자 했다. 황진이를 사랑한 옆집 총각의 운명은 실제로는 죽음으로 끝났지만 여기선 초옥의 아비로 변환시켰다. 황진이의 어미는 진현금陳玄琴이라는 맹인 기녀로 알려져 있고 아비는 황진사라는 양반이었다고 전해진다. 개성에 있는 황진이 무덤은 2011년 성대하게 복원되었다. 한편 남북 합작으로 개축 복원된 영통사는 남북 화해의 상징물이 되었는데 황진이가 이곳에서 자살했다는 건 가설이다.

# 쓰르라미 소녀, 가객이 되다

기름 먹인 우의를 걸치고 머리엔 갈모까지 쓴 송실솔宋蟋蟀이 폭우를 헤치고 절에 도착하자 어린 사미승이 유령이라도 본 듯 얼어붙었다. 턱 끈을 풀어 갈모를 벗은 실솔이 나지막이 속삭였다.

"놀라지 마. 사람을 찾고 있어."

처마에서 떨어지는 빗물을 바라보며 한참을 기다려도 승방으로 간 사미승은 돌아오지 않았다. 실솔은 조심스레 〈회심곡〉을 흥얼대 보았다. 차츰 가늘어진 빗줄기는 멈췄고 저물녘 고요한 산사는 둥지를 찾는 새소리로 가득찼다. 고개 숙인 채 〈장진주사〉를 가늘게 부르며 손가락 장단을 맞추던 실솔 앞에 비구니가 다가왔다.

"우리 막내 송귀뚜라미 살아 있었어? 너도 이제 흰머리가 나는구나."

실솔이 얼굴을 들어올리자 비구니가 된 선배 추월이 환하게 웃고 있었다. 부둥켜안은 두 사람은 오래도록 서로를 다독였다. 산사 아래 민가에 방을 잡고 나란히 툇마루에 앉아 달을 바라보던 실솔이 입을 열었다.

"제가 선배들 제치고 종루 마당에 서던 날 기억하세요?"

웃을 때마다 선배 추월의 눈가엔 깊은 주름이 잡혔다. 그녀가 목 멘 소리로 대답했다.

"우리 이세춘李世春 가단의 절정기를 어찌 잊을까? 이젠 모두 황천 으로 떠나버리고 우리 둘만 남았구나. 실솔이 너는 여태 어떻게 지냈 니?"

실솔은 실눈으로 자신을 바라보는 추월을 향해 평양 가기歌妓들에 게 소리나 가르치며 조용히 살아왔노라 말하려다 왈칵 눈물을 쏟았 다. 그녀는 한때 한양 최고의 가희였던 추월의 손을 어루만지며 아득 한 종루 시절을 떠올렸다.


이십여 년 전, 한양의 풍운아요 절세 가객이었던 이세춘은 종루 공연의 새 주인공으로 실솔을 낙점하면서 가단의 선배들에게 이렇 게 말했다.

"우리 가단의 운명은 앞으로 실솔에게 달렸어. 추월이와 계섬이는 인기를 누릴 만큼 누렸으니 인자 그 부채 물려주세."

추월은 가단의 대표 가인이 노래할 때 쥐는 부채를 실솔에게 건네 며 손을 가늘게 떨었고 계섬은 축하의 뜻으로 실솔의 볼에 입맞췄다.

그렇게 공연 무대에 오른 실솔은 그녀의 별명을 만들어준 〈실솔곡〉을 혼신을 다해 불렀다. 실솔이 뽑아낸 첫 소절은 들릴 듯 말 듯 했지만 본격적으로 목을 쓰기 시작하자 노래는 천태만상으로 변주되며 청중의 뇌리에 파고들었다.

흥이 오른 그녀는 〈상사별곡〉을 부른 뒤 시조창으로 넘어갔다. 잡가에 열광하는 상민들 뒤로 밀려나 있던 양반들이 차츰 앞자리로 몰려들었다. 어떤 이는 눈을 감았고 또 어떤 이는 눈물을 떨궜다. 실솔은 사람들의 마음을 헤집고 꿰뚫고 어르고 주물러 제각각의 꼴로 빚은 후 기막힌 변조로 허공에 날려버렸다. 실솔이 한껏 고양된 정서의 파동을 간드러진 꺾는소리로 거둬들이며 고개 숙여 인사하자 관중들이 무대 위로 던진 엽전이 비처럼 쏟아졌다.

우레 같은 박수와 함성을 뒤로하고 실솔이 무대 뒤 천막 안으로 들어섰다. 그녀의 볼은 붉게 상기되었고 온몸은 파르르 떨리고 있었다. 계섬이 그녀를 품에 안고 속삭였다.

"천하 가객 송귀뚜라미야, 이제 네 세상이야. 나는 꿈도 못 꿀 소리였어."

실솔은 친언니 같던 계섬의 몸을 부드럽게 밀어내고 추월이 쓰던 대기실로 다가갔다. 휘장을 걷은 그녀는 한참 동안 움직이지 못했다. 선배는 이미 사라지고 없었다. 계섬이 아무리 위로해도 실솔의 울음은 그치지 않았다. 이세춘이 실솔에게 다가와 그녀 어깨를 토닥였다. 힘없이 바닥에 쪼그리고 앉은 실솔은 이세춘을 처음 만났던 때를 떠올렸다.

   몇 해 전, 가인으로 이제 막 장안에 이름을 알리던 실솔은 자신의 후원자인 서평군 이요李橈로부터 이세춘을 소개받았다. 종실인 서평 군은 용산방 연화봉 아래 별장을 지어놓고 천하 풍류객들을 초대해 밤새 놀곤 했다. 그에겐 수십 명의 가무희歌舞姬가 있었지만 우연히 실솔의 창을 들은 후로는 다른 소리는 들으려 하지 않았다. 이세춘 이 방문했던 그날 밤에도 실솔은 우조의 시조창을 우렁차게 뽑고 있 었다.

   "뭐 하는 기생이길래 목청이 이리 구성진가? 서경 기녀냐 아니면 남원 기녀냐?"

   이세춘은 거침없이 외치며 감히 서평군 옆자리에 털썩 주저앉았 다. 서평군은 노하기는커녕 그에게 독주 한 사발을 건네며 정답게 말 했다.

   "후래자 삼배이지만 이 동지라 한 잔일세. 저 아이는 실솔이야, 송 실솔. 정가도 할 줄 아는 아이지만 기생은 아니고."

   "기생도 아닌 것이 정가까지 부른다면 나리 첩실인가?"

   서평군은 크게 웃고는 이세춘의 손을 덥석 잡았다.

   "자네가 만든 시조창을 가르쳐봤는데 저 아인 재능을 타고났어. 내 소실로는 아깝단 말이지. 부탁함세. 자네가 거두어 버리고 버리면 조선 최고의 가객이 될 걸세. 난 곧 사라질 늙은이지만 세춘이 자넨 아직 창창하지 않은가?"

실솔을 그윽이 바라보는 이세춘의 눈빛은 예리하지만 가벼웠고 밝으면서도 어두웠다. 자신의 가단을 이끌고 조선 팔도를 주름잡으며 명성 위에 명성을 쌓아 더 올라갈 곳도 없었던 가성歌聖은 그리하여 몰락한 양반의 자식이라는 소녀를 단원으로 거두기로 했다.

이세춘에 다가가 그의 잔에 술을 따르던 실솔은 마침내 자신의 꿈이 이뤄져 감격했지만 한편으론 서평군과의 이별에 가슴이 아팠다. 이세춘 옆에 꿇어앉은 실솔은 달포 전의 일을 떠올렸다.


달포 전, 주위를 물리고 실솔과 단둘이 마주앉은 서평군의 눈빛은 평소와 달랐다. 세월을 초월한 실솔의 음악적 동지이자 지음인 그는 낮엔 냉정한 정객으로, 밤엔 재예가 출중한 자들을 후원하는 한량으로 살고 있었다. 서평군이 어렵게 입을 뗐다.

"너와 연을 맺은 지 어언 삼 년이다. 소리로 이만큼 즐겼으면 됐다. 실솔아, 날 떠나 조선 최고의 소리꾼이 되지 않겠느냐?"

실솔은 그다음 말을 짐작했지만 설렘 속에 침묵했다.

"오직 나만을 위해 삼 년만 노래해달라고 했던 부탁 기억하느냐? 이제 기한이 찼으니 네게 정표로 사람 하나를 선물하려 한다."

실솔의 가슴은 세차게 뛰었지만 다른 생각으로 마음의 격동을 감췄다.

"그자는 이세춘이다. 짐작은 했을 게야. 그의 손을 거치면 넌 반드시 성공할 거다. 다만 그는 워낙 고집이 세고 오만하여 내 말도 듣지 않는다. 그러니 우리 꾀를 내보자꾸나."

서평군은 달포 뒤 성대한 가연歌宴을 베풀고 이세춘을 초대할 거라고 했다. 그를 압도하려면 강하고 억센 판소리 창법으로 시조창을 해야 한다고 거문고를 뜯으며 강조했다.

"우조로 세게 질러야 한다. 시조창은 세춘이가 만든 거니 녀석 귀를 확 사로잡을 게다. 어디 한번 구성지게 뽑아보자꾸나. 단전에 힘을 주어 두성을 폭발시켜야 해."

서평군과 실솔은 밤이 깊도록 이세춘의 심기를 짓누를 소리를 찾아 헤맸다. 마침내 누구도 들어본 적 없는 견고한 시조 창법을 발견한 두 사람은 그제야 연습을 멈췄다. 서평군이 말했다.

"내 이제 세춘이 놈 코를 납작하게 할 수 있겠구나. 실솔이 넌 내가 만든 최고의 보검이다. 내가 죽고 없더라도 헛소리하는 세상 잡것들을 다 베어버리거라."

서평군은 한껏 만족했지만 실솔과 헤어질 생각에 문득 울적해졌다. 실솔이 그를 바라보며 말했다.

"나리, 우리 재밌는 놀이 해요. 제가 소리를 내면 나리께선 거문고로 따라오세요. 먼저 포기하는 사람이 지는 겁니다."

눈을 반짝인 서평군이 거문고를 고쳐 잡았다. 실솔이 〈취승곡醉僧曲〉을 부르기 시작했다. 한참 소리를 이어 빼던 그녀가 갑자기 꽹 하는 바라 소리를 냈다. 이에 놀란 서평군이 급히 술대를 빼 거문고를 두드려 화답했다. 〈황계곡〉으로 바꾼 실솔은 닭 울음소리를 이리저리 냈고 서평군은 여음으로 간신히 받아냈다. 실솔이 노래를 마치기 직전 느닷없이 큰 웃음소리를 내자 서평군이 당황해 허둥대면서 술대를 놓치고 말았다. 이마의 땀을 훔치며 그가 물었다.

"바라 소리며 웃음소리는 도대체 뭐냐? 반칙 아니냐?"

"스님 노래는 바라가 절주를 맞추고 닭이 꼬끼오 울고 나면 반드시 크게 웃는 법이지요."

서평군이 실솔의 답변에 크게 웃고는 정색을 하며 낮은 목소리로 말했다.

"너와 밤새 즐기는 것도 이제 마지막이구나. 실솔아, 이세춘 가단에 들어가면 주의할 게 하나 있다. 지금 가단의 최고 가인은 추월이와 계섬이야. 소리는 추월이가 앞서고 춤은 계섬이가 뛰어나지. 둘다 기생인지라 어릴 적부터 단단하게 훈련되어 있다. 네가 꺾고 넘어서야 할 산들이다."

실솔이 입술을 깨물며 고개를 숙이자 서평군이 미소 지으며 덧붙였다.

"소리로 추월이를 꺾고 나면 이세춘과 경쟁해야 할 게다. 허나 걱정 마라. 소리판에 마지막까지 남는 건 나이 어린 네가 될 테니까."

실솔은 '그 정도는 저도 알아요'라고 속으로 생각하며 삼 년 전 서평군을 처음 대면하던 때를 아스라이 회상했다.

삼 년 전, 만리재를 지나 청파역을 향하는 가마 안에는 소녀티를 막 벗은 실솔이 앉아 있었다. 그녀는 심호흡을 하며 긴장을 누그러뜨리려 노력했다. 가마 밖을 살짝 엿보자 날은 벌써 저물어 사방이 금빛 석양에 물들어가고 있었다. 가마는 연화봉 아래 대저택 앞에 멈춰섰다. 숲에 둘러싸인 저택 주변은 횃불로 환하게 밝혀져 대낮 같았고 수많은 노복은 손님들을 맞이하느라 분주했다.

정문을 지나 중문으로 들어설 때 실솔은 가슴이 너무 뛰어 자주 멈춰 서야 했다. 서평군은 임금님 총애를 받는 종실이자 조정 중신이었고 젊어서부터 풍류계 총아로 명성이 자자했다. 젊은 소리꾼이 성가를 높이려면 그의 눈에 들어야 했고, 그의 눈에 들려면 어떻게든 그가 베푸는 연회에 끼어 노래로 인정받아야 했다.

정원을 가득 메운 관객들은 중앙 연못 위에 마련된 무대를 에워싸고 있었는데 저멀리 이층 누각 위엔 서평군과 그의 벗들이 좌석에 앉아 담소를 나누고 있었다. 어린 실솔에게 그 높이는 천길 낭떠러지보다 아득해 보였다. 그곳이 영원히 닿을 수 없는 세계일까 봐 두렵고 초조한 실솔의 마음은 만근 세발솥 같았다.

"실솔아, 떨지 마라. 그러라고 널 가르친 게 아니다."

실솔을 따라온 동네 소리 스승이 속삭였다. 소리 스승은 제자가 이미 자기 수준을 훌쩍 뛰어넘었다는 걸 잘 알고 있었지만 그녀를 끝까지 돕고 싶어했다. 그런 스승의 치마를 꽉 쥔 실솔이 대답했다.

"스승님께서 이 자리에 연줄을 대려 얼마나 노력하셨는지 잘 알아요. 걱정 마세요. 목의 힘으론 절대 안 져요. 추월이가 여기에 와도 지지 않을래요."

실솔은 자기보다 앞서 노래를 부르는 소리꾼들 모습을 지켜보며 차츰 안정을 찾았다. 대부분 기생 출신인 그녀들은 당대 최고의 가인인 추월을 흉내내고 있었다. 흉내만 내서는 이세춘 가단의 꽃 중의 꽃 추월을 이길 수 없었다. 제 차례가 되자 당차게 일어선 실솔은 무대 위로 걸어나가며 바로 소리를 뽑기 시작했다. 관객들은 소리가 어디서 나오는지 몰라 어리둥절해했고 누각 위의 서평군도 벌떡 일어나 주변을 두리번거렸다.

실솔의 노래는 처음엔 연못 위를 흘렀고 다음엔 관객들 사이로 스며들었으며 끝내는 누각까지 쩌렁쩌렁 울린 뒤 하늘로 솟구쳤다. 그녀가 흥성을 써서 소리를 거둬들이자 사람들은 비로소 무대 쪽을 바라봤다. 작은 체구의 앳된 실솔을 발견한 서평군이 그녀를 자세히 보기 위해 몸을 숙였다. 실솔은 그 모습을 힐끗 확인하고, 이제 됐다고 자신하며 〈실솔곡〉을 완창한 뒤 제자리로 돌아갔다. 소리 스승이 뭐라고 큰 소리로 말했지만 귀에 들어오지 않았다. 실솔은 그녀 생에서 유난히 길게 느껴지는 시간을 견뎌내고 있었다.

마침내 누군가 실솔에게 다가와 서평군 어른이 찾으시니 누각으로 따라오라고 속삭였다. 실솔은 배시시 웃었다. 실솔이 누각 위로 오르자 서평군이 소속을 물었고 그녀는 자신이 기녀가 아니라고, 엄연한 양반가 후예라고 말하며 이젠 이 세상 사람이 아닌 아버지와의 어릴 적 기억을 떠올렸다.

실솔의 아버지는 외동딸에게 습관적으로 이렇게 말하곤 했다.

"우리가 이리 몰락했다만 엄연히 은진 송씨 반가의 후손이다. 화선아, 내 비록 네 소리 공부를 허락했다만 여느 기생과 넌 근본이 다르다. 늘 명심해라."

그럴 때마다 고개를 끄덕인 송화선은 바람처럼 소리 스승에게로 달려가 가르침을 받고 깊은 밤 어둠을 벗삼아 집에 돌아오기를 반복했다. 그녀는 계곡에서도, 강가에서도, 폭포수 아래에서도, 북한산 절벽에 매달려서도 노래를 불렀다. 그 소리가 쓰르라미를 닮았다 하여 동네 사람들은 그녀를 쓰르라미라 불렀고, 차츰 목청이 트여 〈실솔곡〉을 부르자 실솔이라 불렀다.

쓰르라미 소녀의 집은 한강진과 버티고개 사이에 있었다. 한강변 갈대밭을 누비며 하루종일 뛰어다니다 쓰러지면 파란 하늘의 궁륭이 그녀를 향해 쏟아져내렸다. 소녀는 송골송골 맺힌 땀을 닦고 고사리 같은 손을 하늘에 대며 '꽃 화, 신선 선'이라고 제 이름을 속삭이다 이렇게 중얼대기도 했다.

"쓰르라미는 무언가 되고 말 거야. 한강진에서 세상 사람들을 죄 모으는 추월이처럼 될 거야."

그러다보면 하늘은 감청색으로 짙어졌고 숨었던 별들이 얼굴을 내밀었다. 쓰르라미가 큰 소리로 외쳤다.

"난 가객이 될 거야. 세상을 깜짝 놀라게 할 거야. 도와줘, 별들
아."

❀

「쓰르라미 소녀, 가객이 되다」는 조선 후기 문인 이옥李鈺의 「가자송실솔전歌者宋蟋蟀傳」을 토대로 했다. 「가자송실솔전」은 18세기 영조 대에 흥성하던 조선 소리 문화의 풍정을 자세히 묘사한 작품이다. 별명이 귀뚜라미라서 실솔로 불린 송실솔은 서평군의 후원으로 당대 최고의 여가객이 되었으며 시절가조 의 창시자인 이세춘과도 깊이 교류하며 다양한 음악적 협업을 한 것으로 알려져 있다. 추월과 계섬은 이세춘 가단 소속 가희 들로 모두 실존 인물이다.

# 고전환담
ⓒ 윤채근 2023

**초판 인쇄** 2023년 11월 17일
**초판 발행** 2023년 11월 29일

**지은이** 윤채근
**책임편집** 유지연 | **편집** 허강
**디자인** 이현정 유현아 | **저작권** 박지영 형소진 최은진 서연주 오서영
**마케팅** 정민호 서지화 한민아 이민경 안남영 왕지경 황승현 김혜원 김하연 김예진
**브랜딩** 함유지 함근아 고보미 박민재 김희숙 박다솔 조다현 정승민 배진성
**제작** 강신은 김동욱 이순호 | **제작처** 영신사

**펴낸곳** (주)문학동네 | **펴낸이** 김소영
**출판등록** 1993년 10월 22일 제2003-000045호
**주소** 10881 경기도 파주시 회동길 210
**전자우편** editor@munhak.com | **대표전화** 031)955-8888 | **팩스** 031)955-8855
**문의전화** 031)955-3579(마케팅), 031)955-2690(편집)
**문학동네카페** http://cafe.naver.com/mhdn
**인스타그램** @munhakdongne | **트위터** @munhakdongne
**북클럽문학동네** http://bookclubmunhak.com

ISBN 978-89-546-9649-4 03810

www.munhak.com